D'AMOUR ET DE GUERRE

Du même auteur :

Les A.N.I. du Tassili, Le Seuil, 1984.
Courage et patience, Lattès, 2000 ; Pocket, 2009.
Le Porteur de cartable, Lattès, 2002 ; Pocket, 2003.
Alphonse, Lattès, 2005 ; Pocket, 2007.
Bel-Avenir, Flammarion, 2006 ; J'ai lu, 2008.
Il était une fois... peut-être pas, Lattès, 2008 ; Pocket, 2011.
Western, Flammarion, 2009.
La meilleure façon de s'aimer, Lattès, 2012 ; Pocket, 2014.
Les Thermes du Paradis, Lattès, 2014 ; Pocket, 2017.
La Reine du tango, Lattès, 2016 ; Pocket, 2018.
La vérité attendra l'aurore, Lattès, 2018.
Qui n'est pas raciste, ici ?, Essai, Lattès, 2019.

Akli Tadjer

D'AMOUR ET DE GUERRE

LES ESCALES

DOMAINE FRANÇAIS

Ouvrage publié sous la direction éditoriale de Caroline Laurent.

92, avenue de France
75013 Paris – France
Courriel : contact@lesescales.fr

ISBN : 978-2-36569-578-7
Dépôt légal : mars 2021
Imprimé en France

Couverture : Hokus Pokus Créations
Mise en pages : Nord Compo

Pour Nawel.

« C'est tout au fond de cette horreur
Qu'il a commencé à sourire. »

Paul Éluard

1

Alors que j'achevais de sceller les carreaux de faïence sur la terrasse surplombant la place de la fontaine, j'ai entendu la marmaille de Bousoulem brailler : « Le caïd El Hachemi est là. Il va y avoir du sang. Vite. Allons voir ça ! »

Je me suis penché sur le garde-corps et j'ai vu un homme en haillons, à peine plus âgé que moi, cerné d'oisifs dont faisait partie Safia, ma tante maternelle. Cette petite foule d'exaltés le lapidait en lui prédisant les flammes de l'enfer. Le caïd El Hachemi est passé devant chez moi, tenant les rênes de son cheval d'une main et de l'autre sa cravache. La moustache conquérante, la tête couverte d'un chèche blanc et drapé dans son burnous rouge bardé de médailles, il impressionnait comme toujours, le salaud. Il est descendu de cheval devant la fontaine, un gamin s'est occupé de sa monture. Hadj Moussa lui a baisé la main en signe de soumission et il a bégayé que ce vaurien venu d'on ne sait quel douar avait volé deux chevreaux du troupeau de sa fille Zina. Puis, brandissant sa canne pour le rosser, il a ajouté qu'heureusement que son fils l'avait rattrapé, au lieu-dit du Pied-du-Pharaon sur la route d'El Kseur. Mourad a bombé le torse en approuvant d'un mouvement de tête. L'homme, à genoux, tremblant de peur, jurait qu'on ne l'y reprendrait plus. Le caïd El Hachemi a souri. Ce sourire de façade que l'on pouvait considérer comme de la compassion, pour qui ne le connaissait pas, dissimulait tout le mépris qu'il avait pour nous, les petites gens. Son sourire s'est figé en une atroce grimace ; il lui a infligé la sanction prévue pour ce genre de délit. Puis il a tendu sa cravache à Mourad qui s'est fait un plaisir de rendre justice. L'homme s'est effondré, le corps lacéré par les trente coups qui venaient de s'abattre sur lui. Le caïd El Hachemi a récupéré sa cravache, essuyé les semelles de ses bottes crottées de boue sur le visage du misérable, puis il est remonté sur son cheval, laissant derrière lui la petite foule déçue que la canaille n'ait pas succombé au châtiment. Le spectacle terminé, Tante Safia a rappliqué pour déjeuner.

La chorba que j'avais préparée finissait de cuire sur le kanoun lorsqu'elle est entrée dans la cuisine. Elle a coulé un regard vers la marmite, humé l'odeur de coriandre qui s'en dégageait avant de s'approcher pour me faire la conversation. Il y avait belle lurette que je ne l'écoutais plus. Elle le savait mais elle s'en fichait. Au village, les jeunes ne lui prêtaient aucune attention, les vieilles de sa génération – quatre-vingts ans présumés – étaient impotentes ou séniles. Les autres, celles qui vaquaient entre deux âges, étaient trop accaparées par leurs tâches domestiques pour gâcher leur temps à écouter ses lamentions mille fois ressassées. Alors, chaque jour, sur le coup de midi, elle s'invitait pour me rapporter les derniers ragots. Elle prenait un air grave – toujours le même –, baissait ses yeux bleus de cataracte en dodelinant de la tête et, entre deux sanglots de mauvaise tragédienne, radotait sa longue vie de solitude depuis que son mari l'avait répudiée parce qu'elle n'avait pas su lui donner de descendance. Pour finir, elle évoquait le funeste destin de mes parents. Ma mère avait été emportée par le choléra quatre ans plus tôt, mon père, lui, avait succombé à la gangrène lorsque j'étais enfant.

Quand elle avait ravalé ses larmes de crocodile, elle m'étreignait contre sa poitrine décharnée en murmurant que mon père serait fier de moi s'il voyait que la masure qu'il m'avait léguée en héritage était devenue, au fil des saisons, un petit palais digne d'accueillir Zina, la plus jolie des princesses de Bousoulem, dont elle me savait follement amoureux. À ce propos, elle avait insisté pour que je fasse ma demande en mariage au plus vite car on lui avait soufflé que Youssef, le deuxième fils du caïd El Hachemi, avait des vues sur elle. Je savais ces racontars mais je n'y attachais aucune importance. Youssef pouvait mettre tout l'or du monde à ses pieds, rien n'y ferait. Zina et moi avions décidé d'accrocher nos étoiles à la même charrue depuis longtemps.

Plus Tante Safia vieillissait, plus elle me dégoûtait. Ses robes défraichies étaient auréolées de taches de gras, ses ongles qu'elle ne coupait plus étaient gris de crasse et, depuis quelque temps, elle puait la vieille bique – mélange d'effluves de sueur et d'urine –, ce qui me soulevait le cœur dès qu'elle m'approchait d'un peu trop près.

On s'est assis, côte à côte, par terre, face au kanoun dont les braises se mouraient lentement et je nous ai servi la chorba. Elle glougloutait, fallait voir ça, on aurait dit une chamelle qui n'avait pas bu depuis deux traversées du Sahara. Ses bruits de bouche, ses raclements de gorge et les sourires édentés qu'elle m'adressait entre chaque cuillerée m'empêchaient de savourer ma soupe. Je me suis dépêché de manger, j'ai saisi *L'Écho d'Alger* que j'avais acheté la veille puis je suis sorti dans la cour pour lire en paix.

Les nouvelles de France étaient mauvaises. En première page, il y avait la déclaration de guerre à l'Allemagne d'Édouard Daladier, le président du Conseil. Elle était datée du 10 octobre 1939 et disait : « Nous avons pris les armes contre l'agression. Nous ne les reposerons que lorsque nous aurons la garantie certaine de sécurité, une sécurité qui ne soit pas remise en question tous les six mois. Ce que pensent nos soldats, le peuple tout entier le pense. Le gouvernement dans son inébranlable volonté se montrera digne de la foi qui anime tous les fils de notre patrie... »

Sur la dernière page, il était écrit en gras sur toute la largeur : « Après avoir envahi la Pologne, Hitler entraîne son peuple vers l'abîme. »

Sous ce titre, se trouvait une photo de ce fameux Hitler dominant une foule d'Allemands qui l'écoutaient comme on écoute un messie. Ces Allemands n'avaient rien à voir avec nos gens indisciplinés qui, le dimanche, jour de marché, accordaient une attention distraite aux discours du maire nous invitant, ces derniers temps, à mettre l'amour de la France au-dessus de celui que nous éprouvions pour nos familles.

Hitler.

Son nom claquait comme un coup de tonnerre.

Hitler.

Plus je répétais son nom, plus j'en avais froid dans le dos. Avec ses petits yeux noirs, sa mèche de cheveux plaquée sur le front, son carré de moustache et son manteau de cuir au col relevé, on devinait l'homme taillé pour la guerre.

Une fois repue, Tante Safia m'a rejoint pour me reprocher que ma chorba manquait de viande et d'un peu de piment.

Je n'ai pas relevé.

Elle a continué de soliloquer et, quand elle s'est lassée d'elle-même, elle s'est penchée sur mon épaule pour savoir ce que racontaient toutes ces pages de mon journal.

— La France est entrée en guerre, Tante Safia.

— Contre qui ?

— Les Allemands.

— Encore eux. Pourquoi, cette fois ?

— Ils ont attaqué un autre pays d'Europe, la Pologne.

— Pourquoi elle se mêle de cette affaire, la France ?

— Les Français n'ont que les mots paix, amour, fraternité à la bouche, mais leur vraie nature, c'est la guerre. On est bien placés pour le savoir.

— Tu as raison, Adam. Ils ont le baroud dans le sang. C'est leur race qui est comme ça.

Elle a regardé la petite photo de Daladier à côté de sa déclaration ; elle lui voyait un air de ressemblance avec l'adjudant Kléber de la gendarmerie d'El Kseur. Il se dégageait de cet homme une sorte de douceur féminine qu'il tentait de dissimuler en fumant le cigare.

Elle doutait qu'avec un chef de guerre au visage si lisse la France puisse triompher de qui que ce soit. Elle s'est ensuite attardée sur celle d'Hitler. Son menton volontaire, son nez fort, ses yeux crachant des éclairs et sa moustache noire qui ajoutait du mystère à ce visage austère, tout la séduisait chez cet homme-là.

Soudain, elle s'est rembrunie. Elle a passé son index noué d'arthrose sur la photo :

— Y a rien à redire, il est très beau ce monsieur Hitler, mais je sens qu'il va nous apporter la catastrophe. Une plus grande que la dernière fois.

À quoi voyait-elle cela ?

Elle prétendait qu'Hitler avait le regard enfiévré des fanatiques. Le même que celui de l'émir Izem, un guerrier de légende de notre région qui avait résisté sept ans à l'invasion française et avait préféré mener sa troupe à la mort plutôt que de capituler. Puis elle en a appelé à Allah pour qu'il me préserve de cette nouvelle déflagration.

— Je préfère prendre le maquis avec les bandits d'honneur plutôt que de faire la guerre pour la France.

Elle ne me souhaitait aucun de ces deux destins. Elle aurait aimé que je lui lise d'autres nouvelles de la vraie France, c'est ainsi que nous appelions la France d'outre-mer, mais il était l'heure de me remettre au travail. Elle a encore une fois admiré la belle maison que je terminais de construire puis elle est partie en claudiquant sur le chemin de crevasses qui menait à son gourbi, au bout du village.

2

Zina est apparue, au soir, flanquée de son troupeau de chèvres, pendant que je finissais de fixer les gonds de la porte d'entrée. Elle a planté son bâton de bergère dans la terre grasse en cette saison de pluie et, caressant l'encolure d'une de ses bêtes, elle m'a dit que depuis que j'avais commencé à retaper notre maison, elle pensait que ce serait bien que nous l'appelions La Clef.

— La Clef ?

— Oui, La Clef.

Zina voulait s'enfermer à double-tour pour fredonner ses chansonnettes d'amour sans avoir à subir les regards réprobateurs de son père ou celui de Mourad, son tyranneau de frère. Zina voulait s'enfermer à double-tour pour ne plus avoir à se cacher lorsqu'elle lisait les revues de mode que je lui ramenais d'El Kseur. Zina voulait s'enfermer à double-tour pour écrire sur des cahiers d'écolier des mots qui, mis bout à bout, formeraient des phrases, de ses phrases naîtraient des poèmes qu'elle savait si bien trousser. Et, depuis la petite terrasse, elle exposerait son visage diaphane aux premiers soleils de printemps en déclamant de sa voix de jeunesse ses mots doux que le vent emporterait par-delà la vallée de la Soummam. Une prison dorée bouclée à double-tour rien que pour nous deux, dans notre hameau perché si haut sur la colline que les marchands ambulants, les mendiants, les fous et les marabouts ne s'y aventuraient plus ; voilà l'idée que Zina se faisait de la liberté.

La Clef ne me disait trop rien.

Je voyais plutôt une plaque en métal sur laquelle j'aurais gravé en lettres bâtons : « Famille Aït Amar ». Et, sur le mur d'enceinte blanchi à la chaux, j'aurais dessiné un vol de cigognes.

J'ai soulevé la porte d'entrée, je l'ai glissée dans les gonds ; elle pivotait à merveille. Il ne lui manquait que la serrure pour la fermer à double-tour.

— Alors, La Clef, qu'est-ce que tu en dis, Adam ?

J'ai haussé les épaules.

— On pourrait l'appeler Les Cigognes. C'est beau Les Cigognes, non ?

Elle a enroulé son index autour d'une mèche de ses cheveux roux échappée de son foulard en soupirant de déception. Pourtant, quand nous étions enfants, nous guettions impatients chaque année leur retour. Elles restaient des semaines à vivre parmi nous. On s'émerveillait de les voir construire avec minutie de grands nids de branchages sur les minarets de nos mosquées, au clocher des églises ou sur les cheminées des fermes de nos colons. Parfois, elles nous narguaient en virevoltant si bas qu'elles étaient à portée de main. Aux derniers jours de la triste saison, elles traçaient de folles arabesques au-dessus de la plaine en claquant furieusement du bec comme pour nous dire au revoir, à l'année prochaine, inch'Allah. Et nous, nous rêvions d'être tout comme elles, libres et sans entraves.

— Où vont les cigognes quand elles nous abandonnent ?

Nous avions posé la question à M. Grandjean, l'instituteur du village, pendant que nous faisions boire nos bêtes sur la place de la fontaine. Elles partaient pour l'Europe en longeant la côte, franchissaient le détroit de Gibraltar, traversaient l'Espagne, puis, puis… enfin, elles cessaient leur périple en Alsace, en Allemagne ou plus au Nord encore.

— Pourquoi font-elles ce perpétuel va-et-vient entre l'Europe et nos villages ?

M. Grandjean nous avait renvoyés à Dieu. Lui seul en connaissait le secret.

— Pourquoi Dieu ne veut-il pas nous révéler le secret de ces oiseaux migrateurs ?

Nous l'avions harcelé de questions jusque devant la cour de récréation délimitée par quatre hauts mâts de bois, au bout desquels flottait le drapeau français.

Les élèves, les huit fils du garde champêtre, les cinq du caïd El Hachemi et d'autres garçons dont les parents étaient plantons à la mairie, cheminots à la gare d'El Kseur ou hommes à tout faire à la gendarmerie, tapaient dans un ballon en attendant l'ouverture de l'école.

— Est-ce que ce sont toujours les mêmes cigognes qui reviennent nous voir ?

M. Grandjean n'avait plus de temps à perdre avec nous. Il nous avait renvoyés à nos chers ovins et caprins.

Il avait ouvert le portail, tous avaient accouru pour s'aligner, deux par deux, avant d'avancer vers l'école où l'on pouvait lire au fronton « Liberté, Égalité, Fraternité ».

Combien de fois Zina et moi avions-nous rêvé de faire partie de la troupe et d'entrer avec ces enfants de privilégiés dans le temple de l'instruction.

Cent fois. Mille fois. Nous ne comptions plus.

Heureusement qu'aux premières chaleurs de printemps, M. Grandjean ouvrait grand les fenêtres de sa classe, et l'on s'approchait, tout près, pour écouter ses cours. Quand arrivait l'heure de l'écriture, on se dressait sur la pointe des pieds pour le regarder tracer les lettres de l'alphabet sur le tableau noir. Ces belles lettres, nous essayions de les reproduire sur des cahiers entamés que j'achetais au dernier fils du garde champêtre, le cancre de la classe, mais l'as de l'école buissonnière.

Youssef nous avait attrapés à la sortie de l'école et menacés de nous moucharder à M. Grandjean si nous continuions de profiter de l'enseignement auquel nous n'avions pas droit. Comme notre soif d'apprendre était intarissable, nous étions revenus le lendemain et, durant des jours, des semaines, Zina et moi buvions les paroles érudites de l'instituteur.

Un soir, pendant que je rassemblais mes bêtes sur la place de la fontaine, M. Grandjean était venu à ma rencontre. Je craignais que Youssef nous ait dénoncés mais, à son sourire généreux, j'avais tout de suite été rassuré. Depuis les premiers jours de la belle saison jusqu'aux premiers froids, il nous avait vus prendre des notes sur nos vieux cahiers, et ça l'avait ému. Il m'avait demandé ce que nous avions retenu depuis tout ce temps passé à l'espionner. Nous savions l'alphabet par cœur, que nous étions capables d'écrire. Pour preuve de ce que j'avançais, j'avais épelé : « Z-I-N-A », « N-E-D-J-M-A », le prénom de ma mère, « I-D-I-R », celui de mon père, et « A-D-A-M », le mien. Puis, je lui avais récité « Le Corbeau et le Renard ». Il avait dressé un pouce approbateur et il avait sorti de son cartable deux gommes et deux crayons à papier tout neufs. Ils étaient pour Zina et moi. J'en fus troublé car c'était la première fois qu'un Français me faisait un cadeau. Pour le remercier, je lui avais récité une autre poésie qu'aucun élève ne savait retenir :

— Adieu tristesse
Bonjour tristesse
Tu es inscrite dans les lignes du plafond
Tu es inscrite dans les yeux que j'aime
Tu n'es pas tout à fait la misère
Car les lèvres les plus pauvres te dénoncent
Par un sourire...
Paul Éluard.

Il était bouche bée.

Puis j'avais chanté avec joie *La Mère Michel,* puis *La Marseillaise,* sans entrain, parce que je ne la comprenais pas. Par exemple : « Allons enfants de la patrie... Le jour de gloire est arrivé... »

Pourquoi était-ce aux enfants de faire la guerre ?

Dans les histoires que nous racontaient nos aînés, la guerre était une affaire d'hommes.

— Métaphore, Adam. Métaphore.

Je lui avais fait répéter ce mot qui sonnait comme un nom d'insecte.

— Une métaphore, c'est une image pour simplifier un propos.

Ainsi, j'avais appris que les « enfants » désignaient tous les Français, que la patrie c'était la famille et que pour vaincre l'ennemi, la famille devait être rassemblée.

— Et « l'étendard sanglant est levé » ?

C'était le drapeau taché du sang des martyrs morts en première ligne pour montrer le chemin de la révolte.

— « Qu'un sang impur abreuve nos sillons » ? Il y a un bon et un mauvais sang, c'est bien ça ?

Le sang pur était celui des Français, le mauvais, celui de leurs ennemis. Je lui avais rapporté que nos plus vieux, qui avaient connu l'installation des premiers colons, les avaient entendus affirmer que nous serions toujours ennemis parce que nous n'étions pas du même sang. M. Grandjean m'avait pris par l'épaule pour me rassurer et il avait dit :

— Ne perds pas de temps avec ces sornettes. Sang pur, sang impur, ça n'existe pas.

Puis il m'avait promis de voir avec l'administration s'il était possible de m'obtenir une dérogation pour la prochaine rentrée scolaire. Je lui avais demandé s'il pouvait faire la même démarche pour Zina. Il n'essaierait pas car il la savait vouée à l'échec. Ici, comme partout ailleurs en Algérie, les pères ne voulaient pas que leurs filles soient instruites parce qu'elles ne trouveraient jamais à se marier. Sitôt de l'autre côté de la place, j'avais couru derrière lui pour lui dire que je n'irais pas à l'école sans Zina.

À douze ans, je savais écrire, lire, compter de tête. M. Grandjean, fier de moi, m'avait initié à la lecture des enquêtes du commissaire Maigret, dont il raffolait. *Le Chien jaune, La Tête d'un homme, L'Affaire Saint-Fiacre...* Je les avais tous lus, et j'étais devenu, moi aussi, un admirateur du commissaire à la pipe et au chapeau mou.

Lorsque je descendais à El Kseur pour faire les courses, car mon père ne sortait plus du village depuis son retour de guerre, je piquais chez la coiffeuse des revues pour Zina. Je prenais *L'Écho d'Alger* délaissé sur les tables de La Belle Équipe, la taverne où se retrouvaient après le travail métayers, commerçants, employés de l'administration, enfin les Français, les Espagnols, les Maltais, les Italiens, que nous appelions les roumis, en référence aux Romains qui furent d'autres envahisseurs. Zina rêvait en regardant les réclames de laver ses longs cheveux roux avec du shampoing à l'huile de vison, de porter des robes à la française ou de marcher avec des chaussures à hauts talons, tandis que je lisais dans mon coin la bande dessinée en dernière page : *Bwana, le gentil petit Africain.*

Quand mon sac à provisions n'était pas trop lourd, je faisais le détour par la gare. Le chef me donnait des romans oubliés dans des wagons ou dans la salle des pas perdus. Certains d'entre eux étaient amputés de leur fin. Nous prenions un malin plaisir à les inventer. Nos lectures nous avaient apporté les rires, les larmes et nos premiers émois. Elles avaient enrichi notre vocabulaire de mots dont nous n'avions jamais l'usage. Elles nous avaient appris d'autres cultures, d'autres coutumes, d'autres religions, d'autres dieux, d'autres paysages. Elles nous avaient enseigné que la France avait annexé notre pays en 1848. Cette même France était bien plus vaste que nous l'imaginions. Elle possédait des îles dans tous les océans, peuplées de gens étranges, ni tout à fait blancs ni tout à fait noirs, appelés métis. Elle avait conquis d'autres pays, peuplés de gens à moitié nus, pareils à ceux que je rencontrais dans *Bwana, le gentil petit Africain.* Mais surtout, nos lectures avaient confirmé ce que nous savions sans jamais trouver les mots pour l'exprimer : l'amour, c'est deux cœurs qui battent à l'unisson pour toujours.

Le froid du soir a fait frissonner Zina, elle s'est approchée tout près de moi et, les yeux dans les yeux, elle a dit :

— Alors Adam, La Clef, c'est joli, n'est-ce pas ?

Le charme de sa beauté négligée m'aimantait chaque fois vers elle. Je voulais la prendre dans mes bras pour la réchauffer, lui avouer combien je l'aimais et, que si La Clef ferait son bonheur, notre maison s'appellerait La Clef, mais aucun mot n'est sorti de ma bouche.

Maudite pudeur.

Pour la retenir, je m'étais pourtant risqué à lui parler d'amour le dernier jour du ramadan, en répétant les mots des jeunes roumis que j'entendais roucouler, au square d'El Kseur, à l'ombre de la statue du général Bugeaud. Je lui avais murmuré la voix vrillée par l'émotion qu'il n'était pas un matin sans que je ne pense à elle. Que la vie sans elle ne serait pas ma vie. J'avais aussi parlé de cette maladie d'amour dont on ne veut pas guérir et j'avais conclu :

— Mourir tes beaux yeux, Zina, d'amour me font.

Elle s'était moquée de moi. Elle avait raison. Je n'aurais pas dû emprunter ces mots d'étrangers. J'aurais dû lui dire avec mes pauvres mots de montagnard : « Depuis le jour où je t'ai vue siffler tes chèvres dans la cour de ta ferme pour les emmener brouter sur nos chemins de poussière, je savais que nos destins ne feraient qu'un. »

Mais je n'avais pas pu, pas su, pas osé.

Le soleil pâle d'hiver avait disparu derrière les montagnes. Zina a rassemblé ses bêtes. J'ai embrassé sa paume et j'ai déposé un baiser sur son front. C'était la première fois que j'embrassais son visage. Surprise, elle a eu un petit mouvement de recul puis elle a passé sa main sur mes joues mal rasées. Ses grands yeux jaunes ne m'ont plus quitté. J'ai soutenu son regard et j'ai dit :

— Demain, j'irai voir ton père pour demander ta main. Nous nous marierons pour tes dix-sept ans, cet été, inch'Allah.

Elle m'a embrassé avec passion. J'ai découvert la douceur de sa langue et j'ai bu toute l'eau venue de sa bouche. J'ai répondu avec le même feu à son baiser. Nous sommes restés blottis l'un contre l'autre jusqu'à ce que la voix d'ogre de Mourad nous sépare. Il criait depuis la route :

— Zina, rentre, sinon je viens te chercher !

J'ai voulu la retenir encore une seconde mais elle m'a laissé au seuil de la porte.

J'ai troqué mon pantalon de travail contre un sarouel en coton noir avec de jolies broderies aux poches que je mettais pour descendre en ville. J'ai pris une liasse de billets sous mon matelas que j'ai glissée dans mon burnous, j'ai sellé mon mulet et j'ai foncé le cœur léger au bazar pour acheter à Omar une serrure fermant à double-tour.

3

Le crachin dru et glaçant avait chassé les mendiants qui dormaient depuis l'été sur les bancs de la rue Carnot. À La Belle Équipe, M. Boyer somnolait derrière son comptoir déserté par ses visiteurs du soir. Au bout de l'impasse Bonaparte, c'était la gare. Je devinais la dernière micheline en partance pour Bougie qui s'ébranlait dans un bruit de ferraille. Je suis passé devant la mosquée des juifs, la salle de prière était plongée dans le noir. Sur le parvis, le rabbi Zerbib et son grand fils Samuel attendaient le dernier autocar pour rentrer chez eux, dans le bas quartier de la ville. Les grilles du bazar d'Omar étaient cadenassées. J'ai attaché mon mulet sous l'auvent de sa terrasse et j'ai poursuivi à pied jusqu'aux Buveurs de Soleil, le grand café maure d'El Kseur ; là, j'étais sûr de le trouver.

Il régnait l'atmosphère pesante des veillées mortuaires. Les lampes à pétrole éclairaient d'une lueur blafarde une assistance plus nombreuse que d'ordinaire. Certains fumaient dans des narguilés un mélange de tabac et de haschich qui empuantissait la salle. D'autres, autour du poêle à bois, se réchauffaient en buvant de la chicorée, un faux café venu de France.

Le vrai était un luxe que seuls nos colons pouvaient encore se payer. Debout au comptoir, Youssef et Mourad jouaient aux dominos en discutant avec des mines de conspirateurs. Je les ai salués d'un bonsoir sonore ; ils m'ont ignoré.

Omar était assis en tailleur sur une natte de raphia à côté de Tahar, le responsable de la voirie municipale. En retrait, sec comme une momie, il y avait Slimane, un vieux soldat à moitié fou que l'on surnommait 14-18. Je leur ai demandé qui était mort. Tahar m'a désigné d'un coup de menton Arezki, le boulanger prostré sur une chaise. Des larmes rayaient ses joues poudrées de farine. Il venait de recevoir le faire-part de l'armée. Kader, son fils aîné, engagé volontaire depuis moins d'un an, était une des premières victimes de la nouvelle guerre. Son corps avait été enterré dans un cimetière de Lorraine.

Où précisément ?

Rien ne l'indiquait.

Quand ?

Rien ne l'indiquait.

Un imam avait-il prié pour le repos de son âme ?

Rien ne l'indiquait.

La lettre concluait que la France était fière de lui comme de tous ses soldats coloniaux morts au champ d'honneur.

Kader avait mon âge : vingt ans.

Alilou, le patron, nous a servi une assiette de figues séchées accompagnées d'un morceau de galette de blé noir.

Je n'ai rien touché.

Quand il a eu terminé de manger toutes les figues, Omar a torché sa bouche d'un revers de main et nous a rapporté les propos alarmistes de ses clients roumis. Ils étaient certains que cette guerre ne s'arrêterait pas de sitôt. Ils la voyaient mondiale, celle-là aussi. Seul l'adjudant Kléber prétendait le contraire. Il avait prophétisé le triomphe de l'armée française avant six mois. Tahar nous a fait part de l'opinion du rabbi Zerbib avec qui il avait discuté la veille en réparant le trottoir devant la mosquée des juifs. Il n'avait aucune idée de la tournure que prendraient les événements, en revanche, il pensait qu'Hitler était un monstre froid et que son peuple était prêt à se sacrifier pour lui jusqu'à la victoire, comme les combattants des guerres saintes. Omar s'est alors tourné vers le boulanger et a chuchoté, si bas qu'il fallait lire sur ses lèvres pour comprendre, que si Kader était mort en terre infidèle, ce n'était que justice divine car il était écrit dans le saint Coran qu'un des plus grands péchés du musulman était de combattre pour des mécréants. Puis il a imploré Dieu pour qu'il nous débarrasse de ces maudits roumis qui ne nous avaient apporté que chagrin et désolation. Tahar, qui ne supportait pas de l'entendre dénigrer nos nouveaux maîtres, lui a fait la leçon. Au lieu de songer à les bouter hors du pays, nous devrions leur être mille fois reconnaissants pour nous avoir apporté la science, l'hygiène, la médecine moderne et l'éclairage public. Quoi qu'il en soit, se rassurait-il, ce ne serait sûrement pas les hordes de clochards, d'illettrés et les brigands grouillants comme des rats partout dans le pays qui les délogeraient un jour. Enfant, son grand-père racontait qu'avant leur arrivée la loi des barbares régnait dans le pays, et il s'est félicité qu'ils nous aient débarrassé de toute cette engeance.

— À quel prix mon ami, a répliqué Omar. Nous ne sommes plus que des hommes soumis. Que dis-je ! Des sous-hommes. Des merdes. Des Pas Grand-Chose, comme ils nous appellent. Nos fils crèvent pour des guerres qui ne nous concernent pas.

Il a levé les yeux au ciel en se réjouissant que les siens ne soient pas en âge de combattre.

Tahar s'est de nouveau indigné. Il n'admettait pas que l'on ne se sacrifie pas pour la France, qui savait honorer les familles méritantes de ce pays. Il a pris pour exemple la sienne. Grâce à son père, l'ancien forgeron de la gendarmerie, les portes de l'école lui avaient été ouvertes. Il en était sorti avec le certificat d'études primaires. Fort de ce diplôme, il avait intégré la mairie il y avait plus de vingt ans, où il espérait achever sa carrière à un poste autrement plus prestigieux : il convoitait celui du responsable de l'état civil, un vieux roumi invalide aux portes de la mort.

Si l'heure n'avait pas été au chagrin de ce pauvre boulanger, j'en aurais ri jaune. En effet, l'administration savait choyer sa main-d'œuvre au service de l'occupant. Elle savait aussi apprécier à sa juste valeur le plus zélé de ses serviteurs, le caïd El Hachemi. Elle l'avait élevé au rang d'officier de justice aux affaires indigènes pour avoir réprimé dans le sang la révolte de ses ouvriers, qui n'en pouvaient plus d'être ravalés à l'état d'esclaves par un autre musulman. Féodal jusqu'au bout de son burnous, il était intraitable avec les réfractaires à l'ordre colonial. Il avait établi un barème des condamnations qu'il appliquait sans état d'âme. Le tapage nocturne, hors périodes de fêtes religieuses, circoncisions, mariages, était sanctionné par des amendes payables en nature. Travaux des champs, curage de ses étables, chaulage des murs d'enceinte de sa villa. On encourait la cravache pour vol, état d'ivresse, dégradation de biens publics. Pour l'adultère, le viol, l'attentat à la pudeur, c'était la peine la plus infamante qui soit chez nous : le bannissement du village à vie. S'agissant des crimes de sang ou des différends avec les roumis, seuls les juges du tribunal étaient compétents pour sévir.

Tahar a continué de vanter les bienfaits de la colonisation jusqu'à ne plus avoir de salive, puis il m'a regardé pour que je lui dise le fond de ma pensée. Concernant le caïd El Hachemi, je le trouvais très flexible avec nos nouveaux maîtres. J'ai ajouté, à dire vrai cela m'a échappé, qu'il léchait les culs qu'il ne pouvait pas botter. Tahar a promis de répéter mot pour mot mes propos au caïd. Il ne doutait pas qu'il me châtierait à la mesure de mon insulte. 14-18 qui somnolait s'est animé subitement, et le regard tendu vers un point imaginaire dans le fond de la salle, il a chanté à tue-tête ce refrain qui tournait en boucle dans sa tête depuis son retour de la Première Guerre :

— *Colonisé, t'es né pour en baver. Colonisé, t'es né pour en chier. Colonisé, t'es né pour te faire zaï... zaï... zaï...*

Puis il s'est éteint aussi vite qu'il s'était enflammé.

Les passions retombées, je me suis adressé à Omar pour qu'il me vende une serrure fermant à double-tour. J'avais de la chance, il lui en restait une.

Pendant qu'Omar cherchait la serrure dans son capharnaüm, j'ai pris le dernier *Écho d'Alger* sur le présentoir près de sa caisse. Il était encore question d'Hitler. Sous sa photo dont la légende le qualifiait, cette fois, de vautour jamais rassasié, il y avait un article que je n'ai pas pu lire car Omar est revenu avec la serrure. Il l'a verrouillée et déverrouillée devant moi. C'était de la belle mécanique. Il m'a tendu un double des clefs. Deux petites clefs en étain finement ouvragées avec un anneau en forme de cœur. Il a tout enveloppé dans le journal. J'ai payé cent cinquante francs. Puis il m'a demandé ce que j'avais comme affaires en ce moment car les temps devenaient difficiles. Tout le monde faisait des provisions de peur de manquer. Le prix du blé, de l'orge, de l'huile d'olive, sans laquelle rien ne se cuisine chez nous, avait triplé. Il a maudit le caïd El Hachemi qui, comme son père lors de la Première Guerre, profitait de la situation pour accroître sa fortune. Je n'avais aucune affaire à lui proposer. J'ai pris mon paquet et je suis reparti sous une pluie battante.

4

Plus je verrouillais et déverrouillais ma serrure, plus je songeais à notre bonheur que nous bouclerions à double-tour dès que j'aurais épousé Zina. Plus je songeais à elle, moins je trouvais le sommeil. Pour essayer de nous oublier, j'ai pris, sur la chaise paillée qui me servait de chevet, *L'Écho d'Alger* mouillé et froissé. C'était une suite de catastrophes à n'en plus finir. Des usines et des habitations détruites près de Dantzig. Dantzig ? Des dizaines de cadavres signalés sur la ligne Siegfried. Siegfried ? Une seconde attaque menée par soixante mille soldats allemands dans la Sarre. La Sarre ? La discorde semée dans le camp nazi par la collaboration soviéto-allemande. Nazi ? Soviéto-allemande ? Et l'ombre de la moustache d'Hitler à chaque page. J'ai replié ce journal plein de drames et j'ai pensé au travail qui m'attendait le lendemain matin. Placer la serrure puis écrire sur le mur d'enceinte de notre maison : LA CLEF.

Quand enfin j'ai senti monter en moi un doux engourdissement, je me suis enroulé dans ma couverture et j'ai fermé les yeux. J'étais bien. Zina était près de moi. Je me suis endormi au rythme des battements de son cœur.

Au milieu de la nuit, trois coups secs ont toqué à mes volets. J'ai entrebâillé l'un d'eux et j'ai reconnu Mohand, cet échalas à gueule d'épouvantail. Je suis sorti dans la cour. On s'est donné l'accolade des hommes et on s'est assis sur le banc, face à la pleine lune. Il a tiré de sa poche de manteau une bague en or sertie d'un diamant, un bracelet à grosses mailles du même métal et une montre à gousset en argent. Il en voulait trois mille francs.

— À ce prix-là, je ne trouverai jamais preneur.

— C'est de la belle marchandise, regarde Adam.

Pendant qu'il me faisait l'article des bijoux volés à des roumis qui avaient eu l'imprudence de s'aventurer sur les chemins de montagne infestés de brigands d'honneur comme lui, je ne pouvais m'empêcher de me souvenir de nos jeunes années. Nous étions nés, avions grandi, fait les quatre cents coups ensemble. Il était le grand frère que je n'avais pas eu. Sa famille, la plus pauvre de Bousoulem, vivait dans un taudis de gravats et de tôles.

La raison de cette infortune ?

Personne ne voulait embaucher son père, pas même pour garder des chèvres. On le disait envoûté par la maladie du Sheitan. Il vous parlait et soudain il était pris de transes, se roulait à vos pieds les yeux révulsés, la bave aux coins des lèvres et la bouche de travers, poussait des râles d'agonisant. Les enfants effrayés se carapataient en hurlant : « Sheitan ! Sheitan ! Sheitan ! »

Les piliers de mosquée qui priaient Allah plus que de raison pour se ménager une place à sa droite l'évitaient par crainte d'être à leur tour contaminés par la maladie du diable. Dès que les transes cessaient, il retrouvait tout son esprit, se relevait, dépoussiérait ses vieilles hardes et, comme si de rien n'était, reprenait le fil de sa conversation là où il l'avait laissée.

À quatorze ans, Mohand avait commencé à chaparder des œufs, des poules, des lapins dans les basses-cours de nos colons pour nourrir sa famille, puis il avait volé des vêtements séchant dehors, puis il était descendu en ville le vendredi pour piller les sébiles des mendiants qui survivaient grâce aux dons des fidèles après la grande prière. Jamais assouvi, il avait dérobé la caisse de la tombola annuelle dont les fonds étaient destinés aux orphelins de guerre.

Ce dernier vol avait été celui de trop. Les sbires du caïd El Hachemi l'avaient arrêté et conduit à leur maître qui n'avait eu aucune pitié pour son jeune âge. Il l'avait condamné aux trente coups de cravache prévus par sa loi, à curer ses étables ainsi qu'à besogner dans ses champs.

Libre, il avait croisé la route d'Hassan, le fils de l'émir Izem, le bandit d'honneur de nos légendes, qui l'avait enrôlé dans sa smala. Nous n'avions plus entendu parler de lui pendant des années, si bien que nous l'avions cru disparu pour toujours, jusqu'à ce que Tahar nous apprenne que sa tête était mise à prix. Il avait laissé pour mort le frère de l'adjudant Kléber après l'avoir délesté de deux mille francs et de sa chevalière en or.

Une nuit de l'hiver dernier, il avait toqué trois coups secs aux volets de ma fenêtre. Il était avec trois hommes en armes tapis dans la pénombre. Il me proposait, moyennant un partage équitable, d'écouler ses butins de guerre, comme il disait. Car la seule leçon qu'il avait retenue lors de son exil avec la smala d'Hassan était que les bons Français étaient des Français dépouillés de leurs biens comme ils nous avaient dépouillés de nos terres et de notre dignité. L'offre était alléchante, d'autant que mon métier de berger me rapportait à peine de quoi vivre. J'avais pourtant refusé. Je n'avais pas été éduqué à m'enrichir du malheur d'autrui. Il était revenu d'autres nuits avec différents objets de valeur. Il avait renouvelé son offre d'association en me faisant miroiter qu'avec l'argent que je gagnerais, j'aurais de quoi reconstruire ma maison et qu'il m'en resterait suffisamment pour me marier avec la plus jolie fille de la région. Avec mon corps tout en muscles, mes cheveux noirs tombant sur les épaules et ma gueule à faire se retourner sur mon passage les filles de nos colons les plus guindées, il ne doutait pas que je serais le plus beau parti de Kabylie. J'avais fini par céder de peur que Hadj Moussa refuse de donner la main de sa fille à un homme fauché, mal logé, qui avait pour seul avenir la garde des moutons, alors que Youssef El Hachemi n'aurait qu'à faire tinter les pièces d'or de son père pour me la voler.

C'est ainsi que je suis devenu son receleur. J'ai vendu le fruit de ses pilleries à Omar, qui s'est chargé de trouver preneurs auprès des fondeurs de métaux et des bijoutiers de Bougie qui n'étaient pas regardants sur la provenance de la marchandise.

— Deux mille cinq cents francs, Adam. Je ne descendrai pas à moins.

— La nouvelle guerre vient de commencer. Les gens gardent leur argent pour la nourriture. Sois raisonnable, Mohand.

— Deux mille.

Nous avons topé dans la main. Il est reparti avant l'appel à la prière de l'aube, escorté de ses acolytes dont je n'avais toujours pas vu les visages.

J'ai pris ma caisse à outils et je me suis mis au travail à la lueur de ma lampe à pétrole. En moins de deux, la serrure était installée et j'ai fait une pause en attendant que le ciel se libère des bancs de nuages sombres. Après que le vent d'ouest les a eu tous chassés, une tempête de ciel bleu a soufflé sur nos montagnes. Je me suis attelé à la plus belle des occupations qui soit depuis que j'avais commencé à rebâtir cette ruine : écrire sur le mur d'enceinte, en lettres d'or, LA CLEF. J'ai ajouté un point final pour marquer la fin des travaux. Avec un morceau de charbon de bois, j'ai esquissé de grandes lettres capitales. Trop solennelles. Trop prétentieuses. Trop françaises. J'ai tout effacé pour oser les pleins et les déliés. Ces belles lettres voluptueuses, pareilles à des arabesques, donnaient à imaginer que derrière ce mur se cachait un palais d'orient au charme mystérieux. J'entendais déjà les curieux et les envieux s'interroger : « Pourquoi La Clef ? La Clef pour ouvrir quoi ? La Clef pour boucler qui ? La Clef pour taire quel secret ? »

J'en riais par avance.

Quand j'ai eu fini, je suis allé au fond du jardin admirer le résultat de mon travail. LA CLEF étincelait sous le soleil de midi. Un instant, j'ai pensé que ce serait bien de peindre sur la porte d'entrée les deux petites clefs en étain avec leurs anneaux en forme de cœur, mais j'ai abandonné l'idée en voyant arriver Tante Safia avec sa tête de porte-poisse.

Après ses lamentations d'usage, elle s'est plantée devant le mur, les poings sur la taille, et m'a interpellé du regard.

— La Clef, Tante Safia. C'est écrit La Clef.

— La Clef ? Pourquoi La Clef ? Tu as des secrets à me cacher ? Tu sais que tu peux tout me dire. Je suis comme ta mère. Allez, parle à ta tante, mon fils, parle.

J'ai fait la sourde oreille. Elle a changé de registre pour savoir ce que j'avais préparé pour le déjeuner.

— Rien. Je ne peux pas être au kanoun et aux pinceaux.

Elle a bredouillé que j'étais le plus mauvais de ses neveux – j'étais le seul. Puis elle a menacé de mendier chez ses voisins pour que tous sachent que j'étais un homme indigne qui laissait mourir de faim sa vieille tante. Là encore, je l'ai ignorée. Elle m'a renvoyé un regard lourd de mépris avant de faire demi-tour. À peine franchi le portail, elle a fouillé dans son portefeuille enfoui sous sa robe, et elle est revenue sur ses pas. Elle m'a tendu une enveloppe bistre frappée de l'oriflamme tricolore que lui avait donnée le facteur, la semaine dernière, pendant que j'étais à El Kseur où j'achetais du matériel de construction. Elle avait oublié de me la remettre parce qu'elle n'avait plus toute sa tête, s'est-elle justifiée.

Je connaissais bien ces enveloppes du ministère de la Défense nationale. Mon père recevait ces courriers lui rappelant chaque fois que ses requêtes pour obtenir une pension d'invalide de guerre au lieu de sa maigre retraite de militaire étaient toujours à l'étude et qu'il serait avisé après que la commission aux affaires sociales aurait statué sur son cas. Quand il a eu obtenu gain de cause, il était mort depuis deux ans.

Tante Safia est restée dans mon dos à attendre que j'ouvre cette lettre. Je ne l'ai pas fait. Je la savais de mauvais augure.

— Qu'est-ce que tu as, Adam ? Tu as l'air contrarié ?

Mon cœur battait la chamade, j'avais chaud, froid, la nausée au bord des lèvres. Je suis rentré chez moi en la saluant d'un geste vague de la main.

5

Les mains moites, tremblantes, j'ai ouvert la lettre. Ce que je redoutais était arrivé. J'étais appelé sous les drapeaux. On m'enjoignait de me rendre à la gendarmerie avant le 15 octobre pour passer les premiers examens médicaux avant d'être affecté à un régiment. À défaut de me présenter dans le délai indiqué, je serais insoumis et la loi s'appliquerait dans toute sa rigueur. Nous étions le 22 octobre 1939. J'étais déserteur depuis une semaine.

Il y a longtemps que je redoutais le jour où je recevrais cette convocation. Il m'était même arrivé de cauchemarder plus d'une fois où elle me mènerait. Je portais l'uniforme kaki de mon père, le visage maculé de boue, et je courais, barda sur le dos, dans un décor de fin du monde pour échapper au déluge d'éclairs largués par des oiseaux de fer. Quand le feu du ciel se taisait, j'implorais le Très-Haut pour qu'il me libère de cet enfer. À bout de fatigue, je me couchais dans un fossé où je mourais noyé dans un torrent de sang.

Ces visions d'apocalypse me terrifiaient à tel point que les nuits suivantes, je luttais contre le sommeil de peur d'être de nouveau happé par ce cauchemar.

La guerre, je m'étais juré de ne jamais la faire en fermant les yeux de mon père sur son lit de mort.

Ma mère l'avait récupéré à la gare d'El Kseur, amputé de son pied droit. Il se trouvait avec d'autres soldats. Certains étaient défigurés par les gaz moutarde, d'autres avaient perdu un bras, une jambe, d'autres enfin ne s'appartenaient plus, comme 14-18.

Moi, je suis né le 11 août 1919, un an après son retour du front. Aussi loin que je me souvienne, j'ai toujours connu mon père dans la souffrance. Quand j'étais petit garçon, je l'accompagnais le matin chez sa sœur pour qu'il lui raconte les épisodes de sa guerre, là-bas, dans la vraie France. Fallait voir comme il en bavait lorsqu'il cahotait sur les sentiers de chèvres, les béquilles calées sous ses aisselles. Son visage déjà émacié se creusait davantage, son souffle se raccourcissait, sa chemise se marbrait de sueur. Parfois une béquille ripait sur une pierre, il perdait l'équilibre, se vautrait de tout son long et me regardait avec cet air de chien blessé que je n'ai jamais oublié. Je lui tendais la main pour l'aider à se relever et, une fois debout, il m'embrassait sur le front comme pour s'excuser de n'être qu'un père au rabais.

Arrivé chez Tante Safia, il n'était plus qu'un corps mort. Je le soutenais pour l'installer sur le sofa, elle essuyait son front tout en eau, puis elle nous servait quelques dattes avec un verre de lait fermenté. Dès qu'il avait récupéré, elle le pressait de questions. Et mon père reprenait son récit là où il l'avait laissé lors de notre dernière visite. Les Boches à un jet de grenade de leur tranchée. De jour comme de nuit, le fracas des obus, les canonnades, l'odeur de la mort. Le sergent donnait l'ordre de charger, la troupe hurlait « Vive la France ! » en fonçant sur l'ennemi, la baïonnette au fusil.

Quand les soldats se repliaient dans leur tranchée, on comptait ceux qui ne reviendraient plus. Mon père se souvenait aussi de la gadoue qu'il avait jusqu'aux genoux et de son corps qui n'était qu'une énorme boursouflure bouffée par la gale et l'eczéma.

Nous le suivions à Reims, à Laon, à Crécy, un petit bled où il avait bivouaqué avec son régiment, et au Chemin des Dames où ça bardait sauvagement. Son sergent, qu'il appelait « Chef » pour marquer tout son respect à l'institution militaire, lui avait demandé de quitter la tranchée pour chouffer si les Allemands avaient regagné leurs bases arrière la nuit car le jour pointait et un calme lourd de menaces pesait sur la plaine.

— La dernière fois qu'Aziz et son frère Bouder sont sortis en éclaireurs, les Boches ne leur ont pas fait de cadeaux. L'un est mort, l'autre s'est fait trouer le cul.

— Tu discutes mes ordres ? Tu veux finir au peloton d'exécution comme les traîtres ?

Le soldat Idir Ait Amar s'était mis au garde-à-vous et avait obéi. Le sergent avait désigné Slimane pour l'accompagner. La trouille au ventre, ils s'étaient traînés à quatre pattes vers les lignes ennemies.

Dix mètres.

Slimane fredonnait :

— *Colonisé, t'es pas né pour t'amuser...*

Trente mètres.

— *Colonisé, t'es né pour en baver.*

Cinquante mètres.

— Ta gueule, Slimane !

Trop tard. Les Allemands les avaient repérés. Retour en arrière en rampant plus vite que des serpents. La tranchée était là, à une quinzaine de mètres.

— *Colonisé, t'es né pour en chier... Colonisé, t'es né pour te faire zaï... zaï... zaï...*

Une mine avait explosé. Ils étaient sonnés. Lorsqu'ils avaient repris connaissance, mon père avait perdu son pied, Slimane avait perdu la raison. C'était une semaine avant la signature de l'armistice.

Longtemps, mon père a revu ces petits matins blêmes où le soleil de la vraie France ne luisait que pour mieux jeter une lumière crue sur ses frères tombés pour la patrie.

— Pourquoi tu appelles les Allemands les Boches ? questionnait Tante Safia qui aimait lui faire répéter ce qu'il lui avait expliqué maintes fois.

Durant ces trois années au feu, qui furent les plus exaltantes de sa vie, mon père avait retenu un tas de vocabulaire allemand qu'il aimait glisser dans les conversations pour nous épater. *Kartoffel, Hund, tschüss, schnell, Franzose,* et bien d'autres mots dont le fameux « Boche », qui selon lui signifiait « tête en bois ». Sur le chemin du retour, il m'apprenait des gros mots qui devaient rester entre nous : *Arschloch,* « connard », et *fick dich,* « va te faire foutre ».

Lorsque nous rentrions à la maison, il s'allongeait sur le lit, ma mère lui retirait sa chaussette en grosse laine écrue protégeant son moignon et, avant de le soigner, elle me mettait dehors parce que, disait-elle, ce n'était pas un spectacle pour un enfant.

Je sortais dans la cour et, juché sur des fagots de bois, je voyais tout. Ma mère enlevait les peaux mortes de la jambe malade avec une pince à épiler, elle la lavait avec des compresses taillées dans des draps qu'elle trempait dans un bain d'eau de Javel, puis elle l'essuyait avec une serviette. Pour finir cette corvée de chaque soir, elle massait le mollet endolori jusqu'à ce que mon père s'endorme.

Un jour qu'il pleuvait et que nous revenions de chez Tante Safia, une de ses béquilles avait ripé sur la terre grasse, il avait chuté et dévalé un talus jusqu'à la route. Sa chaussette était imbibée de sang. Il haletait en implorant Allah pour qu'il l'achève plutôt que de lui infliger une vie de souffrance.

Allah ne l'a pas entendu.

Même amaigri comme un chat de poubelle, je n'avais pas la force de l'aider à se relever. J'avais retiré mon burnous pour lui en faire un oreiller puis j'avais frappé aux portes des maisons pour qu'on me prête main forte.

Ma mère avait traité sa chair à vif pendant plus d'un mois mais ça ne cicatrisait pas. Tante Safia venait à l'heure du déjeuner avec ses remèdes de sorcière qui n'avaient rien arrangé. Puis la fièvre était arrivée avec des coulées de suée. Puis il avait cessé de s'alimenter. Puis il avait été pris de tremblements ou de transes, nous ne savions faire la différence. Ma mère redoutait qu'il soit possédé par la maladie du Sheitan. Elle m'avait donné le peu d'argent de la pension qu'elle mettait de côté en cas de malheur afin que j'aille en ville pour ramener un toubib.

Aucun n'avait voulu se déplacer.

Alilou m'avait recommandé un marabout faiseur de miracles. Il avait rendu féconde une femme condamnée à la répudiation car, après un an de mariage, son ventre ne s'arrondissait toujours pas. Pour nous, point de miracle. Sa seule prouesse avait été de nous soutirer nos pauvres sous. J'étais allé voir l'imam ; il m'avait recommandé de rester au chevet de mon père en attendant que le Très-Haut le rappelle en son vaste paradis.

Les jours avaient passé, mon père n'était plus qu'une ombre mais il ne mourait pas. Lorsque ses douleurs le laissaient en paix pour quelques heures, c'était la folie qui prenait le dessus. Il gueulait à s'en casser la voix : « *Schnell ! Raus ! Klar !...* »

Omar, que j'avais rencontré au souk, m'avait recommandé M. Charmant, le vétérinaire de la ville. Il lui arrivait de soigner des êtres humains quand il avait le temps. J'avais frappé à sa porte, il avait ouvert et m'avait regardé si lourdement que je m'étais senti mal à l'aise, puis il m'avait promis de passer dès qu'il aurait à faire à Bousoulem.

Il était venu bien plus tard, un jour qu'une jument du caïd El Hachemi peinait à mettre bas. Nous l'avions accueilli comme un saint. Ma mère qui ne serrait jamais la main aux hommes s'était forcée à le faire. Nous l'avions conduit dans la chambre où mon père, le visage ruisselant, délirait : « Boche, *Schutz, fick dich...* »

Le vétérinaire avait demandé à ma mère de lui ôter sa gandoura pour qu'il puisse l'ausculter. Je traduisais parce qu'elle ne comprenait que quelques mots de français. D'un bref mouvement de tête, elle m'avait fait signe de quitter la chambre. Le vétérinaire qui ne tenait pas à parler le sabir avec elle avait insisté pour que je sois présent.

Elle s'était résignée.

Pour la première fois, j'avais vu le corps nu de mon père. Sa peau était grise, flétrie, gaufrée du tibia à la cuisse. Son torse était si desséché que je pouvais compter ses côtes. J'avais honte de le penser mais égoïstement, à ce moment-là, j'avais espéré qu'il meure pour qu'il ne souffre plus et que nous soyons délivrés de ses accès de démence qui nous terrifiaient.

Le vétérinaire avait plaqué sa main sur le nez de mon père comme s'il s'agissait de la truffe d'un chien. Il lui trouvait beaucoup trop de fièvre. Il l'avait mis sur le dos en un tournemain et il avait ouvert sa sacoche pour en sortir un thermomètre à bestiaux qu'il lui avait enfoncé entre les fesses. Mon père s'était raidi en hurlant si fort qu'on avait dû l'entendre jusqu'au dernier gourbi du village. Pendant que le mercure montait, M. Charmant m'avait demandé comment il s'était fait cette foutue blessure.

— À la guerre contre les Boches, là-bas, en France.

— Pourquoi, ici, ce n'est pas la France ?

— Ici, c'est la souffrance tous les jours, monsieur. Je n'ai même pas trouvé un vrai toubib pour mon père.

— Tu as quel âge ?

— Treize ans.

— Tu es bien insolent pour ton âge.

Je m'étais excusé. Un sourire crispé avait flotté sur ses lèvres aussi charnues que des limaces. Il avait retiré le thermomètre des fesses de mon père et avait sifflé en écarquillant les yeux.

— Quarante degrés. Encore deux, trois jours comme ça et il allait rejoindre votre Allah.

Il avait remis mon père sur le dos pour examiner son moignon. Il était dans un triste état mais il espérait éviter l'amputation totale de la jambe. Il nous avait donné des comprimés à lui faire avaler trois fois par jour pour stopper l'infection ainsi qu'une pommade à appliquer sur la jambe infirme, au coucher, pour apaiser les douleurs.

Il n'avait pas voulu que nous le payions parce qu'il aimait ma bonne tête de petit moricaud. Il avait passé sa main velue comme une araignée sur mon épaule, sur ma joue, sur ma nuque, dans mes cheveux. Il m'écœurait.

Au seuil de la porte, il s'était retourné sur mon père et avait lancé :

— N'aie pas peur, pauvre bête. Je vais arranger ça.

6

Une semaine plus tard, mon père allait mieux. Il avait retrouvé l'appétit, sortait dans le jardin pour lézarder sous son vieil olivier et continuait de radoter sa guerre à ma mère qui s'en fichait tout à fait. Hélas, la rémission n'avait duré qu'un petit mois. La chair à vif autour de son moignon avait viré au noir et le pus, cette fois, dégageait une odeur d'œuf pourri. La fièvre, les suées, les délires avaient réapparu. Le regard halluciné, il imitait le bruit des bombes explosant çà et là puis il se perdait dans un charabia dans lequel se mêlaient des mots d'allemand, de kabyle, d'arabe, de français. Quand il n'avait plus de voix, il ânonnait le nom de son sergent et ceux de ses frères d'arme morts au champ d'horreur.

J'étais retourné chez le vétérinaire. Il avait d'abord refusé de monter chez nous, il prétendait avoir beaucoup à faire, il verrait ça, plus tard.

Quand ?

Il ne le savait pas mais ce serait plus tard. Je l'avais supplié de trouver un moment, juste un tout petit moment dans la journée. En échange, je m'étais proposé de faire ses commissions, le ménage dans son cabinet, enfin j'étais prêt à faire n'importe quoi pour sauver mon père.

— N'importe quoi ?

Il m'avait souri et l'araignée était revenue se promener sur mon épaule, sur mes joues, sur ma nuque, dans mes cheveux. J'avais le dégoût au bord des lèvres. Je voulais fuir mais l'image de mon père sur son lit de douleur ne me quittait pas. Alors, je m'étais laissé caresser. Durant le voyage, il n'avait cessé de me tripoter en répétant que j'étais un joli petit moricaud et pour peu que je sois gentil avec lui, il guérirait mon père. L'araignée s'était glissée sous ma djellaba, elle avait grimpé sur ma cuisse puis elle s'était insinuée, plus haut, jusqu'à toucher mon sexe. J'étais si pétrifié que j'avais pissé sur la grosse araignée. Il s'était essuyé sur ma djellaba avant de se garer sur le bord de la route pour me chasser de sa voiture. J'avais pleuré que si son plaisir était de me toucher, je ne mouillerais plus sa main.

À la maison, ma mère et Tante Safia étaient avec mon père à essayer de lui faire boire de l'eau. Elles avaient remercié M. Charmant en adressant une prière à Dieu pour qu'il protège ce bienfaiteur roumi.

Il n'avait pas eu un regard pour elles.

Il avait examiné le moignon purulent et le diagnostic était tombé : la gangrène. Il fallait raccourcir jusqu'au genou. Il nous avait promis de revenir le lendemain avec l'attirail nécessaire pour opérer.

Dès qu'il s'était trouvé dehors, j'avais expliqué à ma mère et à Tante Safia ce qu'était la gangrène et en quoi consisterait l'opération. Elles avaient poussé des cris à vous crever les tympans, s'étaient griffé les joues et avaient encore sollicité Allah pour qu'il vienne en aide à mon père.

Comme promis, M. Charmant était revenu le lendemain soir avec sa mallette chirurgicale. Ma mère et Tante Safia avaient apporté des linges, des bassines d'eau chaude et avaient voulu participer à l'opération, mais il les avait renvoyées à la cuisine. Il voulait que ce soit moi, et moi seul, qui l'assiste.

La main toute en os de mon père s'était agrippée à la mienne. Dans son regard usé par les fièvres, je lisais l'envie de quitter ce monde. Le vétérinaire avait étalé sur la table de chevet des gants en caoutchouc, un bistouri, une scie, une bobine de fil, une seringue, des fioles de liquides translucides et une bande Velpeau. Il avait planté l'aiguille dans le bras et injecté d'un trait le liquide. Les doigts de mon père avaient lâché prise. Son visage s'était déridé jusqu'à devenir lisse et apaisé. Il ressemblait à un jeune homme. Puis il avait fermé les yeux : il était parti.

Je l'avais trouvé si beau que j'avais demandé au vétérinaire de l'achever pour que je garde cette belle image de mon père.

Il avait haussé les épaules, enfilé ses gants en caoutchouc et dit :

— Bloque bien la jambe avec tes mains. On y va.

Le bistouri s'était enfoncé lentement dans la chair en entaillant la peau autour du moignon. Le pus noir avait giclé aussitôt. Il avait continué d'inciser jusqu'au genou pour dégager le muscle du mollet. Et ça saignait. Et ça puait. Et j'avais des haut-le-cœur. Le muscle pendait comme ces morceaux de viande suspendus aux crocs des bouchers du souk. D'un coup net, il avait tranché le tendon blanchâtre. Le paquet de chair rougeâtre était tombé à mes pieds. Il avait pris la scie et la lame avait commencé d'aller et venir contre le tibia. Plus elle allait et venait, plus je maudissais la France et ses putains de guerres.

Je n'en pouvais plus, l'odeur de sang me montait au nez. J'avais fermé les yeux pour ne plus rien voir. Quand le tibia était tombé, il avait dit :

— Ramasse.

J'avais ramassé l'os et le muscle chaud que j'avais enveloppés dans un linge. J'avais essuyé sur ma djellaba mes mains marquées du sang. Il avait rincé la cuisse à l'alcool, glissé le fil dans le chas d'une grande aiguille, avait suturé puis pansé le nouveau moignon avec la bande Velpeau. L'opération était terminée.

J'étais allé dans la nuit noire enterrer les restes de mon père au pied de son vieil olivier. J'entendais des bruits de pas dans mon dos. Je m'étais retourné. Il était là. Grand. Costaud. Plus laid qu'en plein jour. Il avait baissé son pantalon, son caleçon, le gros serpent s'était dressé, sa tête violette me cherchait. J'avais voulu lui échapper mais il m'avait saisi par la nuque et il avait dit :

— Si tu veux que je repasse demain pour m'occuper de ton père, il faut être sage, joli petit moricaud.

J'avais crié au secours mais du fond du jardin, seuls les chacals m'avaient répondu. Les araignées avaient agrippé mes épaules pour me plaquer contre le vieil olivier. Il avait soulevé ma djellaba et frotté son gros serpent contre moi en ahanant, pareil à un bourricot en rut. Ma mère m'avait appelé, il s'était rhabillé. J'avais ravalé mes larmes.

Nous avons attendu M. Charmant le lendemain, et tous les autres lendemains. Il n'est jamais repassé. Trois mois d'accalmie plus tard, le pus noir et les fièvres étaient revenus. Mon père était pourri d'escarres jusqu'aux couilles. Pour se déplacer, il rampait au sol comme un ver de terre. Ça non plus, je ne l'ai jamais oublié.

Ma mère m'avait supplié de retourner chez le vétérinaire ; j'avais fait oui de la tête mais je n'y étais pas allé. Je préférais que mon père crève plutôt que d'être souillé une seconde fois par le gros serpent.

Le jour de son enterrement, nous espérions que la gendarmerie dépêcherait l'adjudant Kléber ou un de ses sous-fifres pour lui rendre un dernier hommage, mais aucun n'avait fait l'effort de monter jusqu'au petit cimetière de Bousoulem. En jetant la dernière pelletée de terre sur le cadavre mutilé de mon père, je m'étais juré de ne jamais tomber pour la France.

7

Zina m'a retrouvé sur la fin de l'après-midi dans le jardin. Elle avait la mine renfrognée des mauvais jours. Elle a regardé, sans s'attarder, les lettres d'or sur le mur d'enceinte puis elle n'a pu contenir sa colère. Elle m'a reproché de ne pas avoir fait ma demande en mariage à son père comme je m'y étais engagé. Surtout, elle craignait que Youssef, qui venait encore de l'aborder au sortir de chez elle, se déclare avant moi.

Imaginer Zina déflorée par le fils du caïd El Hachemi la nuit de noces, imaginer Zina liée à cette famille de féodaux, imaginer Zina sans moi m'était insupportable. J'ai pris son visage entre mes mains et j'ai juré qu'elle ne serait jamais son épouse. Puis j'ai tiré de ma poche ma convocation. Elle l'a lue, relue et nous sommes restés accablés et silencieux, les yeux rivés sur le mur d'enceinte de notre maison où le soleil dardait ses derniers rayons sur LA CLEF. Mes doigts fébriles se sont insinués entre les siens et, les yeux dans les yeux, je lui ai promis de ne pas me rendre à la gendarmerie.

— Si tu t'enfuis, nous serons séparés à jamais.

— Si je meurs à la guerre, nous serons séparés pour l'éternité. Je pars ce soir, Zina. Viens, je t'emmène avec moi.

— Partir pour où ?

— Tizi Ouzou.

— Tizi Ouzou ?

J'avais souvent entendu Alilou parler de cette grande ville populeuse de haute Kabylie où il se construisait des habitations collectives à tour de bras. Les locataires ne se fréquentaient guère et ne s'adressaient la parole qu'en cas de nécessité. Si elle était d'accord, nous irions vivre là-bas pour devenir anonymes parmi d'autres anonymes.

— Partir combien de temps ? Vivre de quoi ? D'amour et d'eau fraîche comme dans les romans-photos que tu me ramènes quand tu descends en ville ? m'a-t-elle dit, ravie et excitée à l'idée de risquer l'aventure avec moi.

Brusquement, son enthousiasme a fait place au désenchantement. Le projet lui semblait insensé. Elle prédisait qu'à la nuit tombée, son père, son frère et les sbires du caïd El Hachemi iraient à sa recherche. Et, dès qu'ils nous auraient rattrapés, elle serait cloîtrée puis mariée aussitôt. Quant à moi, je serais lacéré à coups de cravache avant d'être livré à la gendarmerie.

— Tu es fou, Adam, tu es fou.

— Fou, je le deviendrais si je devais vivre sans toi.

Elle a ri, elle a pleuré, elle a ri encore. Je l'ai embrassée longuement, tendrement, follement, comme la première fois. Puis je lui ai demandé si elle n'aurait aucun regret de laisser derrière elle, pour toujours, sa famille et notre village.

Elle n'en avait aucun.

J'ai fait des confettis de ma convocation que le vent du soir a emportés loin de nous. Maintenant qu'elle s'était décidée à me suivre, elle voulait fuir au plus vite. Je lui ai donné rendez-vous devant l'école à l'heure où les hommes sont à la mosquée pour la dernière prière.

Le soleil s'est effacé derrière nos montagnes, éteignant une à une mes lettres d'or.

J'ai pris l'argent que j'avais mis de côté pour notre mariage et, pendant que je chargeais mon mulet de sacs de nourriture, de couvertures et d'un bidon d'eau fraîche, Tante Safia est arrivée, porteuse des dernières nouvelles. Elle les tenait d'une commère plus commère qu'elle. Des militaires avaient arrêté à l'aube une quinzaine de déserteurs sur la route de Bougie. Ils les avaient enchaînés aux pieds et exhibés en public devant la mairie d'El Kseur avant qu'on les fasse monter à coups de crosses de fusils dans un camion de l'armée. Soudain, elle a grimacé en réalisant que ma monture était bâtée comme pour un long voyage.

— Où vas-tu comme ça, Adam ?

Je l'ai serrée entre mes bras, fort, très fort. Son odeur de vieille bique m'a soulevé le cœur comme souvent, pourtant, je l'ai respirée pleinement car je savais que c'était l'ultime fois. Puis j'ai murmuré que je partais pour ne pas faire la guerre. Je lui ai donnée la clef de ma maison. Elle m'a regardé les paupières mi-closes, ses doigts décharnés ont parcouru un à un les traits de mon visage et elle a dit :

— Il faut du caractère pour dire non à la guerre, mais il te faudra davantage de courage pour affronter les épreuves à venir. Si je ne suis plus de ce monde à ton retour, ta maison, elle, sera toujours là à attendre son maître. Qu'Allah le clément et miséricordieux et Mohammed, notre prophète, que le salut soit sur lui, éclairent tes pas, Adam.

Elle a enfoui la clef dans un fatras de chiffon entre ses seins et s'est fondue dans la nuit.

M. Grandjean se trouvait dans le préau, au fond de la cour, à remplir une brouette de bois pour nourrir le poêle de la salle de classe quand je suis arrivé. J'ai attaché mon mulet au portail de l'école pour lui donner la main. En échange, il m'a invité à prendre un café chaud dans son appartement de fonction, à l'étage. Tout était sens dessus dessous. Fauteuils, chaises, table, guéridon étaient entassés contre un mur. Des malles pleines de vêtements, de souliers, de chapeaux étaient prêtes à partir. Le sol était jonché de livres, de dossiers et de toutes sortes de revues. Sur la commode, il y avait des cartons remplis de poteries et de petites aquarelles représentant la corniche, les monts du Djurdjura et la vallée de la Soummam.

— Vous partez, monsieur Grandjean ?

Il a acquiescé. L'heure de la retraite avait sonné. Il rentrait à Paris dans l'appartement de famille qui l'avait vu naître soixante-cinq ans plus tôt. Il était arrivé parmi nous à la fin du siècle dernier, juste après avoir réussi l'examen de l'École normale d'instituteurs. Il voulait enseigner dans les colonies pour comprendre le monde. N'importe laquelle aurait fait son affaire. L'Éducation nationale l'avait affecté dans un établissement de la ville de Bougie où les élèves étaient pour l'essentiel issus de la bourgeoisie européenne et juive. Entre chaque gorgée de café, la nostalgie de ce pays qu'il avait tant aimé lui remontait par bouffées. Il se souviendrait jusqu'à son dernier souffle des soirées d'été, place Gueydon, où avec ses collègues il glorifiait la grandeur de l'empire aux cent millions d'habitants. Il savait aussi s'indigner de l'injustice du système colonial qui nous ravalait au rang de Pas Grand-Chose.

C'est lors d'une de ces soirées qu'il avait fait connaissance d'une jeune institutrice aux yeux clairs, parisienne tout comme lui, fraîchement débarquée. Elle avait rêvé l'Asie, le Tonkin, ses temples bouddhistes ; elle avait échoué en Afrique du Nord, à Bougie, ville aux trente-six mosquées, avec autant de muezzins qui vous réveillent avant le chant du coq. Dès que les bans furent publiés à la mairie, elle l'avait laissé à son Algérie pour retrouver la vraie France, car elle ne l'aimait pas suffisamment pour supporter le climat, les mœurs et le peuple de cette autre France.

Bien plus tard, après que l'instituteur de Bousoulem avait pris sa retraite, l'Académie lui avait proposé de reprendre le poste vacant. Il avait accepté, pensant que dans notre village perché au trou du cul du monde, on pourrait enseigner les vertus de la morale républicaine et les savoirs sans cesse renouvelés de son pays aux fils de Pas Grand-Chose.

La déception fut à la hauteur de son espérance. Il avait face à lui les enfants du caïd, de chaouchs ou des métayers n'éprouvant aucun plaisir à s'instruire car ils savaient leurs destins tracés par avance. Ils seraient caïd à la place du caïd, plantons ou larbins au service de nos colons comme leurs géniteurs. Nous autres, les Pas Grand-Chose, étions condamnés à l'ignorance, à la servitude et à mourir pour le drapeau. Quant aux roumis qui ne tenaient pas à mélanger leurs enfants avec les jeunes musulmans, ils les envoyaient étudier à Alger ou à Tizi Ouzou, chez les Pères Blancs. Les plus fortunés partaient pour les grandes écoles de la vraie France.

Pendant qu'il continuait de ranger ses affaires, j'ai regardé par la fenêtre ; mon mulet s'était détaché. Il s'agitait nerveusement dans la cour car la charge sur ses flancs l'empêchait de se mouvoir à son aise. Au plus loin, c'était le néant. J'ai pensé au pire : Hadj Moussa et Mourad stoppant Zina au seuil de sa maison. Zina séquestrée dans sa chambre. Zina perdue à jamais.

J'étais si inquiet que M. Grandjean s'en est rendu compte. Il m'a rejoint et nous avons regardé mon mulet qui avait réussi à se délester du bidon d'eau fraîche.

— Je vois que je ne suis pas le seul à quitter Bousoulem, a-t-il dit.

À lui, le Français à qui je devais de savoir compter, lire, écrire, à lui qui m'avait offert mon premier cahier de classe, à lui qui m'avait fait aimer les enquêtes du commissaire Maigret que je dévorais sans compter mes heures, à M. Grandjean, je ne pouvais mentir. Je lui ai confié que je partais pour ne pas me soumettre. J'ai parlé de ma mère emportée par le typhus sans que j'aie pu la soigner parce que je n'avais pas assez d'argent. J'ai parlé de mon père dont le corps infirme avait pourri rongé par la gangrène. J'ai, encore, parlé de l'ingratitude de l'armée qui n'avait dépêché personne à son enterrement. Enfin, je voulais lui parler du vétérinaire mais ma pudeur me l'avait interdit.

— Pour toutes ces raisons, je m'en vais avec celle que j'aime pour ne plus subir cette vie de vaurien.

Il a hoché la tête sans que je comprenne s'il approuvait ou pas ma décision puis il a dit :

— Tu as vingt ans Adam, tu parles comme si tu avais vécu cent ans.

— Avoir vingt ans, ça n'existe pas chez nous. Je suis vieux de toutes les humiliations dont j'ai souffert depuis l'enfance.

Il a posé sa main sur mon épaule, il y avait de l'affection dans ce geste-là. Ça m'a réchauffé le cœur. À son tour, il s'est confié. Il m'a parlé de Paris, de la place d'Italie, de son quartier des Gobelins qu'il allait retrouver après un si long exil. Il m'a parlé du bonheur qu'il aurait à se rendre chaque matin à la bibliothèque de la Sorbonne, comme quand il était étudiant, pour lire encore, pour comprendre le monde, il m'a parlé de sa sœur Marie-Anne qu'il aimerait revoir, mais je ne l'écoutais plus. Mon regard était braqué sur le petit chemin menant à l'école.

Dehors tout était désespérément mort. Zina n'arrivait toujours pas. Les minutes étaient des siècles. M. Grandjean est revenu avec un petit dictionnaire Larousse aux pages jaunies, dont la reliure rouge et noire s'effilochait. Je n'avais jamais vu un si petit livre ; il pouvait tenir dans une poche de veste. Ses parents le lui avaient offert pour son certificat d'études primaires. Il m'en faisait cadeau parce que, bien que je n'aie jamais intégré sa classe, j'étais le plus brillant de tous ses élèves. C'était ma récompense, mon prix d'excellence. Je voulais l'embrasser comme j'avais embrassé mon père sur son lit de chagrin, mais je n'ai pas osé. Je me suis contenté de le remercier en lui serrant une franche poignée de main. J'ai ouvert mon petit dictionnaire comme on ouvre le saint Coran. Sur la première page, il y avait écrit : « Albéric Grandjean. 30, avenue des Gobelins, Paris XIIIe ». J'ai feuilleté quelques pages mais je n'avais pas la tête à lire. Je l'ai refermé, glissé dans ma poche de burnous, puis j'ai regardé par la fenêtre et j'ai soupiré ; Zina fendait la nuit, un balluchon sur l'épaule.

— Il est temps de se dire adieu, monsieur l'instituteur.

— Au revoir. On ne sait jamais. Mektoub, comme on dit ici.

— Mektoub, monsieur Grandjean.

Je lui ai de nouveau serré la main mais c'était plus fort que moi, je l'ai embrassé sur les joues, furtivement. Il était ému, je crois.

8

Nous avons marché des heures sur les sentiers escarpés de la montagne de Bousoulem pour contourner El Kseur et ses douars avoisinants où les habitants ont la réputation de ne dormir que d'un œil, puis nous nous sommes enfoncés dans la forêt de chênes-lièges de Yakouren. Nous avons poursuivi notre marche, persécutés par un vent cinglant qui nous transperçait la peau. Et l'on s'est arrêtés, épuisés, devant l'entrée d'une grotte. J'ai attaché mon pauvre mulet à bout de force, lui aussi, à un buisson et l'on s'est réfugiés dans cet antre inespéré. J'ai creusé le sable fin à la main pour nous faire un kanoun. J'ai allumé un feu avec des pommes de pin, du bois mort, des écorces d'arbre. Nous avons mangé des dattes et des olives avec de la galette de blé d'orge. Ce repas frugal, qui constituait l'ordinaire de nos jours maigres, était cette nuit-là un festin de roi. Zina a dénoué son foulard, ôté les épingles retenant son chignon et ses longs cheveux roux se sont répandus sur ses frêles épaules.

La lueur des flammes faisait luire ses yeux d'or. Elle s'est déchaussée, a allongé ses jambes, j'ai pris ses pieds entre mes mains et je les ai réchauffés. Elle était silencieuse, absente, comme loin de moi.

— À quoi penses-tu, là, maintenant ?

Elle songeait à tout et à son contraire. Elle avait peur que son père, son frère, les hommes de main du caïd El Hachemi fassent irruption à tout moment pour briser ce bonheur qu'elle n'espérait pas vivre un jour. Puis elle a fait table rase de cette sombre perspective et a dit qu'elle se sentait légère comme les cigognes venues du bout du monde qui traçaient des arabesques dans les ciels de notre enfance avant de repartir par la mer, nous laissant prisonniers de notre terre, de nos liens familiaux, de nos coutumes ancestrales.

Elle tremblait de froid. J'ai soufflé sur les braises pour ranimer le feu puis j'ai étalé des couvertures sur le sable. Elle s'est glissée dans notre lit de fortune, elle a fermé les yeux ; un ange s'endormait.

Sur ses paupières, j'ai mis un baiser. Comme elle me souriait, je suis passé de ses yeux à sa bouche. Comme elle me prenait la main, j'ai déposé d'autres baisers sur sa bouche, sur son nez, sur son cou. Comme elle était lascive, ma main s'est aventurée entre ses cuisses. Elle l'a repoussée, gentiment. Elle refusait de faire la chose à la sauvette, dans cette grotte, comme si nous étions des gens de la préhistoire. Elle voulait que nous la fassions une fois notre union célébrée par un homme de religion.

Elle m'a tourné le dos et s'est endormie en posant ma main sur son cœur. Je me suis lové contre son corps tout chaud, le sexe plein du désir inassouvi.

Au réveil, nous avons repris notre marche sans perdre de temps pour atteindre notre but avant la nuit.

— C'est encore loin, Tizi Ouzou ?

J'ai fait un geste approximatif de la main en direction de l'ouest. Elle a ri. C'était un rire agacé car nous étions pareils à deux enfants perdus dans cette forêt où nous tournions en rond depuis l'aurore.

Quand le soleil a été à l'aplomb au-dessus de nos têtes, nous avons débouché pour la seconde fois dans une clairière où nous avons fait une pause. Zina a mangé le reste de la galette ; moi qui n'avais pas faim, j'ai feuilleté mon petit dictionnaire. Tous ces mots avec leurs définitions, leurs synonymes, leurs antonymes dans un si petit livre m'épataient. Chez nous, il n'existait pas d'ouvrage de recensement de notre vocabulaire.

À y réfléchir, c'était peut-être mieux comme ça.

Qu'aurions-nous fait d'un dictionnaire puisqu'un même mot pouvait recouvrir plusieurs choses différentes ?

Ainsi, « akham » s'employait pour désigner aussi bien une maison, un chalet, une masure. Quand l'électricité, l'automobile, le chemin de fer, le téléphone ont pénétré nos contrées, nous n'avions pas d'équivalence pour traduire ces mots de la modernité française. Nous les avons bricolés à notre sauce. « Tricité », « taumobile », « chimin di fer », « tilifon » et d'autres mots tout aussi risibles à prononcer ont fait leur apparition dans nos conversations. Force était de constater que ce nouveau vocabulaire nous renvoyait à notre ignorance, à notre archaïsme, à notre médiocrité.

Je suis remonté à la lettre « A ». M. Grandjean avait souligné au crayon gras « Amour » et sa définition :

« Attirance affective ou physique, qu'en raison de certaines affinités, un être éprouve pour un autre auquel il cherche à s'unir. »

Me concernant, je ne pouvais dissocier l'affectif du physique. Pour le reste, il n'y avait pas une virgule à changer, tout correspondait aux sentiments que j'éprouvais pour Zina. Mais ça, je le savais depuis le jour où nos regards s'étaient croisés dans la cour de sa ferme.

J'ai mis mon petit dictionnaire de côté pour m'occuper de mon mulet. Alors que je brossais ses flancs pour le nettoyer de la poussière et de la sueur accumulées depuis notre départ, il a rué, s'est cabré, son licol a cassé et il a galopé à travers de hautes fougères. Nous l'avons retrouvé après une heure de recherche dans le bassin d'une source d'eau chaude où il clapotait de joyeuse humeur. Zina s'est déchaussée, a retroussé sa robe, s'est avancée dans l'eau jusqu'aux genoux. J'ai retiré mon sarouel et ma chemise pour la rejoindre. J'ai dégrafé les boutons de sa robe, elle ne m'a pas résisté. Je me suis dévêtu, entièrement. Nous nous sommes enfoncés, main dans la main, dans ce bain miraculeux jailli des entrailles de la terre. Nous avons échangé un baiser. J'ai embrassé ses tétons, ses seins, son ventre, ses cuisses, je voulais tout dévorer. J'ai plongé ma tête sous l'eau pour embrasser sa toison mais elle m'a rejeté brutalement. J'ai sorti ma tête hors de l'eau. Elle s'était sauvée derrière un bosquet, la robe autour de la taille. J'étais sidéré. Mohand, flanqué de ses deux acolytes, riait d'un rire gras, vulgaire. Pendant que je me rhabillais, il m'a demandé ce que nous faisions dans cette forêt infestée de gendarmes et de bandits sans honneur. Je ne lui ai rien caché de ma désertion ni de l'idée que j'avais de m'installer avec Zina à Tizi Ouzou pour démarrer une autre vie. Autant il m'approuvait d'avoir refusé la conscription, autant il trouvait que mon amour pour Zina m'avait ôté tout discernement. À l'écouter, nous avions eu de la chance de ne pas tomber sur les bandits sans honneur, cette racaille venue se réfugier dans la forêt depuis que l'armée l'avait délogée du port de Bougie devenu zone militaire. Ils m'auraient dépouillé, égorgé et auraient capturé Zina pour s'en servir d'objet de débauche. Après qu'ils s'en seraient lassés, ils l'auraient égorgée à son tour et jetée en pâture aux chiens sauvages qui abondaient dans la région.

Quand Zina est réapparue, honteuse et confuse, ils se sont salués d'un bref signe de tête. Mohand nous a proposé l'hospitalité pour la nuit car, selon lui, il nous serait impossible d'atteindre Tizi Ouzou avant la tombée du soir.

Nous avons accepté.

Rachid, le colosse du trio dont le regard si doux tranchait avec ses grosses mains capables d'assommer un bœuf, ouvrait la voie. Il était suivi de Yahia, un gars tout en tics et en nervosité qui dégainait son pistolet dès qu'il entendait les hurlements de magots ou le sifflement d'une vipère. Enfin, Mohand, sur le qui-vive lui aussi, fermait la marche. Nous avons arpenté des chemins de ronces et de broussailles guère plus étroits que nos épaules avant d'atteindre leur campement au sommet d'un pic rocheux, où quatre guitounes étaient dressées. La plus grande était celle de Mohand. Derrière la sienne, celles de Rachid et de Yahia se jouxtaient. En retrait, il y avait celle de Tarik, un petit rouquin, que Mohand avait chargé de garder le bivouac durant leur absence. Il était originaire de Fenaïa, le village voisin de Bousoulem, réputé pour la qualité de l'enseignement de la religion. Tarik, fils du célèbre imam Benyounès, se destinait lui aussi à servir l'islam avant de décider de rejeter l'uniforme.

Mohand nous a invités à prendre un thé au seuil de sa guitoune et nous a exposé la situation. Depuis l'arrivée des bandits sans honneur, les notables français et musulmans évitaient de couper par la forêt pour gagner du temps, bien que la gendarmerie ait considérablement renforcé ses effectifs de patrouille. Il envisageait de délaisser le terrain pour partir sous des cieux moins hostiles, à Alger la blanche, peut-être. Avec l'argent qu'il avait amassé durant ses années de rapines, il avait de quoi ouvrir un commerce avec ses hommes.

Une fois sa tasse de thé vidée, il m'a demandé depuis combien de temps nous étions mariés Zina et moi.

— Nous ne le sommes pas encore. Nous le serons quand nous serons unis devant Dieu, a répondu Zina.

Mohand a coulé un regard vers Tarik qui, assis en tailleur devant sa guitoune, coran en main, psalmodiait des versets en dodelinant de la tête. Il pourrait, si nous le souhaitions, le solliciter pour célébrer notre union. Sans hésiter nous avons approuvé.

Rachid et Yahia avaient cuisiné un repas de fête avec un lièvre piégé l'après-midi, des figues et la semoule d'orge qu'il me restait. Mohand avait sorti une flûte de roseau de sa gibecière et jouait des airs folkloriques vifs et entraînants. Il jouait faux, pourtant ses mélodies sonnaient à mes oreilles comme les plus douces qui soient. À mes côtés, Zina portait fièrement mon burnous. C'est tout ce que j'avais à lui offrir pour dot. Elle était mieux que belle, ce soir-là, Zina, elle était ma lumière.

Tarik s'est agenouillé face à nous, il a exigé le silence pour lire la Fatiha, cette prière qui allait nous lier pour l'éternité.

Le silence s'est fait.

Il a déclaré :

— « Louange à Dieu. Nous faisons ses louanges, nous lui demandons son aide et son pardon. Nous demandons à Dieu de nous protéger contre le mal de nous-même et contre ce que nous avons fait de mal. Celui que Dieu guide, personne ne peut l'égarer. Et celui qu'il égare, personne ne peut le guider. Je témoigne qu'il n'y a de divinité que Dieu, qu'il est seul et n'a point d'associé. Et je témoigne que Mohammed est son serviteur et son messager. Amin. »

— Amin, avons-nous répété après lui.

J'ai pris la main de Zina et je l'ai embrassée. Elle a rougi puis elle a embrassé la mienne. Mohand a poussé un petit youyou ridicule qui nous a fait rire, et il nous a de nouveau servi ses musiques. Dès que le kanoun n'a plus été qu'un amas de cendres, il a cessé de jouer, c'était tant mieux. Tarik et Yahia sont allés se coucher. Mohand nous a offert sa guitoune pour notre nuit de noces et il a retrouvé Rachid, au plus haut du pic rocheux, qui surveillait s'il ne rôdait pas près du campement des gendarmes, des chiens sauvages ou des bandits sans honneur.

Nous sommes entrés intimidés, le cœur battant, dans notre chambre nuptiale. Il faisait si noir que c'est à l'aveugle que j'ai caressé chaque centimètre de son corps. Ses doigts ont parcouru mes paupières, mon nez, ma bouche et se sont arrêtés sur mes épaules.

— Tu as déjà fait la chose, Adam ?

— Non, jamais.

— Pourtant, j'ai entendu beaucoup de garçons de ton âge au village dire qu'ils l'avaient déjà faite.

Elle avait vu son frère Mourad entreprendre Farida, sa chèvre préférée, dans la bergerie familiale. Elle avait surpris l'aîné des fils d'Alilou amadouer la mule de M. Grandjean à coups de bouquets de genêt pour obtenir ses faveurs. D'autres gars du village se soulageaient la veille de leur mariage sur leurs génisses ou leurs brebis pour s'exercer aux mouvements saccadés du bassin.

Imaginer Mourad, le fils d'Alilou, et toute cette clique de puceaux, le sarouel en accordéon sur les chevilles, baisant à la sauvette ces pauvres bêtes m'a fait sourire.

Elle a chuchoté que c'était la plus belle nuit de sa vie parce qu'elle était enfin ma femme. J'ai murmuré que pour moi aussi, c'était la plus belle nuit de ma vie parce que j'étais enfin son homme. Elle a enlevé sa robe, mes doigts ont effleuré ses lèvres, son cou, ses seins. Elle a pris mon sexe dans sa main. Elle n'imaginait pas qu'il puisse être si dur, si long lorsqu'il était en émoi. Je l'ai embrassée plus fort encore. Sa langue était douce et soyeuse. J'ai bu toute sa salive. Mon sexe était tout contre son sexe.

— Fais la chose, Adam. Je suis à toi.

— Je t'aime, Zina.

— Je t'aime, Adam.

Nous l'avons faite maladroitement. Son corps, le mien ne faisaient plus qu'un. Nous étions au paradis jusqu'à ce que Rachid sonne l'alerte. « Fissa ! Fissa ! Fissa ! » Mohand a frappé des coups rapides sur la toile de la guitoune. « Fissa ! Fissa ! Fissa ! » Il fallait déguerpir à la seconde. Les gendarmes nous avaient repérés. Aussitôt, les fusils ont parlé. Yahia a été déchiqueté par une grenade. Nous avons rampé pour nous cacher derrière un rocher. Un gendarme a réussi à se hisser jusqu'au campement, puis d'autres encore. Rachid s'est jeté sur l'un d'eux pour l'étrangler. Une balle lui a fracassé le crâne. Le sang pissait par le front, le nez, la bouche. Il est tombé à nos pieds, les yeux révulsés. Zina s'est plaquée contre moi, elle se mordait les lèvres pour ne pas crier. J'ai récupéré le pistolet de Rachid, j'ai fait feu au hasard sur des ombres surgies de la nuit. Mohand et son adversaire ont basculé dans le ravin à l'issue d'un furieux corps à corps. J'ai continué de tirer pour nous protéger. Un gendarme parlant le français avec un accent arabe nous a sommés de nous rendre si nous ne voulions pas être hachés à la mitraillette. Tarik a jeté son arme et levé les mains en l'air. Zina, à genoux, implorait le gendarme de nous laisser la vie sauve. Il l'a traitée de femme à voyous et l'a repoussée d'un coup de pied dans les reins. J'étais comme fou. J'ai braqué mon pistolet sur lui, j'avais le doigt sur la détente…

— Attention, Adam !

C'était la dernière fois que j'entendais la voix de Zina. On m'a tapé sur la nuque une fois, deux fois, trois fois. Je me suis effondré la gueule par terre, mes yeux se sont voilés et le monde a basculé.

Quand j'ai repris connaissance, j'étais allongé sur le sol dans une cellule de la gendarmerie d'El Kseur, entouré d'une quinzaine d'autres détenus. Je me suis redressé et, bien qu'encore groggy, j'ai machinalement plongé la main dans ma poche. Mon argent avait disparu mais mon petit dictionnaire était toujours là. On n'avait trouvé aucun intérêt à me le prendre. Tarik s'est traîné jusqu'à moi. Nous savions désormais que notre destin ne nous appartenait plus. Parmi nous, Samuel, le fils du rabbi Zerbib, agrippé à la fenêtre barreaudée donnant sur la place de la mairie, suppliait les passants qu'on aille chercher son père pour qu'il le libère de ce piège. Il y avait aussi des roumis dont les familles avaient récemment immigré dans nos villages. Rustres, violents, illettrés pour la plupart, ils vivaient dans les gourbis avec les plus pauvres d'entre nous. Ils gagnaient leur vie en louant leurs bras à la journée aux colons et, le soir, ils buvaient leurs paies à La Belle Équipe pour oublier qu'ils n'étaient guère mieux considérés que le dernier des Pas Grand-Chose.

Au milieu de tous ces guenillards et du fils du rabbi encore dans son costume noir de prière, il y avait un jeune homme distingué en complet veston de flanelle grise. Grand, mince, blond, l'œil bleu horizon, il ressemblait à un mannequin pour réclames d'automobiles de luxe. J'ai questionné les uns et les autres pour connaître les raisons de leur détention. Les roumis avaient été embarqués ivres morts, la veille, après s'être battus avec des Gitanos d'un cirque en transit à El Kseur. Une fois dégrisés, les gendarmes leur avaient signifié qu'ils étaient en âge d'accomplir leurs obligations militaires. Samuel, lui, c'était l'adjudant Kléber qui l'avait arrêté au sortir de la mosquée des juifs ; il jurait sur la Torah n'avoir jamais reçu sa convocation. D'autres gars étaient là, tout comme moi, pour avoir refusé la conscription.

Le mannequin pour voitures de luxe ne m'a pas répondu, ou plutôt il a allumé une Craven A avec un briquet d'argent et, entre deux volutes de fumée bleutée, il a dit :

— Qu'importe.

C'était le « Qu'importe » d'un beau mec qui ne semblait plus rien attendre de demain.

La porte de la cellule s'est ouverte, un gendarme est apparu, il a consulté sa liste et a appelé :

— Adam Aït Amar.

Je l'ai suivi jusque devant la porte du bureau de l'adjudant Kléber. Il a toqué discrètement. J'ai entendu : « Au suivant ! »

L'adjudant Kléber était assis sur un coin de son bureau, le cigare aux lèvres, il lisait mon dossier lorsque je suis entré.

— Bonjour.

Il ne m'a pas répondu. Il a refermé mon dossier, s'est levé, a tourné autour de moi et il a dit :

— Adam Aït Amar, tu es le fils d'Idir Aït Amar, c'est bien ça ?

J'ai gardé le silence.

— Pourquoi tu as déserté ? Tu n'aimes pas la France ? Tu préfères détrousser les braves gens plutôt que de prendre les armes pour défendre ton pays. Évidemment, c'est moins risqué.

J'ai gardé le silence.

— Pourtant ton père était un brave soldat. Il ne t'a pas transmis les valeurs de notre beau pays ? L'amour du drapeau et le don de soi pour la grandeur de l'empire ?

J'ai gardé le silence.

— D'où il est, il te regarde, tu sais. Tu crois qu'il est fier de toi, lui qui a donné le meilleur de lui-même pour servir sa patrie ?

J'ai gardé le silence.

Il a soufflé sa fumée de cigare sur mon visage. J'ai soutenu son regard. Il a haussé la voix.

— Si nous n'étions pas en guerre, tu aurais des comptes à rendre devant le tribunal militaire, mais aujourd'hui le pays a besoin de tous ses fils, même des fils de pute, comme toi.

Comme je restais toujours de marbre, il m'a secoué par les épaules et m'a poussé contre le mur.

— Parle, nom de Dieu. Pourquoi tu n'aimes pas la France ? Pourtant elle ne vous a fait que du bien.

J'ai gardé le silence.

— Tu ne veux rien me dire.

— Zina ?

— Je voulais l'envoyer dans un bordel militaire mais comme son père nous a toujours aidés quand on avait besoin de lui, je lui ai rendu sa fille.

Il a écrasé son cigare dans un cendrier déjà plein de mégots et, me montrant la porte, il a dit :

— Assez perdu de temps avec toi. Dégage, fils de pute.

Je suis sorti du bureau, le jeune gendarme m'a raccompagné, il a de nouveau consulté sa liste et a appelé Tarik Benyounès.

Je me suis assis dans un coin de la cellule, le mannequin pour voitures de luxe m'a rejoint ; il m'a offert une Craven A que j'ai repoussée car je n'avais jamais fumé. La cigarette était un prétexte pour me parler mais, à ce moment-là, je n'étais pas la bonne personne pour lui faire la conversation. Je ne pensais qu'à Zina. Elle serait accusée d'avoir sali l'honneur de la famille. Son père la braderait à Youssef pour peu qu'il veuille encore d'elle. S'il la refusait, elle serait cédée à un invalide de la guerre de mon père pour servir de garde-malade ou à un vieux veuf pour qu'il en fasse sa bonniche. Si personne n'était preneur, elle serait recluse pour le reste de ses jours.

Zina, ma douce épouse de quelques instants, sauras-tu me pardonner un jour de t'avoir fait croire que rien ne saurait arrêter notre amour ?

Sauras-tu me pardonner un jour de tout le mal que je t'ai fait ?

9

Les gendarmes nous ont rassemblés, chaînes aux pieds, sur la place de la mairie en attendant qu'on nous emmène à la caserne de Bougie. Une foule d'excités nous huait, nous sifflait, nous injuriait. Nous étions des apaches, de la vermine, des Pas Grand-Chose, de la mauvaise herbe à brûler, des bicots, des bougnoules, des tronc-de-figuier, des crouilles, des ratons, des melons, des youddis...

On voulait dresser l'échafaud pour nous raccourcir puis nous donner à manger aux chiens sauvages.

Dans ce brouhaha, la voix de fausset de M. Boyer, le patron de La Belle Équipe, se distinguait des autres aboyeurs :

— Avant notre arrivée, ils se torchaient le cul avec du sable et se bouffaient entre eux. Maintenant que nous les soignons, les éduquons, les nourrissons, voilà comment elle nous remercie, cette racaille.

S'est ensuivi un feu d'applaudissements et tous ont entonné *La Marseillaise,* interrompue par l'arrivée du caïd El Hachemi escorté par sa garde.

Quand il a été face à nous, il a déclaré, d'abord en français puis en kabyle, pour que tout le monde comprenne :

— Cette guerre est l'occasion pour vous de vous racheter. Vous allez combattre pour défendre l'honneur de la France. Nous avons cette dette envers elle parce qu'elle nous a sortis des ténèbres pour nous apporter la lumière.

Il a rejeté un pan de son burnous rouge sur l'épaule, dévoilant un plastron bardé de médailles remises par l'adjudant Kléber pour bons et loyaux services, puis il a dit en conclusion, après un discours fleuve plein de formules obséquieuses envers nos nouveaux maîtres :

— Je sais que vous nous reviendrez victorieux et fiers du devoir accompli. Qu'Allah vous protège, mes fils. Vive la France. Vive l'empire.

De maigres applaudissements avaient été couverts par le vacarme d'un fourgon de troupe brinquebalant. Omar, qui avait réussi à fendre la foule, m'a tendu un casse-croûte à l'omelette avec un piment sanglant dedans. Puis sont arrivés 14-18, Tahar agitant un petit drapeau tricolore, le rabbi Zerbib, cherchant à accrocher le regard de son fils, et d'autres clients des Buveurs de Soleil venus nous dire adieu comme s'ils étaient certains que notre aller serait sans retour.

Les gendarmes nous ont libérés de nos chaînes, nous sommes montés dans le camion aux cris de « Au front les voyous ! Au front ! »

Le rabbi Zerbib, les yeux rougis de larmes, a envoyé du bout des doigts un baiser plein de chagrin à son fils qui lui a répondu par le même baiser. Omar m'a salué une dernière fois avec sa chéchia pendant que 14-18 chantait : « *Colonisé, t'es né pour en baver... Colonisé, t'es né pour en chier. Colonisé, t'es né pour te faire zaï... zaï... zaï...* »

De Bougie, nous n'avons vu que les hauts murs de pierre de la caserne. Nous, les fils de pute, avons été mis à l'écart avec d'autres fils de pute arrêtés dans d'autres bleds de la région pour être dirigés dans un hangar en tôle ondulée fermé par une porte cadenassée.

Une ampoule électrique jetait une lumière grise sur le sinistre endroit où des lits de camp étaient alignés au cordeau sur toute la longueur. Au bout, dans un coin, près du lavabo, les chiottes refoulaient la merde.

Sur le tard, un soldat au visage glabre est venu nous voir. Il nous dépassait tous d'une tête mais, plus que sa taille et sa peau jaunâtre, ce que l'on remarquait tout de suite, c'était son regard mauvais. Il nous a toisés avec la même déconsidération que certains de nos colons, puis il a plaqué l'index sur les trois galons rouges cousus sur l'épaulette de sa vareuse : désormais nous devions l'appeler « sergent Martinez ». Il n'a pas jugé bon de nous apprendre les grades des officiers puisque nous n'aurions jamais affaire à eux. Il avait pour mission de nous accompagner jusqu'à Marseille où nous serions affectés à un régiment. Enfin il a haussé la voix pour qu'on prenne une douche, que l'on passe chez le coiffeur, que l'on aille récupérer notre paquetage dans un autre hangar et que l'on termine ce parcours à l'infirmerie pour le contrôle médical.

On s'est décrassés au savon noir dans une douche collective. Pour nous tous, c'était une première de nous retrouver à poil, musulmans, juifs, chrétiens. Nous sommes ressortis de chez le coiffeur la boule à zéro, tels des parias. Nous avons changé nos fringues pour des tenues qui avaient fait la guerre de mon père. On nous a donné une musette avec rien dedans. J'y ai mis mon petit dictionnaire et je me suis présenté à l'infirmerie.

Le médecin, un grand blond sans âge, avec une figure plate, écrasée par de grosses lunettes cerclées de métal, discutait avec un soldat calé derrière son bureau sur lequel il y avait des dossiers, des carnets militaires et de quoi écrire. En retrait, dans un angle mort de la pièce, comme honteux d'être là, j'ai reconnu le vieux Hocine, un homme de mon village, qui avait combattu avec mon père.

Le soldat a tendu mon dossier au médecin qui l'a parcouru furtivement.

— Adam Aït Amar, donc. Tu comprends le français ? Tu sais lire, écrire ?

J'ai gardé le silence.

Il n'a pas insisté et a enchaîné en sabir. Ce langage de colon, mélange de français, d'arabe, de kabyle auquel s'ajoutait de l'espagnol, de l'italien ou du maltais, c'était selon.

— Enta, parle francèse chouya oulà pas du tout ?

J'ai gardé le silence.

— Tu, la malato bezef oulà nunca ?

J'ai gardé le silence.

— Tu ne serais pas en train de jouer au con avec moi ?

— Il est taré, ce bicot. Il le porte sur sa gueule, a ricané le soldat.

Le médecin a renoncé à me questionner. Il a fait appel à Hocine qui m'a demandé de me mettre torse nu pour qu'il m'ausculte. J'ai obéi. Le médecin a écouté les battements de mon cœur au stéthoscope. J'avais un cœur à vivre centenaire. Le soldat a plongé sa plume dans l'encrier et il a noté : « Cœur. RAS. »

La toise.

« Un mètre quatre-vingts. »

La pesée.

« Soixante-treize kilos. »

Morphologie.

« Visage long. Yeux verts. Cheveux noirs. »

J'ai appris, à cette occasion, que j'avais le teint et le nez européens.

Le médecin a écarquillé mes paupières avec son pouce et son index et m'a ébloui avec une petite lampe de poche. Le blanc de l'œil était correct.

Le soldat a noté : « Yeux. RAS. »

— Degré d'instruction. Qu'est-ce que je mets pour celui-là ?

Le médecin a interpellé Hocine pour qu'il m'évalue. Hocine s'est excusé, dans notre langue, de devoir faire ce sale boulot. J'ai répondu que je ne lui en voulais pas, mieux, je le comprenais. Je savais pour l'avoir vécu que la petite pension de militaire ne suffisait pas à faire vivre une famille et que nombre d'anciens soldats en étaient réduits à travailler comme traducteurs pour l'armée ou indicateurs pour la police.

— Qu'est-ce qu'il raconte ?

— Il remercie la France de lui donner une chance de se racheter et il est prêt à faire le sacrifice de sa vie pour elle.

Puis Hocine s'est de nouveau tourné vers moi et il a dit qu'il savait que j'étais un gars instruit. Il m'avait vu lire des gros livres sous le vieil olivier de mon jardin. Il m'avait, aussi, entendu plus d'une fois discuter dans un français de vrai français avec l'instituteur du village. Il m'a conseillé, si je ne voulais pas avoir d'ennuis, de continuer à faire l'inculte. Les têtes pensantes avec leurs idées d'émancipation étaient mal vues dans l'armée. Dès qu'ils étaient encasernés, on leur en faisait baver plus qu'à tout autre pour briser leur esprit rebelle.

— Alors, degré d'instruction ?

— Zéro. Il n'a rien dans la cervelle, chef. Tout juste s'il comprend sa langue maternelle, a répondu Hocine.

Le médecin m'a regardé avec suspicion de face, de profil, et il a dit au soldat :

— Écris analphabète. Instruction : néant. À surveiller.

Se parlant à lui-même, il a murmuré :

— Il a l'air trop con pour être honnête, le zigue.

Le soldat s'est appliqué pour noter ces dernières observations puis il m'a demandé de signer mon livret militaire. J'ai fait une croix, comme les analphabètes. Le médecin a appelé le suivant.

Le suivant était Samuel Zerbib.

10

J'ai pris le lit de camp entre celui de Tarik et celui du mannequin pour voitures de luxe. On s'est regardés tous les trois dans nos habits de soldat. Nous avions envie de rire, de pleurer, nous ne savions plus. Nos capotes mitées par endroits, dont on ne savait dire si elles étaient grises ou kaki, sentaient la naphtaline. Nos chemises aux poignets élimés étaient rapiécées aux coudes. La culotte de Tarik, trop longue, lui battait les chevilles, et la mienne était trop large : j'ai fait deux trous à mon ceinturon pour qu'elle me tienne à la taille. En revanche, la culotte du mannequin pour voitures de luxe lui allait à merveille. Il aurait pu aussi faire mannequin pour l'armée.

J'ai discuté un peu avec lui pour tuer le temps. Il était issu d'une famille de colons de Tigreville, un bled à une heure de voiture d'El Kseur. Quand sa convocation était arrivée, il avait cru que son salut serait dans la fuite. À Paris. Il préférait faire ses armes dans un atelier de couture plutôt que dans un champ de guerre. Son père n'avait pas supporté qu'il préfère habiller des élégantes plutôt que de servir son pays. Il l'avait dénoncé, sans regret, à la gendarmerie.

Le reste : quelques sourires gênés entre nous et des grands vides dans notre conversation parce que je n'aurais pas assez de ma vie pour comprendre son monde comme il n'aurait pas assez de la sienne pour comprendre le mien.

Quoi d'autre ?

Il s'appelait Philippe Haumont et il parlait de lui à l'imparfait, comme s'il n'était déjà plus qu'un souvenir.

Il m'a remercié de lui avoir offert quelques instants d'amitié. Il m'a souhaité le bonsoir, puis sur un carnet rouge tout neuf qu'il a sorti de sa musette, il a écrit en fumant ses Craven A.

Je n'ai plus osé le déranger.

Tarik a fait ses ablutions avec l'eau d'un broc qu'on avait à disposition, puis il s'est tourné en direction de La Mecque pour prier. J'ai songé à le rejoindre mais j'ai aussitôt renoncé. Ce soir-là, je n'avais pas la foi. J'en voulais au Très-Haut, à notre prophète, au dieu des chrétiens, à celui des juifs et à tous les apôtres de la barbarie de nous envoyer, nous les Pas Grand-Chose, braver la mort pour que vive la France.

J'ai retiré mes godasses aussi lourdes que le poids de mon malheur et je me suis réfugié dans mon petit dictionnaire. J'ai pointé le doigt sur un mot au hasard. « Bouleversement : perturbation profonde, désordre, changement brusque et complet, chamboulement, big bang. »

Rien n'était plus sensé que cette suite de synonymes.

En ce 1er novembre 1939, ma vie était une suite de chaos. J'ai tourné des pages et d'autres pages encore. Mes yeux ont bloqué cette fois sur un mot. « Prescience : art de la divination, intuition, prémonition. »

La fatigue me gagnait. Mon corps me lâchait. J'ai fermé les yeux. J'étais enfin bien.

Quelqu'un a hurlé : « Lumière ! »

Le hangar était plongé dans le noir désormais. Philippe Haumont continuait d'écrire, éclairé par le bout incandescent de sa cigarette.

Aux premières lueurs de l'aube, le clairon a retenti depuis la cour. On a allumé la lumière ; mon voisin n'était plus là, mais il avait laissé, en évidence, son carnet rouge au pied de mon lit.

Quelqu'un près des chiottes a gueulé : « Oh putain, le con ! »

Et nous sommes restés pétrifiés.

Philippe Haumont se balançait à une poutre métallique, étranglé par sa ceinture. Il s'était pendu durant la nuit et je n'avais rien vu, rien entendu. Samuel a tambouriné à la porte pour qu'on alerte le sergent Martinez. Tarik et moi l'avons décroché pour l'allonger sur mon lit. J'ai fermé ses yeux. Tarik a demandé s'il y avait un chrétien pour lui dire une prière.

Personne n'a répondu.

Tarik s'est dévoué. Il a récité la sourate de l'Absent pendant que je lisais son carnet rouge.

À toi mon voisin, le seul qui m'a souri, à toi le Pas Grand-Chose dont je devine un cœur généreux, ces quelques mots sont pour toi. Je n'ai pas le courage de poursuivre mon chemin avec vous. Plutôt que d'attendre que la mort me fauche, j'ai décidé de devancer son appel. Je souhaite que cette guerre t'épargne et que tu puisses retourner sain et sauf dans ton foyer pour vivre en paix avec ceux que tu aimes. Moi, je rêvais d'un autre monde loin de cette Algérie qui m'a vu naître et qui fut mon malheur. Je n'aimais rien de ce pays, ni son sirocco, ni ses neiges d'hiver, ni ses soleils tourmentés, ni ses odeurs entêtantes d'épices, ni l'exploitation familiale, ni mon père, ni ma mère. Rien. Je rêvais d'être une étoile de la couture et de courir le monde, Paris, Londres, New York. Je voulais tout connaître, tout vivre, et aimer qui me plairait. Puisque ce monde m'est inaccessible, je m'en vais le vivre là-haut parmi les milliers d'étoiles qui m'attendent. J'avais acheté ce carnet rouge pour noter ce qu'il me passerait par la tête durant cette épreuve. Prends-le, nourris-le de tes pensées. Écris pour ceux que tu aimes. Il faut qu'ils sachent que la guerre tue les rêves de jeunesse. Adieu, soldat dont je ne sais pas le nom.

Philippe Haumont

Mes mains tremblaient, j'avais des frissons, une boule au ventre. J'ai rangé le carnet rouge dans ma musette. J'avais envie de disparaître à mon tour.

Le sergent Martinez est entré fou de rage, il a jeté une couverture sur le cadavre du pendu et nous a accusés d'avoir laissé mourir notre camarade. Et ça, nous allions le payer cher. Pour commencer, nous serions privés de nourriture jusqu'à l'embarquement prévu le soir même. Il nous a ensuite fichus dehors et nous a mis entre les mains d'un soldat, avec deux galons sur les épaulettes, le caporal Abdelkrim. Il était noiraud comme les Arabes des sables et sa voix était si molle que nous devions tendre l'oreille pour comprendre ses ordres.

Lever des couleurs.

Le front haut, les épaules dégagées, les talons joints, nous avons fixé sous une pluie glaciale le drapeau français qui flottait dans le gris du ciel. Ceux qui regardaient ailleurs étaient rabroués comme des enfants.

La marche au pas.

En colonne par trois, nous avons longé les murs de la caserne. Ceux qui ne suivaient pas la cadence se prenaient un coup de crosse sur les mollets.

Résistance à l'effort.

Nous avons grimpé à la seule force des bras à un mât avec nos capotes trempées sur le dos. Ceux qui ne réussissaient pas devaient s'acquitter d'un tour de cour à cloche-pied. Nous avons, encore, marché sur une planche à dix mètres du sol. Ceux qui avaient le vertige devaient soulever des barres de fonte aussi lourdes qu'eux.

Pour finir, nous avons rampé dans la boue jusqu'au hangar. Ceux qui n'avançaient pas assez vite étaient mis de côté pour rester au garde-à-vous d'infinies minutes sous la pluie qui avait redoublé de violence.

Nous avons terminé éreintés, incapables de parler, incapables de penser. Nous avons voulu nous laver mais le caporal Abdelkrim avait coupé l'eau. Ce n'était pas par plaisir qu'il nous a laissés dans notre crasse. C'était l'ordre du sergent Martinez.

11

Au soir, on nous a regroupés dans la cour de la caserne avant le départ pour le port de Bougie. Autour de moi, la même question revenait sans cesse : où allions-nous être affectés une fois débarqués de l'autre côté de la mer, dans cette France que je ne connaissais qu'à travers sa carte de géographie, ses journaux ou les récits de guerre de nos aînés ?

La France.

Pour Zina, elle se résumait à Paris, sa capitale. Elle y voyait ses magasins de couture, ses coiffeurs pour dames, ses grands boulevards avec ses restaurants où l'on vous servait des plats aux noms exotiques – bœuf bourguignon, sole meunière, paupiettes de veau. Elle y voyait ses librairies et ses écrivains qui nous donnent à rêver, à voyager, à réfléchir, à espérer. Moi, lorsque je pensais à la France, je ne voyais que le bon visage de M. Grandjean et la jambe purulente de mon père.

Le meilleur et le pire de l'humanité.

Un grand chef, un vrai Français reconnaissable à son accent de France, est apparu flanqué d'autres grands chefs aux cheveux blancs qui avaient l'âge d'être grands-pères. Il nous a déclaré, la main sur le cœur, que nous devions être fiers d'appartenir à cette patrie qui défend mieux qu'aucune autre nation les faibles et les opprimés. Que l'épreuve du feu rendrait la France plus puissante que jamais et plus respectée que par le passé. Que cette même France comptait sur nous, ses fils de l'armée d'Afrique, et qu'elle saurait récompenser les plus valeureux.

Après qu'un soldat l'a eu traduit en arabe puis en kabyle, un caporal, beau comme la statue du général Bugeaud dans le square d'El Kseur, est sorti du rang le clairon à la main. Il a claqué des talons et, le coude levé bien haut, a envoyé une musique militaire. Pendant qu'il jouait, j'ai comparé nos frusques aux couleurs de la guerre de mon père avec celles des engagés volontaires et des conscrits. Leurs capotes, leurs godasses, leurs chemises, leurs casques semblaient tout juste sortis des usines de fabrication. Leurs musettes étaient garnies de vivres et tous portaient à la ceinture un pistolet dont certains caressaient la crosse, pressés qu'ils étaient d'en découdre avec l'ennemi. Nous, nos musettes étaient vides et nous étions désarmés, car aucun grand chef n'aurait pris le risque d'une mutinerie à bord.

Le clairon est rentré dans le rang : l'ordre était donné de partir. Les grands chefs ont pris la route dans des Jeep rutilantes ; nous, la troupe, les avons suivis dans des vieux camions qui s'étouffaient à la moindre côte.

Avant d'embarquer, nous avons chargé dans la cale des sacs de blé, des barriques de vin, des caisses de dattes, de figues, des jarres d'huile d'olive et des mulets destinés à transporter du matériel dans les montagnes. Quand le bateau s'est arraché du quai, j'ai détourné la tête pour ne pas voir mon pays m'abandonner. Je n'étais pas le seul. Tarik, Samuel et tous les autres regardaient les étoiles pour taire leur peine.

Les grands chefs se sont partagé les cabines avec des passagers aux allures de vacanciers, dont on se demandait ce qu'ils fichaient parmi nous. Des soldats ont déambulé dans les coursives jusqu'à ce qu'ils trouvent un endroit abrité pour dormir. Nous, nous avons été cantonnés sur le pont, là où le vent soufflait de face, par rafales. Un soldat noir comme la nuit nous a distribué des couvertures et une ration de haricots froids que nous n'avons pu manger car les vagues qui fouettaient les flancs du bateau nous éclaboussaient et remplissaient nos gamelles d'eau salée.

Et ça tanguait, et nous étions ballottés, et Samuel, livide, avait le mal de mer.

Enfin, le vent a fini par se calmer et la mer s'est apaisée. J'en ai profité pour sortir de ma musette mon petit dictionnaire et lire à la lueur de la pleine lune. Lire des mots, n'importe quel mot, pour oublier la galère dans laquelle on m'avait fourvoyé. Mon petit dictionnaire était devenu mon refuge, mon paradis secret, ma terre promise. Une giclée d'eau l'a éclaboussé, je l'ai essuyé méticuleusement et l'ai séché au gré du vent. Comme ma musette était mouillée, je l'ai rangé dans ma poche de pantalon.

À distance, adossé au garde-corps, le sergent Martinez et le caporal Abdelkrim chantaient et buvaient du rhum à la bouteille. Plus ils éclusaient, plus ils chantaient faux :

— *C'est nous les Africains… Qui arrivons de loin… Nous v'nons des colonies… Pour sauver la patrie…*

La houle a repris de plus belle, on s'est protégés des gerbes de flotte sous nos couvertures. Samuel haletait en implorant le Dieu des juifs pour qu'il vienne à son secours.

— ... *Car nous voulons porter haut et fier... Le beau drapeau de notre France entière...*

— Vos gueules, connards ! a crié un roumi derrière moi, que le manque de sommeil rendait fou.

Le sergent Martinez et son caporal ont vidé leur bouteille de rhum, l'ont jetée par-dessus bord et nous ont rejoints en roulant des épaules.

Le caporal Abdelkrim a crié :

— Debout, mains sur la tête ! Fissa, les fils de pute.

— Qui a osé ? a demandé le sergent Martinez.

Il a donné cinq secondes au coupable pour se dénoncer : passé ce délai, nous serions tous complices et punis en conséquence.

Quatre. Trois. Des chandelles de sueur traçaient sur les tempes de Samuel.

Deux. Un. Samuel a roté et tout est parti d'un jet sur les godasses du caporal Abdelkrim. Rouge de colère, il lui a balancé un coup de pied dans les couilles. Samuel s'est écroulé à genoux.

— Debout et nettoie, sale youddi !

Samuel se tordait de douleur. Le caporal Abdelkrim a voulu lui assener un coup de poing sur la nuque mais, je ne sais pas ce qui m'a pris, j'ai retenu son bras. Il a perdu l'équilibre, il est tombé sur le cul. Tout le monde a ri. Le sergent Martinez m'a saisi par le col de ma capote et exigé que je lui présente des excuses.

Je me suis excusé.

Il m'a fait un croche-pied. J'ai chuté sur le dos. En me relevant, mon petit dictionnaire a glissé de ma poche.

Il l'a ramassé, a feuilleté quelques pages et il a dit :

— Sur ton livret militaire tu es marqué analphabète et sans instruction, c'est bien ça ?

J'ai baissé les yeux.

— Tu as bien caché ton jeu, fils de pute.

Je l'ai supplié de me rendre mon dictionnaire. Ses petits yeux vicieux m'ont fusillé, puis il a jeté le livre dans l'eau noire de la Méditerranée. Je lui ai sauté à la gorge ; je voulais le tuer, qu'il disparaisse comme il venait de faire disparaître mon refuge, mon paradis secret, ma terre promise. Il m'a tordu les doigts jusqu'à ce que je lâche prise, puis il m'a mis un coup de tête. J'étais KO.

Lorsque j'ai repris connaissance, j'étais dans la cale, au milieu des caisses de marchandises et des mulets ruant et brayant, effrayés qu'ils étaient par le bruit assourdissant des machines.

Le sergent Martinez était accompagné du caporal clairon qu'il avait sorti de son sommeil. Les cheveux en pagaille, mal fagoté, il avait perdu de sa superbe, le sosie du général Bugeaud. Le sergent Martinez a tourné autour de moi et a affirmé qu'il avait tout de suite vu en moi le plus roué des fils de pute, mais il comptait bien me dresser avant que nous touchions terre. Il m'a ordonné de me mettre au garde-à-vous pour que je chante *La Marseillaise.* Il a fait signe au caporal d'envoyer la musique. J'avais si peur que je ne me souvenais plus des paroles.

Le caporal s'est interrompu.

Le sergent Martinez l'a chantée avec ferveur.

Quand il a eu fini, il a dit :

— Tant que tu ne la sauras pas par cœur, tu ne rejoindras pas les autres.

Le caporal a embouché son clairon et c'était reparti. La gorge nouée, j'ai chanté :

— *Allons enfants de la patrie. Le jour de gloire est arrivé... Contre nous de la tyrannie. L'étendard sanglant est levé...*

— Plus de conviction. Pense à la France, au combat que tu vas mener pour elle, pour nous, pour toi.

— *Entendez-vous dans nos campagnes. Mugir ces féroces soldats. Qui viennent jusque dans vos bras. Égorger vos fils, vos compagnes. Aux armes, citoyens. Formez vos bataillons. Marchons. Marchons...*

Là, les mots sont restés coincés dans ma gorge. Les pleurs des mulets, le vacarme des machines et la musique militaire sourdaient dans ma tête. J'ai cru qu'elle allait exploser.

Le sergent Martinez est revenu à la charge :

— *Qu'un sang impur...*

Je n'en pouvais plus. Il m'a giflé, ma lèvre s'est fendue, le sang a giclé sur mon menton, sur mon cou, sur ma chemise.

— Ton sang impur abreuvera bientôt la terre de France. Ça fera un fils de pute en moins.

Il a renvoyé le caporal à son sommeil. Je n'en avais pas terminé pour autant avec lui. Il m'a fait mettre à plat ventre pour que je fasse des pompes pendant qu'il s'égosillait à chanter *La Marseillaise*. La langue pendante, le souffle court, j'étouffais. Des gouttes de sang perlaient de ma lèvre et tombaient sur le sol. À trop pousser sur mes bras, ils ont fini par céder. Je me suis écrasé, le visage sur mon sang.

Il a sorti son pistolet, le canon a touché ma tempe, il a ri du rire des sadiques :

— Je pourrais t'abattre comme un chien, mais tu vaux moins qu'un chien, moins qu'une balle.

Le caporal Abdelkrim est arrivé, traînant derrière lui le roumi qui s'était décidé à se dénoncer. Ils nous ont emmenés dans la salle des machines et ont refermé la porte derrière eux. Ça faisait un boucan infernal, là-dedans. Le roumi m'a soufflé à l'oreille qu'il s'excusait d'avoir manqué de courage et m'a prié de lui pardonner.

Je ne lui ai pas répondu.

12

Ma bien chère Zina,
Je voulais t'écrire depuis le jour où j'ai débarqué à Marseille mais nous, les déserteurs, nous n'avons eu droit à rien, pas même un crayon et une feuille de papier. Heureusement que j'ai réussi à cacher sous mes vêtements mon carnet rouge. C'est un cadeau de Philippe Haumont, un homme qui a préféré en finir avec lui-même plutôt que de poursuivre avec nous. Avant de rejoindre les étoiles, il m'a écrit une lettre dont les derniers mots sont : « La guerre tue les rêves de jeunesse. »

Ma bien chère Zina,
Je ne voulais pas écrire à la suite de Philippe Haumont car sa lettre d'adieu au monde était si belle, si désespérée qu'elle m'était sacrée, mais aujourd'hui, j'ai le cœur si lourd que je ne peux plus rien garder pour moi. Ça fera trois mois demain que je suis à Verdun, cette ville de garnison a été le grand abattoir de la guerre de mon père. J'ai été affecté au 13e bataillon des tirailleurs algériens qui appartient au 40e régiment d'artillerie

nord-africain. Le RANA, comme l'appellent les grands chefs.
Il y a de tout dans ce régiment, des Marocains, des Tunisiens, des gens de chez nous et d'autres hommes venus du monde entier, des Noirs d'Afrique et des Antilles, des Indochinois, des Malgaches et des Français, une centaine pas plus, anciens repris de justice. Nous sommes tous semblables par le destin qui nous a réunis dans cette caserne triste comme une nuit sans lendemain, pourtant nous ne nous mélangeons pas. La culture, l'histoire, la langue sont autant d'obstacles qui nous sont insurmontables. Certains ne parlent que le créole ou un patois français incompréhensible, qui nous obligent à communiquer avec eux par gestes de muet.
Depuis mon arrivée en Lorraine, le ciel ne cesse de pleurer. Et ça caille ; c'est une expression d'ici pour dire qu'il fait très froid. Nos dortoirs sont des glacières. Ça tousse, ça crache, ça éternue, ça meurt aussi. Moi qui n'avais jamais fumé, je m'y suis mis. C'est infâme mais ça réchauffe. D'autres, c'est dans le vin qu'ils cherchent la chaleur. Quand ils ont bien bu, c'est la bagarre pour un mauvais regard échangé, un mot compris de travers, une engueulade pour un fond de bouteille. Il leur arrive de se battre, sans raison particulière, juste pour se défouler.
Ce matin, il faisait moins quinze au thermomètre. On gelait sur pied. Je ne sentais ni mes mains ni mes lèvres et mon nez était rouge comme celui des ivrognes de La Belle Équipe. On a demandé à couper du bois dans la forêt en lisière de la

caserne pour alimenter la chaudière. On nous l'a interdit au prétexte que la fumée des cheminées nous signalerait à l'ennemi. On nous a juste permis d'allumer des braseros dans la cour. C'est à n'y rien comprendre, les Allemands sont à une centaine de kilomètres, derrière la ligne Maginot, cette muraille que les grands chefs à képi nous assurent infranchissable. Quelques-uns ont rappelé à ces grands chefs que nous n'avons rien à craindre puisqu'ils nous répètent à longueur de journée que nous sommes la première armée du monde. Pour avoir osé donner de la voix, ils ont été punis : corvée de chiottes pendant une semaine.

Ma bien chère Zina,
La guerre tue les rêves de jeunesse mais pas seulement, elle te mine de l'intérieur, c'est la déprime. Trouver la force de lutter contre elle pour ne pas sombrer dans la folie est une épreuve de chaque instant. Jusqu'à présent, cette force ne m'a jamais fait défaut parce que je veux vivre pour te retrouver. Par chance, j'ai auprès de moi Tarik et Samuel, le fils du rabbi d'El Kseur ; je ne crois pas que tu l'aies vu un jour. Bien que nos caractères se révèlent au fil du temps très différents – Tarik est taciturne et discret, Samuel inquiet mais parfois drôle –, nous nous entendons comme des frères. C'est notre pays qui nous rapproche. Dès que nous l'évoquons, des petits soleils s'allument dans nos cœurs et ça nous tient chaud pour la journée.
Si l'on s'en sort – c'est toujours par cette condition que nous débutons chaque phrase pour envisager

l'avenir –, Tarik sera l'imam de la mosquée de Fenaïa et Samuel, le rabbi de la mosquée des juifs d'El Kseur en remplacement de son vieux père. C'est leur rêve. À ce propos, depuis que Samuel a entendu qu'ici on ne dit pas la mosquée des juifs mais la synagogue, il nous reprend chaque fois. Nous, synagogue, ça ne nous dit rien, on continue d'appeler sa mosquée la mosquée des juifs. Il enrage et ça nous amuse. Si l'on s'en sort, il va rentrer au pays plus français que les Français, d'ailleurs il commence à parler pointu comme les grands chefs. Ça aussi, ça nous amuse, parce qu'avec son teint d'épices, ses cheveux noirs frisés, sa carcasse qui n'en finit plus de s'allonger et son accent de chez nous qu'il essaie vainement de camoufler en forçant sur les voyelles et les points d'exclamation, ce n'est pas demain qu'on le prendra pour un fils de ce pays.

Ma bien chère Zina,
Ce qui abîme autant que la déprime, c'est l'oisiveté, l'ennui, la lassitude. On se sent inutiles. Chaque matin, c'est la routine. Garde-à-vous, lever des couleurs, puis on tire, une paire d'heures, sur des cibles déjà criblées de centaines d'impacts de balles avec nos fusils Lebel, des vieilles pétoires d'avant le déluge, disent les plus vieux d'entre nous. Puis on marche des heures, barda sur le dos, sans but précis dans les rues de Verdun où les commerces n'ouvrent que quelques petites heures en matinée. Les rares habitants que l'on devine ne sont que des ombres qui rasent les murs. De retour à la caserne,

ce sont les manœuvres. On déplace des pièces d'artillerie et des canons tractés par des chevaux d'un bout à l'autre de la cour jusqu'à ce qu'on n'en puisse plus. La semaine dernière, un Malgache et deux roumis d'Alger n'ont pas supporté ce calvaire. Le Malgache s'est jeté sous les roues d'un camion, les deux autres se sont fait sauter à la grenade, la nuit, dans le dortoir. On nous a fait ramasser les restes. Je t'épargne les détails. L'après-midi, et c'est le plus désolant, nous partons en forêt creuser des tranchées. Et que je te creuse et que je te creuse. Des kilomètres de tranchées.
Pour quoi faire ?
On se le demande bien puisque les grands chefs ressassent à longueur de temps que le danger ne viendra pas de terre mais du ciel. Les Allemands ont des bombardiers d'une redoutable efficacité, des Stuka. Rien que le nom fait frémir. Quand il pleut trop pour creuser, on réquisitionne des chevaux dans les fermes ou on use les heures à laver notre linge, à jouer aux cartes, au ballon. Certains jouent à la guerre comme des enfants.

Ma bien chère Zina,
Un grand chef nous a réunis dans la cour pour nous annoncer que l'heure de livrer combat approche. Nous partons demain à l'aurore pour la frontière allemande. Il a ajouté que l'ennemi héréditaire est sans humanité, qu'il n'a que faire du respect des lois de la guerre, mais qu'importe, nous vaincrons parce que nous avons plus de canons, plus de chars et que nous sommes commandés par les meilleurs

stratèges. Nous vaincrons parce que notre foi en la victoire est inébranlable. Nous vaincrons parce que nous, les soldats coloniaux venus des quatre coins de l'empire, nous défendrons, comme nos vaillants aînés, l'honneur de la patrie.
Beaucoup se sont réjouis d'aller au feu pour donner un sens à leur vie même si c'est pour la perdre.

Ma bien chère Zina,
J'ai noté ton adresse sur la dernière page de mon carnet rouge. J'y consignerai mes souvenirs de guerre. J'ai chargé Tarik et Samuel de te le remettre s'il m'arrivait malheur. Si je m'en sors, c'est moi qui te le remettrai. Ce sera, alors, un grand et beau jour pour nous deux. Il faudra que tu me promettes de le lire quand nous serons vieux car je ne veux pas gâcher une minute de notre vie à te parler d'horreurs.
Zina, amour de ma vie, j'ai peur mais je vais me battre la rage au ventre pour sortir de cet enfer. Nous avons tant à nous aimer tous les deux.
Ma bien chère Zina, accepte mes baisers les plus doux et l'assurance de mon affection la plus sincère.
Adam qui ne pense qu'à toi.

Verdun, le 30 janvier 1940

13

Ma bien chère Zina,
J'ai tant de choses à te raconter que je pourrais noircir toutes les pages de mon carnet rouge en une nuit si je m'écoutais, mais je m'y refuse. Je les préserve pour te dire l'essentiel. Ce soir, bien que je sois cuit de fatigue, le sommeil ne me vient pas. Si mes pensées te semblent décousues, ne m'en veux pas, c'est que je déraille. Comme tout le monde, ici.
Par où commencer ?
Depuis que nous avons quitté Verdun, nous avons traversé la forêt des Vosges sous la neige en traînant derrière nous des chevaux chétifs et osseux qui ne se nourrissaient que de racines et de nos restes – des croûtons de pain pourris qu'on n'aurait pas donnés à nos poules. Les bêtes qui ne pouvaient plus porter l'homme ni les charges de matériel ont été abattues.
Pourquoi je te parle de ces pauvres chevaux ?
Sûrement parce que cette guerre m'a appris que la souffrance animale vaut celle des hommes.

Ma bien chère Zina,
Je n'aurais jamais imaginé qu'avoir aussi froid était possible. Durant les mois de février, mars et jusqu'à la mi-avril, j'ai claqué des dents de l'aube au coucher. Mes mains étaient couvertes d'engelures, mes godasses, mes bandes molletières, mon chèche étaient mouillés en permanence et ma capote ne retenait plus l'eau. Je puais le moisi. Je me dégoûtais.
Au réveil, on reprenait notre barda pour atteindre la frontière allemande. Nous avons bivouaqué comme des Gitanos dans des clairières, des corps de ferme et des places de village. Parfois, on nous apportait des ballots de paille pour nous réchauffer et des bûches de bois pour alimenter les braseros qu'on improvisait avec des morceaux de tôle. La soupe aux choux et les ragoûts de pommes de terre à peine cuits que l'on nous servait étaient toujours froids. Il m'est arrivé d'avoir les larmes aux yeux en songeant à la chorba aux pois chiches, au couscous aux fèves et à la tchatchouka que je te préparerai à mon retour, si Dieu veut bien me prêter vie.

Ma bien chère Zina,
Depuis quelques jours, nous sommes dirigés par un brave homme, le capitaine Houscheim. Il nous appelle ses enfants, non par paternalisme, ni qu'il ait une tendresse particulière pour nous, mais parce qu'il n'arrive pas à mémoriser les noms juifs, musulmans, ceux des autres contrées. Nous aussi, on a du mal avec le sien. Houscheim, Houcine, Houchene, Houcine, Hussein... On s'y perd.

Dans le civil, il est médecin à Strasbourg, sa ville natale. La plus belle ville du monde à l'entendre. Ce soldat n'est pas un militaire de carrière, c'est un officier de réserve. Ça veut dire qu'il a déjà fait son service mais que l'armée l'a rappelé pour défendre son pays.
Comment s'est-il retrouvé à commander notre unité de tirailleurs algériens ?
Il n'en sait rien lui-même. Il exécute. C'est tout.
Il m'a à la bonne parce que je porte le même prénom que son frère cadet. J'ai beau lui répéter que chez nous, on prononce le « m » à la fin, il continue de m'appeler Adam, comme une dent. Parfois, il en faut peu pour rapprocher les hommes. L'autre soir, il avait besoin de parler. Parler pour ne rien dire d'abord, puis se laisser aller pour finir par ne parler que de soi. Au siècle dernier, sa famille était prussienne – une sorte d'Allemands d'après ce que j'ai compris –, puis ils sont devenus français à la fin de la guerre de mon père.
Qu'en sera-t-il après celle-là ?
Il craint de redevenir allemand si nous la perdons. Ce n'est pas qu'il déteste les Allemands, bien au contraire, il a encore de la famille de l'autre côté de la frontière qu'il va visiter chaque année aux beaux jours d'été, mais à être ballottés d'un pays à l'autre c'est éprouvant, sans compter qu'il faut changer de langue, refaire ses papiers d'identité, en attendant une autre guerre. Il aimerait qu'on s'arrange avec Hitler pour que plus rien ne bouge. De toute manière, que l'on s'arrange ou non, il est alsacien avant tout et ça, personne ne le lui enlèvera. Pour

être franc, l'Alsace qui balance d'une frontière à l'autre au gré des événements ne m'intéresse pas beaucoup, mais j'aime l'écouter se raconter. Avec sa voix qui coule comme un ruisseau de miel, ses yeux clairs et ses cheveux blancs malgré son jeune âge, il a quelque chose de M. Grandjean.

Tu dois te demander pourquoi je te parle de cet homme que tu ne connaîtras jamais. Tout à l'heure, il m'a montré une photo de sa famille, prise un dimanche de lumière sur la place de la cathédrale de Strasbourg. Sa femme avait un sourire de tendresse pour ses enfants qui riaient en pointant du doigt un cerf-volant. Lui, derrière les siens, faisait le fier avec ses lunettes de soleil, son chapeau de paille et son beau nœud papillon. On aurait dit un de nos colons. Il ne se doutait pas qu'un jour, un Pas Grand-Chose débarqué du fin fond de sa Kabylie s'émouvrait en voyant cette famille lumineuse et insouciante.

« Moi aussi j'en aurai bientôt, une famille, mais dans la mienne, il y aura des garçons parce qu'une famille sans homme, c'est comme une maison sans toit, je lui ai dit en lui rendant sa photo.

— Tu as quelqu'un dans ta vie, Adam ? »

J'ai souri.

« Comment s'appelle-t-elle ?

— Zina.

— Qu'est-ce que ça veut dire ?

— La Beauté.

— Elle est si belle que ça, ta beauté ?

— Elle est unique.

— Marié ? »

J'ai répondu que je l'étais mais pas complètement car je n'avais jamais vécu avec toi.
Il a froncé les sourcils.
« On est marié ou on ne l'est pas. Faut savoir.
— Juste devant Dieu, pour le moment. »
À cet instant, je nous ai vus, chez nous, à La Clef. Nous étions dans le patio, flanqués d'une marmaille joyeuse et indisciplinée. On souriait à la vie, comme la petite famille du capitaine.

Ma bien chère Zina,
Je t'écris d'une gendarmerie désaffectée en bordure du Rhin, un grand fleuve brun qui nous sépare de l'Allemagne. Samuel, Tarik et le capitaine ont déniché dans l'atelier de mécanique un camion bâché qui nous sert de dortoir. Ils dorment tous. L'heure qu'il est ? Je n'en sais rien. Il y a longtemps que l'on ne compte plus les heures dans ce foutu pays. Zina, tu es en moi jusqu'au dernier repli de mon âme. C'est ainsi et je n'y peux rien. Je me demande de quoi sont faites tes journées. Et je maudis, chaque jour, les fauteurs de guerre qui nous ont arrachés l'un à l'autre. Il est temps de me séparer de toi car comme dans la chanson de l'ami Pierrot que l'on chantait sur nos chemins de chèvres, ma chandelle est morte, je n'ai plus de feu.
Ma bien chère Zina, accepte mes baisers les plus doux et l'assurance de mon affection la plus sincère.
Adam qui ne pense qu'à toi.

Schoenenbourg, le 10 mai 1940

14

Je n'avais dormi que quelques mauvaises heures sur le matin. Tarik et Samuel m'avaient traîné dans la cour pour le lever des couleurs. J'avais froid dedans, froid dehors. Un grand chef nous a annoncé qu'il y avait eu quatre morts cette nuit dans notre unité. Deux musulmans, un juif et un roumi. Puis il a lu un rapport de médecine où il était question de la tuberculose. Il voulait que l'on brûle les corps pour éviter la contagion. Samuel et Tarik ont mené la bronca. Des insultes ont fusé en arabe, en kabyle, en mauvais français, parce que détruire un être humain est un grand péché dans nos religions. Après un bref aparté avec le capitaine Houscheim, le grand chef a renoncé. Nos camarades seraient enterrés au crépuscule, dans un coin du cimetière du village. Le calme revenu, on s'est alignés en rang pour patrouiller, comme tous les matins, le long du Rhin.

Les Allemands étaient sur l'autre rive à portée de fusil. On pouvait leur tirer dessus si on le voulait, mais nous avions ordre de ne pas le faire. Certains avaient la gâchette qui les démangeait. Ils répétaient en boucle : « Quand est-ce qu'elle commence la guerre contre les Boches ? » « Boche », ce mot était réapparu avec l'arrivée de nouveaux réservistes français.

Les Allemands pouvaient nous abattre mais, eux aussi, ils avaient ordre de ne pas le faire. Ils préféraient nous provoquer en nous envoyant des messages – toujours les mêmes –, diffusés par d'immenses haut-parleurs.

« Nous disons : soldats nègres et arabes, ne mourez pas pour La France. Rendez-vous, nous saurons respecter vos droits et votre dignité. Nous disons : soldats nègres et arabes… »

Samuel était vexé qu'ils ne mentionnent jamais les soldats juifs. S'ensuivait l'autre message qui nous amusait beaucoup.

« Nous disons : messieurs les officiers français, pendant que vous êtes au front, vos femmes vous font cocus avec vos alliés les Anglais. Nous disons : messieurs les officiers français, pendant que… »

Les grands chefs leur répliquaient que nous allions les écraser comme en 14 et que nous occuperions leur pays pour des siècles.

Puis c'était de nouveau l'accalmie.

Que signifiait cette guerre fantôme à propos de laquelle nous étions si mal informés ?

Un tirailleur sénégalais avait dit à un grand chef :

— Qu'on nous renvoie chez nous puisqu'on ne fait rien. On reviendra quand tout le monde sera prêt.

Combien de temps cette situation allait-elle encore durer ?

Personne ne savait répondre à cette question.

Puis de nouveau les Allemands donnaient de la voix : « Nous disons… »

Parfois, ils ramenaient la fanfare pour nous jouer des musiques militaires. Le capitaine nous regroupait autour de lui et nous chantions *La Marseillaise* pour essayer de couvrir leurs clairons, tambours et grosses caisses. Ça aussi c'était risible, car hormis les grands chefs, le capitaine et moi-même, personne ne connaissait les paroles. Les soldats ânonnaient en lisant sur mes lèvres. Comme je bloquais toujours sur « Qu'un sang impur abreuve nos sillons », ils bloquaient aussi ou s'égosillaient à chanter n'importe quoi pourvu que ça fasse du bruit.

C'était comme un jeu d'enfants entre eux et nous. J'avais dit au capitaine que c'était une drôle de guerre que cette guerre. Il avait trouvé l'expression de circonstance et l'avait rapportée à un grand chef qui l'avait répétée à un très grand chef.

À la tombée de la nuit, les Allemands regagnaient leurs abris. Nous leur souhaitions « *gute Nacht* ».

Ils répondaient : « Nous disons : bonsoir. À demain. »

Mais, cette fois, ce serait sans lendemain.

À peine rentrés à la gendarmerie, on nous a pressés de nous réunir dans la cour. Cinq grands chefs qui se ressemblaient comme des petits pois : même âge, même tenue militaire, même grade, même raideur dans la nuque. Derrière eux se tenaient les petits chefs.

Un grand chef est sorti du rang et il a dit :

— Soldats, l'heure est grave. Hier, Hitler a envahi, par surprise, la Hollande.

Le regard était franc, la voix claire et posée. Il a poursuivi dans le langage le plus simple qui soit pour ne pas à avoir à se répéter. Selon ses dernières informations, des colonnes de Panzer, des chars, a-t-il précisé, appuyés par leur aviation, bombardaient la Belgique, laissant derrière eux d'importantes destructions et d'immenses carnages humains. Nous allions partir le lendemain soutenir nos régiments dans les Flandres pour renforcer notre frontière. Sa voix était blanche, désormais. La vérité l'obligeait à admettre que les combats seraient longs et rudes mais que nous vaincrions parce que nous étions les plus forts.

Au nom de la nation, il nous a remerciés du sacrifice que nous allions consentir pour anéantir le monstre allemand. Et pour cette dernière soirée, il nous a donné quartier libre.

J'avais refusé de faire cette guerre par conviction mais maintenant j'avais hâte que nous y soyons enfin. Je n'en pouvais plus de traîner chaque jour le long de la ligne Maginot. Tarik, lui aussi, ne voulait pas mourir pour la France, mais s'était résigné à la faire. Il pensait, comme Samuel, que c'était Dieu qui nous mettait à l'épreuve pour nous laver de nos péchés avant de le rejoindre dans la lumière de l'au-delà. Moi, je ne me résignais pas à rejoindre le vert paradis d'Allah. Enfin, pas tout de suite. Je voulais me battre pour sauver ma peau parce que j'avais une vie à vivre avec celle que j'aimais.

Nous avons suivi un groupe de roumis et de Noirs qui descendaient d'un pas gaillard au village.

Nous sommes entrés dans un bar-tabac. Les tables étaient déjà toutes occupées par nos frères d'armes. Le vin blanc coulait à flot. Ça buvait, ça chantait, ça gueulait, ça rotait. J'ai acheté un paquet de Craven A, Tarik et Samuel des bonbons. On s'est accoudés au comptoir, près de vieux Français à bérets et casquettes qui nous ont dévisagés comme si nous étions des curiosités. Il faut dire qu'autant de Noirs et d'Arabes dans leur bistrot, ils n'avaient jamais vu ça. J'ai commandé une bouteille de limonade. Le propriétaire n'en avait pas.

— Des cafés ?

Sa machine était éteinte.

— Une carafe d'eau ?

Il nous a indiqué la porte de sortie. Tarik et Samuel sont allés se coucher, me laissant seul devant le monument aux morts de la guerre de mon père, sur lequel ne figurait aucun nom de soldats venus des colonies.

Je me suis posé sur un banc, j'ai relevé le col de ma capote pour me protéger du crachin et j'ai allumé une Craven A. Le ciel était constellé d'étoiles. J'ai pensé à Philippe Haumont.

Est-ce qu'il trouvait que de là-haut le monde était plus beau ?

Est-ce qu'il savait que demain, je partirais pour la guerre ?

Est-ce qu'il était étoile parmi les étoiles ?

Mon mégot m'a brûlé les doigts. Je l'ai jeté d'une pichenette dans une flaque d'eau. J'ai allumé une autre cigarette. Je l'ai fumée, sans plaisir.

Le capitaine qui errait d'un bout à l'autre de la rue est venu s'asseoir à côté de moi. Je lui ai offert une cigarette. Il l'a acceptée. J'ai craqué une allumette. J'ai remarqué que son visage n'était qu'un masque de tristesse.

Il a aspiré une taffe puis, fixant le monument aux morts dressé devant nous, il a dit :

— Le jour de mon départ, mon frère Adam a reçu sa lettre de mobilisation. Il ne voulait pas faire la guerre.

Il m'a dit que tuer un Allemand, c'était comme tuer un frère, parce que nous sommes un peu allemands.

— Moi aussi, je ne voulais pas faire la guerre. On m'a dit que les Allemands étaient des barbares qu'il fallait anéantir jusqu'aux derniers. Je n'avais même pas idée de ce à quoi pouvait ressembler un Allemand quand je suis parti de mon village. Si je meurs demain, pour quoi serai-je mort ?

— Pour la liberté. La liberté n'a pas de prix, Adam.

— Quelle liberté ? Je suis né prisonnier. Si je survis, soumis aux Français ou aux Allemands, qu'est-ce que ça changera pour moi ? Rien.

Des soldats éméchés sont passés devant nous, bras dessus bras dessous, en chantant : « *Une balle dans la caboche des Boches et je rentre chez moi à la Casbah.* »

Le capitaine a souri. Ce n'était qu'un pauvre sourire de façade.

— À cette heure de la nuit, comme on dit chez moi, on a la mélancolie au bord des larmes. On peut vider son cœur sans pudeur, sans honte, sans retenue, parce qu'on sait que l'aurore effacera tout pour qu'il ne paraisse plus rien de nos douleurs, de nos chagrins, de nos blessures, ai-je dit pour le réconforter.

Il m'a demandé une autre cigarette. Il l'a fumée, sans plaisir.

— Chef, vous saviez que la guerre tue les rêves de jeunesse ?

— Elle ne tue pas que les rêves. Elle tue les hommes, les femmes et les rires des enfants. Les survivants ne sont plus que des ombres.

— Vous êtes une ombre ?

— Je l'ai été. L'amour m'a ressuscité. L'amour que me donne ma femme, l'amour que me donnent mes filles, l'amour que je leur donne. L'amour que je donne à mon pays. C'est beau l'amour de sa patrie, tu ne trouves pas, Adam ?

— Ne le prenez pas mal, chef, mais je n'ai pas d'amour pour la patrie.

— Pourquoi ? La France est grande et généreuse. Elle aime tous ses enfants.

— N'insistez pas, chef. Vous êtes un vrai Français, vous ne pouvez pas comprendre.

J'ai allumé une dernière cigarette. La fumée me piquait les yeux, la tête me tournait, la nausée me venait.

Le capitaine a sorti de son portefeuille sa photo de famille, a passé son doigt sur chacun des visages et a murmuré que depuis qu'on l'avait rappelé, il avait essayé de joindre son épouse par téléphone mais les lignes étaient coupées. Il lui avait écrit cinq lettres restées sans réponses. Il a rangé sa photo et m'a demandé si j'en avais une de Zina pour voir si elle était aussi jolie que je le prétendais.

— Je n'en ai pas besoin, chef. Je la vois chaque soir dès que je ferme les yeux. Depuis quelque temps, j'ai commencé à lui écrire.

J'ai sorti mon carnet rouge de la poche de ma capote.

— Vous voulez que je vous lise quelques mots ?

Il a approuvé.

— « Ma bien chère Zina… »

Il s'est rapproché un peu plus près de moi.

— « Depuis que tu es loin de moi… »

15

Le train s'était arrêté une dizaine de fois en rase campagne depuis notre départ d'Alsace. La peur au ventre, nous avions entrouvert la porte du wagon pour faire feu sur l'ennemi. Mais nous n'avions devant nous que le morne spectacle de plaines nues traversées par des vols de corbeaux ou celui de vignes encore engourdies par le givre. Pourtant nous sentions la guerre rôder partout autour de nous. Et chaque fois, le train redémarrait sans que l'on nous donne un début d'explication.

La nuit, un mauvais courant d'air s'insinuait entre les lattes de bois de notre wagon à bestiaux et m'empêchait de dormir. Je somnolais, adossé à Tarik, qui lui-même était coincé entre un soldat marocain et Samuel, que le roulement monotone du train avait bercé jusqu'à ce qu'il sombre dans un lourd sommeil.

À la gare de Reims, d'autres soldats nous ont rejoints, laissant à quai des parents, des femmes et des enfants ahuris, qui ne comprenaient pas pourquoi leurs papas fanfaronnaient et insultaient les Allemands.

Nous sommes arrivés le 28 mai dans l'après-midi, au terme de deux jours de voyage, à Saint-Amand-les-Eaux, une grande ville du nord de la France. Dans la rue principale, j'ai remarqué la réclame au cul d'un autocar vantant les bienfaits de ses sources et de ses cures thermales. Pour une fois, j'avais la chance d'être encaserné dans une ville où l'eau coulait à profusion. J'allais, enfin, pouvoir chasser cette odeur de suint qui me collait au corps depuis Verdun.

Chimère, comme aurait dit M. Grandjean.

Le capitaine nous a prévenus que nous n'étions là qu'en transit pour la nuit et qu'au petit matin nous serions ventilés dans d'autres casernes. Personne n'a demandé où. Nous avions maintenant l'habitude d'être menés, comme un troupeau de moutons, d'un endroit à un autre sans que l'on nous informe de quoi que ce soit.

Les dortoirs étaient surpeuplés. Nous avons erré de bâtiments en hangars à la recherche d'un endroit pour poser notre barda. Il y avait de la place dans la réserve de l'intendance. Nous en avons profité pour nous débarrasser de nos habits mal ajustés et les remplacer par des chemises, des bandes molletières et des pantalons neufs. Puis je me suis couché à même le sol sur une couverture propre.

— À quoi penses-tu ? m'a demandé Tarik.

— À dormir, ai-je répondu les yeux fixés sur une horloge pareille à celle de la gare d'El Kseur.

— Moi, je n'y arrive pas. Ça fait deux jours que je n'ai pas pu faire mes prières. J'en suis malade.

— Tu les rattraperas plus tard. Dieu sait que nous sommes dans la merde puisque c'est lui qui nous y a mis.

— Ne te moque pas du Très-Haut. Il voit tout, entend tout, sait tout. Il ne te loupera pas à l'heure du jugement dernier.

Il m'a tourné le dos pour faire face à Samuel. J'ai fermé les yeux pour retrouver Zina. Une suite de souvenirs sans rapport les uns avec les autres ont défilé dans ma tête. Notre premier baiser, la première fois que je l'ai vue dans la cour de sa ferme, la première fois où j'ai touché ses seins, la première fois où je lui ai dit que je l'aimais, la première fois où nous avons vu arriver un vol de cigognes. À ne penser qu'à elle, j'en oubliais de dormir.

Tarik et Samuel ne trouvaient pas le sommeil non plus, ils parlaient de religion.

— Dans la mienne, il est dit que le plaisir de mourir sans peine vaut bien la peine de vivre sans plaisir. On ne peut être que d'accord avec ça. N'est-ce pas ?

Tarik, piqué à vif, a répondu que les juifs étaient les rois de la rhétorique mais que les musulmans n'étaient pas en reste. Pour lui prouver que le futur imam de la mosquée de Fenaïa valait le futur rabbi de la mosquée des juifs d'El Kseur, il a récité une série de sourates qui m'ont assommé.

Un bruit assourdissant a déchiré le silence de la nuit. Les sirènes hurlaient. On s'est rhabillés à la hâte et nous avons suivi le capitaine au pas de charge dans la cour où d'autres soldats étaient déjà là, en armes, fébriles, le regard tendu vers le ciel où des avions allemands passaient et repassaient au-dessus de nous. L'artillerie a tiré quelques salves de canons au jugé. Les Allemands ont répliqué en pilonnant un entrepôt de matériel, l'infirmerie et des immeubles d'habitation près de la caserne. Le quartier était dévasté. Nous avons sorti les pelles, les pioches pour dégager les victimes civiles pendant que des médecins improvisaient, sur les trottoirs, un petit hôpital sous une tente.

Le capitaine nous a rassemblés et il a dit :

— Les enfants, cette fois, on y est.

Puis il est allé prendre des instructions auprès des grands chefs. Les responsables de l'intendance ont distribué des mitraillettes, des fusils d'assaut et des bandoulières de cartouches aux soldats français. Nous, on devait se satisfaire de nos vieux Lebel et d'une poignée de balles. C'était les ordres. Il n'y avait pas à discuter.

Les sirènes ont de nouveau retenti. Nous avons couru pour nous abriter dans les caves de la caserne. Fausse alerte. Les avions étaient français. Le capitaine est revenu haletant et tout s'est précipité. L'avancée des Allemands était fulgurante. Les points de résistance cédaient les uns après les autres. Il nous fallait aller à la gare pour nous rendre à Haubourdin avant que les Allemands l'occupent. Si cette ville située à un carrefour stratégique tombait entre leurs mains, elle leur ouvrirait la route du port de Dunkerque.

Il y avait des soldats à perte de vue sur le quai. Ceux qui rêvaient d'en découdre étaient galvanisés. Il y avait même une petite chorale improvisée qui chantait à tue-tête : « *Une balle dans la caboche des Boches...* »

Le train est arrivé déjà bondé de soldats. Samuel, Tarik et moi, on se tenait par la main, comme des enfants, de crainte d'être emportés par le mouvement de foule. Il ne restait de la place que dans les wagons de marchandises. Nous étions entassés, ballottés, chahutés.

Nous sommes entrés dans un tunnel. La fumée noire de la locomotive m'a pris à la gorge. J'ai caché mon visage derrière mes mains pour ne pas étouffer. Au bout de ce tunnel, c'était encore un autre monde. La bataille était dans le ciel. Les aviations française et allemande se livraient un combat sans merci. Nous comptions les avions en flamme qui s'écrasaient dans les champs en friche et sur les terrils.

Le train a roulé au pas et fini par s'arrêter à la gare de Sequedin. Nous espérions que c'était pour le ravitaillement car nous n'avions rien dans le ventre depuis plus de deux jours. Le capitaine est descendu du wagon pour veiller à ce qu'il nous reste de quoi manger. Manger. On aurait mangé n'importe quoi pour remplir nos estomacs qui gargouillaient. Le capitaine est revenu, le visage défait. Le camion de ravitaillement avait sauté sur une mine et un pont avait été dynamité à la sortie de la ville, empêchant le train d'aller plus loin. Nous devions poursuivre à pied.

Samuel a regardé sa montre, moi ce soleil blanc de printemps qui m'aveuglait. Il devait être midi.

— Une heure de l'après-midi, a rectifié Samuel.

Tout était calme.

Désespérément calme.

Anormalement calme.

Plus on avançait, plus on se rapprochait des tirs nourris de l'artillerie. Nous avons longé, par petites unités, la voie ferrée pour ne pas nous faire repérer de l'aviation allemande. Le capitaine nous rapportait des nouvelles du front. Partout c'était des morts, des villages détruits ; des femmes, des enfants, des vieillards étaient jetés sur les routes et fuyaient pareils à des bêtes traquées. On lui avait aussi rapporté qu'à deux kilomètres d'ici un bataillon de tirailleurs sénégalais avaient été faits prisonniers et aussitôt achevés au lance-flammes.

Une nuée d'avions allemands nous a mitraillés. On s'est planqués où l'on pouvait, dans des taillis, dans des fossés, derrière des arbres, puis on a couru se réfugier dans un petit bois en bordure des rails. Des morts. Encore des morts. Autour de moi, j'en comptais treize.

— Faut les enterrer, capitaine, a dit Samuel.

— Tu ne veux pas des obsèques en grande pompe tant que tu y es ? Allez, grouille-toi si tu ne veux pas finir comme eux.

Nous avons franchi un canal avec des radeaux de fortune que nous avons bricolés avec des troncs d'arbres et des planches ramassées dans un corps de ferme à l'abandon. Un grand chef s'est approché du capitaine, une carte de géographie à la main. Ils parlaient à voix basse. Le grand chef a pointé l'index sur la carte. Le capitaine a opiné plusieurs fois de la tête et l'a salué. Puis il nous a réunis et il a dit :

— Demain matin, on passe à l'offensive les enfants. On va se battre comme des lions pour que l'ennemi fasse de nous des héros.

16

Nous sommes entrés dans Haubourdin par la route du cimetière. Les Allemands nous avaient devancés. Ils avaient investi le centre-ville et le quartier du beffroi. Des unités de tirailleurs marocains et africains, déjà sur place, se battaient rue par rue à coups de grenades ou au corps à corps. Des soldats allemands et français gisaient sur la chaussée à côté de civils, de chiens et de chevaux morts. Des maisons étaient par terre, éventrées, en feu.

Les grands chefs ont investi une brasserie près de la mairie pour établir leur quartier général. L'aviation allemande bombardait sans discontinuer. Nous avons répliqué en tirant en l'air avec nos vieux fusils. Tout ça semblait bien dérisoire.

— Où sont nos avions ? Et nos chars ? s'est écrié le capitaine.

Nous avons continué de tirer comme si le crépitement de nos armes pouvait effrayer les oiseaux de fer qui ne cessaient de déverser des pluies de bombes sur la ville.

Avec le capitaine et quelques autres, nous sommes partis en reconnaissance. Les Allemands étaient au bout de la grande rue. Un coup de fusil a claqué. Un soldat est tombé à mes pieds, le crâne éclaté. Je le connaissais ce gars, il faisait partie de la chorale. Il s'était promis de rentrer dans son douar, bardé de médailles, pour faire le beau devant les siens. La guerre a tué son rêve de jeunesse.

Les avions allemands ont ciblé le commissariat de police ainsi que l'église. Le commissariat pulvérisé s'est effacé sous un nuage de poussière de briques rouges. La cloche a pleuré son ultime sanglot. L'église n'était qu'une montagne de briques, d'ardoises, de ferraille.

Au plus loin devant moi, je ne voyais que des troupes allemandes disciplinées, au plus loin derrière moi, ce n'était qu'une foule de tirailleurs qui commençaient à se débander. Nos pertes étaient immenses. Nos morts, nous les laissions sur place dans une sorte d'indifférence.

À cinq heures de l'après-midi, les Allemands avaient positionné leurs chars à chaque carrefour.

Un des nôtres a tiré une dizaine de cartouches sur un de ces chars puis a jeté son arme de dépit. La voix pleine de fureur, il a dit :

— Chef, y a pas moyen de casser ces engins avec un fusil.

Puis il a vociféré des insultes en arabe en se dirigeant vers le char, les bras en croix, comme s'il pouvait l'arrêter. Il s'est fait cueillir par une balle dans le cœur et le char l'a écrasé. On entendait le craquement de ses os broyés sous les chenilles.

Une balle a sifflé au-dessus de ma tête. J'ai rampé jusqu'à un kiosque à journaux pour m'abriter. À vingt mètres de moi, il y avait un Allemand, fusil en joue, prêt à faire feu sur tout ce qui bougeait. C'était peut-être lui qui avait voulu m'abattre. Lui ou un autre, c'était pareil. J'ai épaulé mon fusil. J'avais sa tête dans mon viseur. Adieu soldat. Le vrombissement d'une moto. Des cris. Et Samuel qui courait. La moto l'a rattrapé. Samuel, hors d'haleine, a levé les bras. L'Allemand a sauté de sa moto et l'a traîné sur le trottoir où étaient déjà alignés des cadavres de tirailleurs. Un coup de crosse dans les reins l'a fait plier en deux, un autre lui a fait mordre la poussière. L'Allemand a braqué son révolver sur sa nuque. J'ai dévié mon fusil, j'ai fermé les yeux, j'ai pressé la détente. Quand je les ai rouverts, Samuel avait disparu. L'Allemand était couché sur le dos, une balle dans le front. J'ai eu un haut-le-cœur et j'ai vomi. C'était la première fois que je tuais un homme.

En contrebas de la grande rue, on a vu arriver un interminable convoi de soldats allemands, suivi d'automitrailleuses et de colonnes de chars.

La nuit tombée, des tirailleurs africains se sont repliés en désordre sans combattre. La ville n'était plus qu'un gigantesque brasier. Des civils se sauvaient, emportant avec eux balluchons et valises lestés de leurs pauvres souvenirs. Les Allemands étaient partout. Ils avaient fait des centaines de prisonniers. Pour l'exemple, ils avaient adossé à un mur une vingtaine de Noirs.

— *Feuer !*

Ils étaient venus du fin fond de l'Afrique pour servir la patrie, ils étaient morts pour cette France qui ne nous avait apporté que la misère, les guerres, les deuils.

Un soldat s'est accroché à mon bras, il tremblait, il avait peur. Il voulait rentrer au pays, revoir son père, sa mère, sa petite sœur. Il m'a fredonné une chanson à la gloire de sa ville natale, Tlemcen. Un coup de feu de plus dans la nuit. Son sang a coulé le long de ma main. Une balle l'avait frappé à la cage thoracique. J'ai fermé ses yeux. J'ai fouillé sa poche. Sur sa plaque militaire, il y a un nom et une date de naissance : « Rachid Bouafia. Né le 23 mars 1918. » Sa vie s'est arrêtée le 30 mai 1940 à Haubourdin.

On s'est réfugiés dans les bains-douches municipaux, à bout de force. On ne disait rien. On ne pensait rien. On avait faim. On avait soif. J'ai ouvert les robinets. Pas une goutte d'eau. On puait le cadavre avant d'être mort. Le capitaine a essayé de nous remonter le moral en racontant que du temps de la guerre de mon père, à Strasbourg, tout semblait irrémédiablement foutu quand un bataillon de fantassins était venu sabre au clair les délivrer des griffes de l'ennemi. On ne l'écoutait pas. On voulait juste le silence pour mourir en paix.

À l'aube, un soldat envoyé par les grands chefs nous a annoncé que la ville était encerclée par des régiments allemands et que nos renforts de tirailleurs marocains avaient été anéantis à Sequedin. Au nom de l'état-major, il nous demandait de déposer les armes.

Nous étions vaincus.

Nous sommes allés devant la brasserie où se trouvaient encore quelques grands chefs. Ils nous ont remerciés pour notre bravoure et nous ont assurés que la nation saurait se montrer reconnaissante à notre égard, le moment venu.

— Il viendra quand, le moment venu ? Quand on sera tous crevés ? s'est insurgé Tarik.

Un grand chef allemand, impressionnant dans son manteau de cuir, est descendu d'une berline noire. Il était escorté de motards lourdement armés. Il a sorti un document d'une sacoche. Un de nos grands chefs a signé l'acte de reddition sur le capot de la voiture.

Nous étions le 31 mai 1940.

Puis il a tendu son révolver au grand chef vainqueur. Celui-ci l'a repoussé. Au déshonneur de la capitulation, il ne voulait pas ajouter la honte de n'être qu'un soldat désarmé.

Les Allemands, fusils mitrailleurs et étuis à munitions en bandoulière, patrouillaient en maîtres dans la ville. Ils étaient grands, solides, beaux dans leurs habits de guerriers. Nous, l'armée de l'empire dont on nous avait dit qu'elle était indestructible parce que commandée par les meilleurs stratèges du monde, nous étions pitoyables. Nos capotes étaient pourries par la boue et nos semelles de godasses étaient usées jusqu'à la corde. Certains s'en étaient débarrassés après avoir dépouillé des cadavres de civils de leurs chaussures.

Les mains plaquées sur la nuque, nous avons marché tête basse, encadrés par nos ennemis jusqu'à la place de la mairie où le drapeau nazi flottait déjà au fronton de l'édifice.

Ils ont commencé à nous trier. Les Français de souche européenne étaient regroupés sur un trottoir, nous, les Africains, Algériens, les roumis, Marocains, on nous a parqués derrière des barrières en bois comme des animaux bons pour l'abattoir.

— Pourquoi on nous sépare ? ai-je demandé au capitaine.

— Nous, on va nous emmener dans des camps de prisonniers en Allemagne, sûrement. Vous, je ne sais pas.

— Il faut leur expliquer que nous sommes des prisonniers de guerre, nous aussi. Il faut qu'ils nous respectent.

— Les vainqueurs n'en font qu'à leur tête. On a fait pareil en 14. On ne les a pas respectés.

— Qu'est-ce qu'ils vont faire de nous ?

— Il faut s'attendre à tout avec ces gens-là. Ils ont la haine des Juifs, des Noirs, des Arabes et de tous les autres.

Un Allemand a pointé du doigt le capitaine et lui a fait signe de rejoindre le groupe des Français de souche européenne. J'ai sorti mon carnet rouge et je l'ai glissé dans la poche de sa capote.

— Il y a son adresse dedans. Vous pourrez lui envoyer si vous vous en sortez.

L'Allemand l'a saisi par la manche, le capitaine a résisté, il ne voulait pas nous abandonner. Un autre soldat est venu l'assister ; ils l'ont embarqué manu militari.

Les Allemands nous ont bousculés pour que nous marchions plus vite vers la gare. Le train était à quai, plein à craquer de prisonniers. Les Allemands ont fait descendre des tirailleurs sénégalais à coups de trique pour nous faire de la place. Ils les ont emmenés derrière le poste d'aiguillage, les ont alignés et les ont fusillés.

Samuel n'avait ni la force ni l'envie d'aller plus loin. Moi aussi, j'étais à bout de fatigue, à bout de nerfs, à bout de rage. Un Allemand m'a poussé dans le dos avec la crosse de son fusil.

— *Schnell ! Schnell !*

— *Arschloch. Fick dich*, ai-je répondu.

Il m'a tapé sur la tête, une fois, deux fois, trois fois.

17

La première chose que j'ai vue de ce camp, c'était son entrée avec son arc de triomphe flambant neuf surmonté de l'emblème nazi : un aigle géant avec un œil jaune, serrant dans ses griffes la croix des nazis. Ce camp, que les Allemands appelaient « frontstalag », n'était à notre arrivée qu'une immense pâture à vaches, sans abri, entourée de clôtures de fils barbelés, avec pour seuls points d'eau des abreuvoirs. Il y avait des gens de chez nous – la majorité –, des Marocains, des Tunisiens, des Africains, des Antillais, des Indochinois et d'autres issus de contrées auxquelles je n'avais jamais prêté attention lorsque je m'instruisais de la géographie de notre monde sur le planisphère de M. Grandjean : Madagascar, l'île de La Réunion, la Nouvelle-Calédonie, la Guyane, l'île Maurice.

Les premières semaines, nous avons dormi sur des bâches en plastique, à la belle étoile jusqu'aux pluies d'automne. Puis sont venus les froids d'hiver. On nous a alors apporté des planches, des madriers, des scies, des clous et des marteaux pour que l'on construise nos baraquements.

Les Allemands géraient le camp à distance car leurs va-et-vient incessants dans la région pour imposer le nouvel ordre ne leur permettaient pas de s'occuper de nous. Ils avaient délégué notre surveillance à des roumis d'Afrique du Nord parce qu'ils les considéraient mieux placés pour connaître nos vices et nos faiblesses. En échange de quoi, ils percevaient une petite indemnité, logeaient dans des baraquements chauffés et avaient droit à une cantine à part avec de vrais repas chauds.

Combien étions-nous dans ce frontstalag ?

Plus d'un millier certainement. À la vérité, il était vain et impossible de le savoir car il en arrivait et il en mourait tous les jours, des soldats des colonies.

Ici non plus on ne se mélangeait pas. C'était comme une loi naturelle. Il n'y avait que dans les romans que des soldats vaincus fraternisaient pour mieux supporter la douleur des défaites amères. On s'était regroupés en fonction de nos origines, de nos langues, de nos cultures, de nos religions. Même entre coreligionnaires d'Afrique du Nord, c'était chacun dans son coin. Les Marocains étaient dans des baraquements près des abreuvoirs. Les Tunisiens – des Sahariens pour l'essentiel – avaient préféré vivre, comme dans le désert, dans des guitounes façonnées avec les bâches en plastique. Nous, les Algériens, nous avions ajouté de la division à la division. Les Arabes et les Juifs arabophones s'étaient accaparé les baraquements côté droit de l'enclos, quelques roumis qui avaient refusé de collaborer avec les Allemands avaient étendu leurs matelas avec des Juifs francophiles dans un petit local près du bureau de l'administration, et nous, les Kabyles et les Juifs de notre région, avions pris la partie ouest du camp qui, selon Tarik, était dirigée vers La Mecque.

Quelle que soit la saison, on était nourris de choux, de navets, de betteraves, de pommes de terre, de chevaux morts à l'ouvrage qu'on nous faisait passer pour du bœuf et de rats de la décharge qu'on nous faisait passer pour du lapin. À force de bouffer de la merde, certains perdaient leurs dents, toutes leurs dents, on aurait dit des vieillards.

On mangeait avec les mains dans des assiettes en aluminium cabossées. Quand on se les faisait voler, ce qui arrivait souvent, nos gardiens nous jetaient, par-dessus les fils barbelés, des casques allemands datant de la guerre de mon père pour que l'on s'en serve de « galtouse », comme ils disaient en riant bêtement.

Tarik a été incorporé dans un arbeitskommando d'une centaine de prisonniers pour travailler dans les exploitations agricoles où il labourait, plantait, récoltait des légumes destinés à la consommation en Allemagne. Samuel était dans un groupe de bûcherons. Qu'il pleuve, qu'il neige, qu'il gèle, de l'aube au coucher, il était dans les bois à abattre et à débiter des arbres pour chauffer la petite caserne à la sortie du camp. Les nouveaux prisonniers en attente d'affectation dans un commando de travail entretenaient le camp. Ils brûlaient les ordures, rafistolaient la clôture de barbelés, lavaient les voitures et les motos des Allemands ou curaient les puisards dégorgeant de merde.

Lorsqu'on se retrouvait le soir, après le travail, les plus solides d'entre nous réconfortaient ceux dont le moral était miné à cause de la monotonie des jours ou de l'absence de perspective de libération, mais la plupart du temps nous n'avions rien à nous dire hormis ressasser la même nostalgie de notre pays que nous ne reverrions sans doute jamais.

Moi, je me tenais à l'écart de ce brouhaha et je pensais à Zina, jusqu'à ce que la fatigue m'emporte. J'y pensais si fort qu'il m'arrivait de me demander si elle n'avait jamais été qu'un mirage et si notre histoire d'amour n'avait jamais existé que dans ma tête.

Les nouvelles du camp nous parvenaient par le téléphone arabe. Il nous avait appris que des Marocains et des Sénégalais travaillant sur une voie de chemin de fer avaient faussé compagnie à leurs gardiens. Aussitôt alertés, les Allemands les avaient rattrapés et avaient fusillé les Sénégalais. Quant aux Marocains, ils avaient été envoyés dans un frontstalag, plus au nord, pour charbonner dans des mines.

Toujours selon le même canal, on avait appris qu'il y avait eu des cas de lèpre du côté des Antillais. Depuis, on les fuyait coûte que coûte. Parfois les nouvelles étaient fantasques : un mythomane qui croyait en ses rêves avait claironné que les Allemands allaient bientôt capituler parce que notre armée, qui s'était retapée, n'était qu'à quelques kilomètres du camp. Autre triste farce : un Kabyle, grouillot à la cuisine, avait entendu son chef dire que chaque baraquement de musulmans aurait droit à son mouton pour l'Aïd el-Kébir. Nous en avions salivé une semaine à l'avance. Le jour de la fête, nous avions vu arriver sur notre table une marmite de tripes malodorantes et des couilles de béliers à peine cuites, baignant dans du jus de tomate.

Lassés de ces fausses bonnes nouvelles, Tarik, Samuel et moi avons décidé de débrancher le téléphone arabe.

L'eau valait de l'or.

Deux fois par mois, un camion-citerne remplissait les abreuvoirs, puis nos gardiens distribuaient des morceaux de savon noir pour que nous décrassions nos corps gris de sueur. Aussitôt, c'était la ruée vers l'eau. Les malades et les chétifs qui n'avaient plus la force de jouer des coudes pour accéder aux abreuvoirs se résignaient à se laisser envahir par les poux, la gale et l'eczéma.

À vivre sans hygiène, la dysenterie, la tuberculose et la typhoïde ont fait des ravages. On dénombrait une vingtaine de cas par jour.

Des médecins, dont certains étaient des prisonniers de guerre, passaient – on ne savait jamais quand – accompagnés d'infirmières pour soigner les blessés au travail et placer les incurables en quarantaine dans un bâtiment en dur, qu'on appelait le pavillon des morts vivants, au bout de la pâture, pour qu'ils ne nous infectent pas.

Valère, un Martiniquais aux cheveux déjà gris malgré sa juvénile apparence, et moi avons été désignés pour enterrer les morts dans des fosses communes que l'on creusait dans des cimetières de villages ravagés par les bombardements.

Pour cette corvée, nous avons été formés par un roumi, croque-mort dans le civil à Alger, qui nous a enseigné qu'après avoir déposé les corps dans la fosse, nous devions les recouvrir de chaux vive afin d'éviter la contamination de la terre, des eaux souterraines et des rivières. Dès que la fosse était remblayée, nous devions la masquer avec des troncs d'arbres et des branchages pour que les charognards ne viennent pas déterrer les cadavres.

Chaque fois que je vidais un sac de chaux vive sur ces jeunes hommes pourris par la maladie, je ne pouvais m'empêcher de penser que nous avions le même âge, qu'ils venaient, tout comme moi, de pays de soleil, qu'ils avaient eu une mère, un père, qu'ils avaient ri, pleuré, aimé, détesté, chanté, dansé et que demain, peut-être, ce serait moi qu'on balancerait dans le trou puis que l'on brûlerait à la chaux vive pour que je ne souille pas cette belle terre de France.

À vadrouiller, chaque matin, de village en village, avec notre cargaison funèbre tractée par d'énormes chevaux de labour que je n'avais jamais vus par chez nous, j'avais fini par me repérer : notre camp était à cent kilomètres de Lille, à cent dix de Paris, et la commune la plus proche était Péronne, une ville importante à voir la grosseur des lettres sur le panneau routier.

Un jour d'été qu'il pleuvait si fort, un de nos deux gardiens, Mirol, un grand type au teint de pois chiche, nous a fait prendre le chemin de halage d'un petit canal pour gagner du temps. Je l'ai prévenu qu'on risquait de s'enliser dans cette terre gorgée d'eau. Il ne voulait rien entendre. Je devais bosser, obéir, me taire. Au pays, rien ne changeait pour un roumi, un Algérien n'était jamais qu'un Pas Grand-Chose. Comme j'insistais, il s'est fendu d'insultes en arabe qui ont amusé Gomez, son camarade, un petit bonhomme au front buté et à l'œil mauvais, qui se tenait en retrait, les bras croisés dans le dos.

Ce qui devait arriver est arrivé, la charrette s'est embourbée près d'un lavoir. Nos gardiens ont hurlé d'autres jurons en arabe en bastonnant à coups de trique les pauvres bêtes pour qu'elles avancent. Rien n'y faisait. Et nous, plus on poussait au cul de la charrette, plus elle s'enlisait, plus les chevaux écumaient de peur, et plus on avait de la boue plein nos godasses. Valère, les dents serrées, maudissait dans sa langue nos gardiens qui avaient renoncé à nous aider pour s'abriter dans le lavoir.

Un éclair a déchiré le ciel d'orage. L'un des chevaux s'est cabré, la charrette a capoté et tous les morts ont basculé dans le canal. Après maints efforts à nous briser les reins, nous avons rétabli la charrette sur ses roues.

— Allez récupérer vos morts, et fissa, a ordonné Mirol.

Je me suis avancé jusqu'à lui et j'ai répondu :

— Nos morts sont aussi vos morts. Vous nous avez entraînés dans votre guerre contre les Allemands et maintenant vous collaborez avec eux, contre nous. Où est l'honneur de la patrie dont vous nous rebattiez les oreilles en Algérie ? Où sont vos sacrifices ? Où sont vos faits de guerre ? Dites !

— Tu vas fermer ta gueule de bicot ou je t'allonge à coups de pelle ! a braillé Mirol en bombant le torse.

Valère s'est avancé à son tour et, quand il s'est trouvé face aux deux collabos, il a dit :

— J'ai traversé le grand océan dans la cale du bateau comme mes ancêtres esclaves. J'ai laissé ma famille se débrouiller seule pour répondre à l'appel de la patrie. J'ai laissé des frères dans les fossés de Sequedin. Tout ça pour que vous nous abandonniez pour servir nos ennemis. J'aime mon pays mais je préfère mourir debout que de vivre à genoux comme vous. Les yeux dans les yeux, je vous le dis : vous ne nous méritez pas.

— Ferme ta gueule, sale négro, ou il va t'arriver des bricoles, a bégayé de rage Gomez.

Tous nos morts n'ont pas été repêchés car ni Valère ni moi ne savions nager et nos gardiens ont refusé de se mouiller pour eux.

De retour au camp, nous avons été convoqués au bureau de l'administration par un jeune chef allemand parlant parfaitement le français qui nous a fait la morale sans jamais élever la voix. Il comprenait notre désarroi mais, comme dans toute guerre, il y avait un gagnant et un perdant. La France était battue et nous, les soldats des colonies, étions les laissés-pour-compte de ce conflit. Avant de disposer, il nous a interdit de sortir de nos baraquements pendant nos jours de repos. Il lèverait la sanction quand il le jugerait bon. Valère, dont la colère n'était pas retombée, a répliqué qu'il se fichait de sa punition et que si l'occasion s'y prêtait il ne manquerait pas de s'évader. Le jeune chef allemand n'a pas relevé.

Je n'ai jamais revu Valère.

Certains ont dit qu'il avait été transféré dans un autre frontstalag plus sévère encore, du côté d'Amiens, d'autres qu'il avait été exilé dans un camp disciplinaire en Allemagne, d'autres prétendaient que c'était impossible car les Allemands ne voulaient pas de Noirs ni d'Arabes chez eux de crainte qu'on ramène des maladies jamais répertoriées dans leurs manuels de médecine ou qu'à notre contact leur race soit gâchée.

Valère a été remplacé par Visham, un Indien de La Réunion au regard tendre qui, après chaque mise en terre, s'agenouillait les mains jointes pour dire des prières à Vishnu, un dieu dont je n'avais jamais entendu parler en Algérie.

Après que Tarik avait eu fait plusieurs demandes d'autorisation restées sans réponse pour obtenir une salle de prière, l'administration avait fini par céder le jour de la fête de la naissance de notre prophète Mohammed. Elle lui avait accordé un gourbi près d'un abreuvoir pour que nous puissions faire nos ablutions. Avant d'investir le lieu, il avait baptisé sa mosquée Ibrahim, du nom du père des trois religions du Livre, puis il avait ramassé des sacs en toile de jute pour en faire des tapis de prière, dessiné à la craie, sur la porte, l'étoile et le croissant de l'islam, enfin il s'était autoproclamé imam du frontstalag.

Du haut d'un escabeau qui lui servait de minbar, il prêchait et dispensait son savoir aux pieux coreligionnaires, aux alcooliques repentis qui priaient plus que de raison dans l'espoir qu'Allah pardonnerait leurs écarts et à ceux dont l'enfermement avait ressuscité la pratique du culte dont ils s'étaient écartés. Car parfois, seule la foi pouvait aider à atténuer l'absurdité du monde dans lequel nous avions été précipités.

Moi, c'était le contraire : je m'étais éloigné de la mosquée parce que les prêches de Tarik me désespéraient. C'était toujours les mêmes jérémiades. Si nous en étions là, nous les musulmans, c'était la volonté du Très-Haut. Il nous mettait à l'épreuve pour que nous sortions plus éclairés de cette tourmente. Et le jour viendrait où tenant notre saint Coran d'une main et de l'autre le glaive de la victoire, nous serions de nouveau maîtres sur terre et sur mer comme à l'époque de nos glorieux aînés.

Je lui avais fait remarquer qu'en attendant ce jour, nous ne valions guère mieux que le rat qu'on nous servait à manger et que si notre prophète ne nous avait pas interdit de mettre fin à nos misérables vies, beaucoup dans le camp se seraient déjà suicidés. Il avait ri jaune puis avait eu de la peine pour moi, car il trouvait que la captivité m'avait dévié du droit chemin, mais qu'Allah, le clément et miséricordieux, saurait me pardonner parce qu'au fond, j'étais encore un cœur pur.

Le vendredi, jour de repos dans notre religion, les Allemands nous fichaient la paix. Les prisonniers jouaient au ballon, aux dominos, aux cartes en attendant l'heure de la grande prière. J'avais demandé à lire pour occuper mes heures inutiles. On m'avait apporté un livre de bande dessinée pour enfants de six à douze ans, *Bécassine chez les Turcs*, que j'avais donné à Visham qui s'était mis en tête d'apprendre à lire et à écrire. On m'avait promis des livres pour adultes que je n'ai jamais vu venir. Alors, les vendredis j'allais jusqu'à la clôture de fils barbelés et je regardais devant moi : le clocher du petit village qui ne sonnait plus, le ruisseau qui ne chantait plus, les corbeaux qui ne croassaient plus, les moutons qui ne bêlaient plus, même les chiens de garde rapportés d'Allemagne étaient aphones. C'était triste. C'était à pleurer. C'était beau comme une catastrophe.

Le dimanche, c'était les chrétiens qui avaient droit à leur jour de repos. Pour Noël, un curé avait même été autorisé à entrer dans le camp afin de célébrer la messe de minuit avancée à trois heures de l'après-midi pour des raisons de sécurité. Pour les juifs, les bouddhistes, les sans religion, rien n'était prévu. Ils étaient priés de travailler sept jours sur sept.

Samuel ne s'est jamais plaint de cette discrimination. Il pensait qu'un jour viendrait où son Dieu ouvrirait les portes du camp, comme il avait ouvert la mer Rouge à Moïse et à son peuple pour les sauver des Égyptiens, et qu'il rentrerait à El Kseur pour diriger la mosquée des juifs en remplacement de son père.

Un soir, au dortoir, Tarik m'a regardé bizarrement, et longuement, puis il m'a demandé si je récitais la prière de L'Absent après avoir enterré nos morts. J'ai répondu que je l'avais dite les premiers temps mais que j'avais cessé car plus je remplissais mes fosses communes, plus je me vidais de ma foi. Et je m'en désolais car tout serait si simple si je ne me posais jamais de questions sur le sens de notre destin sur cette terre. Puis, après un temps de silence, parce que je cherchais mes mots, j'ai dit qu'avant je pensais que la colonisation était l'enfer, mais je m'étais trompé, elle n'en était que l'antichambre. Après avoir vu des paysages noyés sous des pluies de chagrin, des villages avalés par les brouillards, des enfants égarés dans des nuits de feu, des morts livrés aux chiens errants, et nous, pauvres soldats d'Algérie ignorés de tous, alors oui, après avoir vu tout cela, je ne pouvais plus continuer de croire, comme avant, aux paroles de paix et d'amour de notre Créateur.

— Tais-toi. Tais-toi misérable, Dieu t'entend.

Je ne l'ai pas écouté et j'ai poursuivi :

— Pourquoi le Très-Haut s'acharne-t-il sur nous ? Quand va-t-il lever cette punition ? Qu'avons-nous fait de si détestable dans une autre vie pour mériter l'enfer, car nous y sommes, en enfer, et jusqu'au cou.

— Une autre vie ! C'est de fréquenter Visham et son Vishnu qui te fait réfléchir de travers. Dois-je te rappeler que nous n'avons qu'une vie, celle qu'Allah nous a donnée. C'est lui qui est l'ordonnateur de nos destins. Dois-je te rappeler que c'est péché que de croire aux idoles comme Visham ? Reviens à la mosquée, il est encore temps de sauver ton âme, Adam.

Puis il a rejoint Samuel pour lui proposer de lui laisser la mosquée, le samedi, jour de prière des juifs. Samuel était touché par l'attention mais il a refusé. Il n'avait pas besoin de lieu de culte pour parler à son Dieu. Il le sentait près de lui, avec lui, à chaque instant. C'était son ange gardien et il le remerciait chaque matin de lui avoir sauvé la vie à la bataille d'Haubourdin. Et pour la énième fois, il a raconté que le capitaine lui avait demandé de partir en éclaireur pour voir si nous pouvions contourner un barrage tenu par les Allemands, afin de les prendre à revers. Il s'était engagé dans une ruelle obscure, avait grimpé sur le muret d'une habitation et, de là, il voyait tout. Il y avait une unité de soldats protégés par des automitrailleuses. Il avait fait demi-tour pour rendre compte au capitaine que nous n'avions aucune chance de les surprendre. Au bout de la ruelle, il était tombé face à face avec un motard allemand. Il avait détalé puis, à bout de force, il s'était arrêté en levant les bras. L'Allemand était descendu de sa moto, avait dégainé son révolver et appuyé le canon sur sa nuque. À ce moment du récit, il faisait toujours une pause pour ménager un suspense, puis il prenait à partie, au gré des humeurs, soit Tarik, soit moi, ou n'importe quel détenu pourvu qu'il veuille lui prêter une oreille attentive. L'ultime seconde de sa dernière heure était arrivée. Il ne voyait plus rien, n'entendait plus rien, il était déjà dans l'autre monde. Un coup de feu avait claqué. Il avait rouvert les yeux. L'Allemand gisait, une balle dans le front ; lui était là, encore tout vivant, tout chaud.

La première fois qu'il nous a raconté son miracle, je n'ai pu me retenir de réprimer un fou rire. Il s'est vexé que je doute du prodige du Dieu des juifs et ne m'a plus adressé la parole pendant une semaine.

18

Au tout début de ma détention, j'étais si englué dans ce cauchemar sans fin que l'idée de m'évader ne m'effleurait pas l'esprit. Je vivais à l'instinct, comme un animal, avec pour unique espoir d'être encore de ce monde le jour d'après. Et chaque nuit, et tous les autres matins, une seule question me hantait : allais-je ressortir vivant de ce camp ?

Nous étions fin octobre 1941 et je n'avais toujours pas de réponse.

Cette question m'obsédait d'autant plus que les quelques roumis qui avaient refusé de servir nos geôliers nous avaient quittés pour d'autres arbeitskommandos en Allemagne. Nous n'étions plus qu'entre Noirs, Arabes, Kabyles, Juifs, Jaunes, Blancs cassés à nous demander ce qu'ils allaient faire de nous.

Là encore, le téléphone arabe fonctionnait à merveille. Le frontstalag coûterait beaucoup d'argent à Hitler. Il envisagerait de le fermer bientôt, après nous avoir liquidés jusqu'au dernier.

Terrifiés par le triste sort qui nous serait réservé, certains avaient risqué l'évasion. Comme ils parlaient mal le français et qu'ils étaient illettrés pour la plupart, ils ne savaient pas où ils allaient. Ils avaient été dénoncés aux gendarmes par des paysans épouvantés de voir tous ces métèques fuyant à travers leurs champs et ramenés dans leurs baraquements, menottés comme de vulgaires voyous.

Autre nouvelle.

Les Allemands allaient supprimer les arbeitskommandos pour que nous grossissions leurs troupes en difficulté dans l'est de l'Europe. Ceux que l'internement sans perspective de libération rendait maboules étaient prêts à tout, même à mourir sous le drapeau nazi pourvu qu'on les sorte du camp. Ils s'étaient rendus à l'administration pour proposer leurs services. On leur avait répondu que la glorieuse armée du Reich avait une jeunesse vaillante et saine, toute dévouée à sa patrie, et qu'en conséquence, elle n'avait nul besoin de l'appoint de détenus coloniaux français pour vaincre.

Même si je savais ces rumeurs nées de l'imagination de gars hautement perturbés, la peur avait fini par me gagner. Je n'avais plus qu'une idée en tête : fuir avant de perdre la raison, à mon tour.

Les jours filaient, les rumeurs les plus folles perduraient, la colère grondait, et nous en étions toujours à attendre ce que nous allions devenir.

Les Allemands n'ignoraient pas que le désespoir était mobilisateur et redoutaient qu'une explosion de violence survienne à tout moment. Pour la prévenir, ils avaient retourné des prisonniers dans chaque baraquement. En échange de leur collaboration, ils leur avaient offert les mêmes avantages qu'aux roumis et promis de les libérer à une date restée indéfinie.

Un soir que je me sentais fiévreux, je transpirais à grosses gouttes et j'avais mal à la tête comme si je couvais la grippe, j'ai trouvé assez de force pour attirer Tarik et Samuel hors de notre dortoir. Je les ai entraînés jusqu'à la clôture de barbelés et, devant la France éteinte, j'ai dit :

— J'ai décidé de m'évader parce que j'ai mille soleils qui m'attendent au pays. J'ai mille nuits de tendresse qui m'attendent auprès de ma douce. Et, quand j'aurais fait le tour de ma vie, je veux être enterré dans le cimetière de Bousoulem, près de mon père et de ma mère. Je ne veux aucun autre destin. Je dois, il faut, je vais m'évader. Ne rien risquer, c'est accepter de mourir, loin des siens, en terre inconnue. Voulez-vous tenter le coup avec moi ?

Tarik, qui avait pris ses distances avec moi depuis que j'avais déserté sa mosquée, était bouleversé. Il m'a serré dans ses bras comme un frère retrouvé. Il ne voulait pas, lui non plus, mourir en terre étrangère. Il rêvait de rentrer à Fenaïa pour enseigner l'islam à une jeunesse en mal de savoir et couler des jours paisibles à l'ombre de son minaret. Samuel était partant sans aucune hésitation, lui aussi. Il ne supportait plus de s'éreinter à débiter du bois, sans jamais un jour de repos, pour chauffer la caserne et les bureaux de l'administration alors que nous grelottions dans nos baraquements. Dernièrement, lui et ses coreligionnaires avaient reçu ordre de se rendre chaque matin, avant de reprendre leur travail en forêt, au pavillon des morts vivants pour le désinfecter, puis le soir de faire le détour par la laverie de la caserne pour lessiver chemises, pantalons et caleçons des grands chefs allemands. Il n'en pouvait plus d'être sans cesse humilié, rabaissé, sali. Il voulait revivre les beaux jours d'antan, à la mosquée des juifs d'El Kseur, auprès des siens, et, la mort dans l'âme, il avait concédé qu'avant que Moïse lui ouvre les portes de cet enfer, il s'écoulerait encore beaucoup d'aurores vert-de-gris.

À cet instant, Tarik a pivoté sur ses talons pour voir s'il ne rôdait pas un de ces nombreux retournés qui pullulaient comme des cafards la nuit venue ; il n'y avait personne. Nous avons topé. Ça valait parole d'honneur chez nous.

Une fois que le vent de la liberté a eu fini de nous griser, la réalité a repris ses droits.

— Tu as une idée pour s'échapper de ce camp gardé par des cerbères qui ont plus de flair que les chiens allemands ? a demandé Tarik.

Mieux qu'une idée, j'avais un plan.

J'ai développé.

À sept heures, Visham et moi allions à la morgue récupérer nos morts et nos sacs de chaux vive. Dès que notre charrette était pleine, nous la recouvrions d'une bâche puis nous avancions jusqu'au portail d'entrée où nous attendions Mirol et Gomez qui prenaient leur service à huit heures. Venaient alors les premiers convois de nouveaux prisonniers. Comme nous le jour de notre arrivée, ils étaient brisés par la fatigue et crachaient leurs derniers feux en refusant d'entrer dans le camp. Les roumis de service, souvent dépassés par la violence de ces soldats qui n'avaient plus rien à perdre, alertaient les Allemands pour qu'ils reprennent les choses en main. C'était pendant ce désordre que Tarik et Samuel se glisseraient sous la bâche et feraient le mort parmi les vrais cadavres. Une fois franchi le portail du frontstalag, nous irions dans un cimetière où nous creuserions une fosse. Nous n'enterrerions pas nos morts tout de suite car, chaque matin à dix heures, Mirol et Gomez faisaient une pause casse-croûte qu'ils arrosaient d'une bouteille de schnaps. Dès que l'alcool faisait son effet, ils devenaient aussi inoffensifs que l'agneau qui vient de naître. C'est à ce moment-là qu'il faudrait que l'on se débarrasse d'eux pour prendre le train de dix heures trente à la gare de Péronne.

— Et après ? On va où ? On ne connaît rien de la région. On va se faire rattraper comme les autres, a objecté Samuel.

J'ai haussé les épaules et, entre deux quintes de toux, j'ai répondu qu'à convoyer nos morts de fosse commune en fosse commune depuis des mois, j'avais acquis une parfaite connaissance du secteur. J'avais mémorisé les noms des villages, les rivières et les chemins de traverse des forêts débouchant sur la route nationale. J'avais aussi en tête les horaires des trains du matin qui s'arrêtaient à la gare de Péronne. Ces lieux m'étaient devenus si familiers que je me sentais capable d'aller d'un endroit à un autre les yeux bandés.

— Et le Visham, tu l'as mis au courant ? a demandé Tarik.

— Je vais le prévenir. C'est un homme en qui j'ai toute confiance.

— S'il ne veut pas être des nôtres, tout est fichu, s'est inquiété Samuel.

— Tu connais un prisonnier qui ne voudrait pas partir d'ici ? ai-je répliqué fermement.

Ils m'ont, encore, demandé quand nous allions nous évader. Je tablais sur une dizaine de jours. Le temps de régler les derniers détails.

Cinq gardiens ont surgi du fond de la nuit, tirés par des chiens allemands dont les babines ruisselaient de bave. Ils nous ont éblouis avec leurs lampes torches et gueulé dessus pour couvrir les aboiements :

— Qu'est-ce que vous foutez ici à cette heure, fils de chiens ? À la niche, et fissa !

Nous nous sommes excusés plus platement qu'une smala de béni-oui-oui et nous avons regagné notre baraquement.

Tarik, qui ne trouvait pas le sommeil, m'a encore demandé où nous irions lorsque nous serions libres.

— Paris. Nous irons à Paris.

— Pourquoi Paris ?

— J'ai un ami, là-bas.

— Toi, le blédard, tu as un ami parisien ? Tu plaisantes.

— Parfaitement, j'ai un ami parisien. Un vrai ami.

Un gardien a coupé la lumière. Je leur ai donné rendez-vous le lendemain soir devant la clôture de fils barbelés pour qu'ensemble nous peaufinions notre plan d'évasion.

Toute la nuit, j'ai été secoué de frissons.

Au matin, ça n'allait pas mieux. Ma poitrine me brûlait et je toussais à m'arracher les poumons. J'étais si faible que soulever une pelletée de terre était un effort insurmontable. Mirol hurlait que j'étais un fainéant comme tous ceux de ma race, tandis que Gomez essayait de faire des phrases dans un arabe défaillant pour que je m'active. Je n'en pouvais plus. J'avais de la fièvre, mon nez coulait, je crachais un liquide visqueux et salé. Visham m'a fait signe de m'asseoir le temps de récupérer. Il trimait pour deux. Il prenait nos morts un par un sur ses épaules, les déposait au fond du trou puis, après avoir éventré les sacs de chaux vive avec un canif que l'on rendait à nos gardiens à la fin de chaque enterrement, il versait la poudre blanche sur les cadavres.

Sur le chemin du retour, Visham m'a dévisagé : il me trouvait une mine de tuberculeux. Il m'a recommandé d'aller à l'infirmerie pour qu'on me donne du Guéritout, l'unique remède disponible dans le camp. Je me suis forcé à sourire pour montrer que ce n'était qu'une faiblesse passagère. Demain, tout irait mieux. Visham en doutait. Arrivés devant son baraquement, je lui ai annoncé que je m'évaderais avec Tarik et Samuel et que s'il voulait être de l'équipe, il serait le bienvenu.

Il a ouvert de grands yeux étonnés et il a dit :

— S'évader. Ça ne va vraiment pas, Adam. Il faut que tu te reposes. Demain, je t'accompagnerai à l'infirmerie.

J'ai répondu oui, puis non, puis je me suis essuyé le front dégoulinant de sueur froide.

J'étais si épuisé que j'avais l'impression d'avoir creusé dix fosses et porté en terre une centaine de nos morts. Je me suis assis sur une marche à l'entrée du baraquement pour attendre Tarik et Samuel. J'avais chaud. Je devais dépasser les quarante degrés de fièvre. Je manquais d'air. J'avais peur que mes poumons éclatent.

Samuel et Tarik sont rentrés du travail, vannés eux aussi. En me voyant dans ce triste état, ils ont compris que le rendez-vous devant la clôture de fils barbelés était remis à une autre fois. Ils m'ont aidé à me relever pour aller à la cantine. Il y avait le vacarme et les cris de tous les soirs. Celui-là réclamait du rabe, celui-ci se disputait avec son voisin pour un morceau de pain, un autre était nareux et refusait de boire dans le broc d'eau, un autre en bout de table menaçait de casser la figure à son voisin qu'il accusait d'avoir fini son assiette pendant qu'il était allé pisser.

Je n'avais pas faim. La vue du ragoût de navets au lapin me soulevait le cœur. Samuel m'a tendu le broc d'eau que j'ai bu d'un trait. Il a passé la main sur mon front brûlant et a grimacé. Le repas terminé, ils m'ont raccompagné jusqu'à mon lit. L'ampoule électrique au-dessus de ma tête me blessait les yeux. Je claquais des dents. Ma chemise mouillée de sueur me collait à la peau. Samuel s'est déshabillé pour me donner la sienne, que j'ai enfilée aussitôt. J'avais la bouche pleine de grosses glaires jaunes et grasses. J'ai ouvert la fenêtre et craché au plus loin dans la nuit.

— Il l'a ? a dit Tarik.

— C'est certain, a affirmé Samuel.

— Non, je ne l'ai pas. À demain soir devant la clôture de fils barbelés, ai-je murmuré dans un souffle.

Je me mentais.

Je savais bien que si demain je n'allais pas mieux, c'est que j'aurais attrapé la maladie de notre ghetto de misère, la tuberculose.

Samuel s'est penché sur moi et il a dit :

— Adam, tu m'auras bien fait rêver avec ta connerie d'évasion. Allez, bonne nuit, mon salaud.

J'ai fermé les yeux, ma tête était vide. Je me sentais aspiré dans un trou noir. J'étais mort, peut-être.

19

Nous avions le crâne rasé parce que nous avions tous attrapé des poux dans ce cloaque de vermines. Pour chier, pisser, vomir, nous n'avions aucune intimité. Nous nous vidions dans un seau à portée de notre lit.

Nous étions moins que des Pas Grand-Chose. Nous étions la pisse, la merde et la vomissure de cette guerre. Je pensais que la colonisation, c'était l'enfer ; je m'étais trompé, c'était un paradis. Je pensais que le frontstalag, c'était l'enfer ; je m'étais trompé, c'était un autre paradis. Je pensais que les fosses communes dans lesquelles je brûlais nos pauvres morts étaient l'ultime degré de la barbarie, l'enfer des enfers ; je m'étais encore une fois trompé. Je savais désormais où était l'enfer. Le vrai. L'unique. Il était dans le pavillon des morts vivants, cet hôpital de fortune aux murs aveugles, éclairé par des lampes à pétrole qui nous renvoyaient, sans pitié, nos gueules de presque morts.

Faisait-il jour ? Faisait-il nuit ? La guerre était-elle terminée ? Nous avait-on oubliés ? Quand allais-je crever ? Demain ? Après-demain ? C'était quand demain ?

Je tenais à peine debout, pourtant je m'obligeais à marcher pour ne pas pourrir sur mon matelas infesté de puces. Ici, des malades de la dysenterie recroquevillés dans leurs lits de douleur poussaient des cris rauques montés de leurs entrailles, là, quelques-uns agonisaient les yeux grands ouverts en attendant l'heure fatale, là, un Chinois, les deux jambes plâtrées, sanglotait, le visage caché derrière ses petites mains grises de crasse.

Certains jours, il flottait dans l'air cette odeur de chair putréfiée que je connaissais bien. D'autres jours, l'air vicié qui pénétrait mes poumons me chauffait toute la poitrine. Je suffoquais. Je crachais du jaune et du rouge dans un sachet en papier kraft trouvé sur mon oreiller à mon réveil.

Quand j'ai rouvert les yeux après plusieurs jours d'inconscience, mon voisin, Habib, un Tunisien à grosse tête brune, m'a dit qu'il voulait m'assommer tellement je toussais et ronflais plus bruyamment que tous les autres malades réunis. Et, lorsque je ne ronflais pas ni ne toussais, j'appelais Zina ou je répétais, sans jamais me lasser, que la guerre tuait les rêves de jeunesse.

Habib m'épuisait autant que mes tours du pavillon des morts vivants. Il pouvait, sans aucune gêne, se vautrer des heures sur mon lit et me raconter toutes sortes d'âneries. Il m'avait affirmé, sans rire, qu'être mis en quarantaine, cela signifiait être à l'isolement pour quarante ans, le temps que les microbes meurent de leur belle mort, et qu'ensuite on pourrait retourner dans son arbeitskommando pour reprendre une activité normale. Il avait fait toutes sortes de calculs de tête : il lui restait trente-neuf ans et huit mois avant la guérison. Il m'avait aussi confié qu'il cumulait la tuberculose et la maladie du zboub qu'il avait attrapée en bricolant des choses pas très convenables avec des camarades de chambrée derrière la décharge du frontstalag. Cette dernière le faisait bien plus souffrir que celle de ses poumons. Afin que je constate l'étendue des dégâts, il avait baissé son pantalon et pressé dans sa main son sexe enflé et purulent. Depuis son arrivée, Habib n'avait vu le docteur qu'une seule fois.

Quand ?

Il ne s'en souvenait plus. C'était un matin. Il lui avait donné des cachets de Guéritout qui s'étaient révélés d'une redoutable inefficacité.

Une autre fois, alors que je somnolais sur ma paillasse, il m'avait réveillé parce qu'il avait une révélation à me faire. Il m'avait avoué qu'il était un retourné et que ça lui causait des problèmes de conscience. Il avait dénoncé ses frères sur le point de s'évader. Il prétendait que pour le punir d'avoir trahi les siens, Allah lui avait envoyé la maladie de la bite et celle qui dure quarante ans.

— Comment expier ma faute ? Dis-moi, m'avait-il demandé.

— Au diable, bougre de traître. Fiche-moi la paix, l'avais-je rembarré.

Puis je m'étais tourné vers mon autre voisin, un géant noir qui, assis en tailleur sur son lit, se balançait frénétiquement d'avant en arrière, riant à gorge déployée, comme un dément.

Dormir, je voulais dormir, mais j'étais si faible que je n'osais pas de peur de ne jamais me réveiller. Alors, je regardais autour de moi ce dépotoir humain et je pensais à tous ces corps laminés, décharnés, qui seraient nos morts de demain. Puis je pensais à leurs familles qui recevraient le faire-part de l'armée saluant la bravoure de ces soldats coloniaux morts au champ d'honneur. Puis je pensais à Visham qui m'emmènerait dans la charrette pour un dernier voyage dans une fosse commune de ce drôle de pays. Puis, en attendant mon heure, je songeais à Zina, aux chemins de caillasse de Bousoulem où nous nous disions que jamais rien ne pourrait nous séparer. Puis je songeais aux cigognes qui traçaient de folles arabesques au-dessus de nos têtes avant de prendre leur envol pour l'Europe, ce continent qui nous faisait tant rêver. Puis je songeais à La Clef, ma maison que j'avais construite pierre par pierre pour que nous y fassions notre nid de chaque jour.

Le matin, la porte du pavillon s'entrouvrait, un prisonnier se faufilait et déposait sur le sol une marmite de bouffe, une corbeille de gros pain, des assiettes, des cuillères, puis il disparaissait aussi vite qu'il était entré. Ceux qui, comme moi, n'avaient pas faim restaient alités, immobiles, se laissant envahir par la maladie qui chaque heure détruisait un peu plus nos poumons.

Quand je n'en pouvais plus d'entendre les toux, les gémissements, les plaintes et les pleurs, je me bouchais les oreilles avec mes index ; mes yeux se voilaient, tout se brouillait dans ma tête : j'arrivais enfin à dormir une paire d'heures.

Le raffut des gars de la morgue venus évacuer les morts de la nuit réveillait tout le monde. Je les connaissais tous. Je les saluais d'un geste de la main, ils me répondaient d'un petit signe de tête, à distance. Puis c'était des prisonniers qui venaient livrer sur des brancards une fournée de nouveaux malades qu'ils déposaient sur les paillasses libérées des morts du matin. Ensuite arrivaient les Juifs du nettoyage portant avec eux leurs seaux, balais, serpillières et bidons d'eau de Javel. Samuel était de l'équipe. Il s'est approché de moi, m'a regardé un peu gêné, et il a sorti de sa poche une boîte de pastilles Vichy que lui avait donnée un grand chef allemand après qu'il avait eu ramené ses vêtements de la laverie. Il me l'a glissée au creux de la main et il a dit :

— Tu verras, avec ça, ça va aller mieux, Adam. Paraît que ça libère les bronches.

J'ai souri, une virgule de sourire, pour le remercier puis je lui ai demandé quel temps il faisait du côté des vivants. Il m'a aidé à me dresser sur mes jambes et nous avons marché jusqu'à la porte de sortie qu'il a entrebâillée. Il y avait un gros soleil d'or dans un ciel inondé de bleu. J'avais envie de pleurer mais je n'avais plus de larmes. La sueur que je lâchais nuit et jour me les avait volées. Le soleil commençait à me chauffer la peau. Je respirais l'air du monde des vivants. C'était bon. C'était beau.

— Ce n'est pas un temps pour mourir, ai-je dit pour plaisanter.

Ça ne l'a pas amusé. Il a refermé la porte, m'a raccompagné à ma place, puis il a rejoint l'équipe de nettoyage. Ils ont ramassé les sachets de crachats, vidé les seaux de merde dans les latrines, déversé leurs bidons de Javel au sol et ils ont lavé à grande eau la salle jusque dans ses moindres recoins. Quand tout a été propre, Samuel est revenu vers moi et il m'a dit le cœur serré :

— Maintenant, je pars couper du bois. Et ce soir, c'est retour à la caserne pour faire la lessive des Allemands.

Puis il a murmuré, tout bas, comme s'il craignait que la foudre de son Dieu lui tombe sur la tête :

— Pourquoi Dieu m'a fait juif ?

J'ai soupiré et j'ai répondu :

— Pourquoi nous a-t-il maudits ?

Comme nous n'avions pas la réponse à nos questions, il m'a dit :

— À bientôt.

J'ai rajouté :

— Inch'Allah.

J'ai sucé une pastille Vichy. Elle m'a donné la nausée, comme tout ce que j'avalais. J'ai voulu donner la boîte au géant noir mais il dormait.

Marcher, toujours marcher. Marcher en me concentrant pour ne pas perdre l'équilibre m'empêchait de penser à ma vie d'avant l'enfer.

Un matin, un soir peut-être, la tête m'a tourné et j'ai eu des vertiges. Je voulais retourner dans mon lit mais il me paraissait au bout du monde. J'avais fait un pas, deux, le bout du monde était bien trop loin. Je me suis assis par terre et j'ai attendu.

Quoi ?

Rien.

Je n'attendais plus rien.

Autour de moi des légions de cafards grouillaient, une araignée vaquait sur mon corps inerte, des gouttes d'eau sales perlaient du plafond fissuré et s'écrasaient sur mon visage. J'ai fermé les yeux. Je ne respirais plus que par petits spasmes. J'entendais qu'on s'agitait dans la salle ; j'ai ouvert un œil, des hommes en blouses blanches étaient au chevet des malades. J'ai essayé de me relever. J'étais vidé. Je n'avais même plus la force de tousser. Mes glaires m'étouffaient.

— Et celui-là, c'est Adam Aït Amar, il est ici depuis trois semaines. Passons à un autre.

— Non. Vous me l'envoyez à l'hôpital.

— Ça ne servira à rien. Vous voyez bien qu'il est sur la fin, docteur.

— Qu'est-ce que vous en savez ? Vous n'êtes pas médecin. À l'hôpital, j'ai dit.

20

Ma bien chère Zina,
Ça fait si longtemps que je ne t'ai pas écrit que ma main tremble en posant ces premiers mots sur mon carnet rouge. J'ai tellement à te dire que je ne sais par où commencer. Plus rien n'est clair dans ma tête depuis qu'on m'a arraché à toi. D'abord, il faut que tu saches que si je suis encore de ce monde, c'est un miracle. Pas un miracle tombé du ciel. Il y a longtemps que je ne compte plus sur le Très-Haut pour me venir en aide. Ce miracle, je le dois au capitaine Houscheim dont je t'ai déjà parlé. Il m'a tiré de mes longues nuits de ténèbres alors que j'étais au bout de ma vie. J'ai toujours pensé que les Français et les roumis étaient des gens qui faisaient de leurs rêves de grandeur notre cauchemar. Ils ne sont pas les seuls. Les Allemands ont la même folie dans le sang : envahir, annexer, dominer, soumettre les peuples à leur bon vouloir. Par chance, le capitaine n'est pas de cette race-là. Pourquoi m'a-t-il sauvé ?
Qu'est-ce qu'il a bien pu raconter aux Allemands pour qu'ils acceptent qu'un pauvre gars pourri par

la tuberculose soit transféré en urgence à l'hôpital de Péronne ?
Je n'ai pas osé lui poser la question. Un jour peut-être. Il faut dire qu'il m'impressionne quand il entre dans la chambre flanqué d'apprentis médecins aussi jeunes que moi, qui l'écoutent avec une attention d'élèves studieux en prenant des notes sur d'épais cahiers d'écolier. Lorsqu'il m'ausculte, ses gestes sont sûrs, précis, et ses diagnostics le sont tout autant. Rien à voir avec le capitaine de réserve qui doutait de chacun de ses ordres à la bataille d'Haubourdin. Il a donné instruction aux infirmiers de s'occuper de moi comme si j'étais un Allemand. Pour vaincre la maladie, on me soigne à coups de cataplasmes à la moutarde brûlants, appliqués sur la poitrine, on me fait boire un grand verre de Quintonine au lever et le midi pour me ragaillardir, et on me gave jusqu'à l'indigestion de cervelle de mouton, d'huile de foie de morue, d'œufs et de fromage. Je me fais honte en avalant toute cette nourriture car plus j'engraisse, plus je pense à Samuel, à Tarik et à tous les autres qui se contentent de ragoûts aux chevaux morts à l'ouvrage ou de soupes cuisinées avec les rats piégés dans la décharge du frontstalag.
Durant plusieurs semaines, j'ai partagé ma chambre avec un soldat allemand opéré d'une fracture au genou. Il a passé son temps à dormir, à manger et à m'ignorer. Il est parti hier sans un regard, sans un au revoir, pour fêter Noël dans sa caserne. Je suis maintenant seul dans cette grande chambre blanche baignée de lumière où, de mon lit qui sent bon le propre, j'ai vue sur le parc de l'hôpital.

Tout cela me semble si irréel que je me demande si je ne rêve pas les yeux ouverts et si je ne vais pas me réveiller sur le matelas bouffé par les punaises du pavillon des morts vivants.

Ma bien chère Zina,
Le bleu du ciel m'éblouit, un soleil blanc pointe de timides rayons au-dessus des murs d'enceinte de l'hôpital, une belle journée s'annonce comme je ne pensais plus que ce soit possible. Je suis un homme heureux. Pas comblé. Heureux, simplement. Et c'est déjà beaucoup. Comblé, je le serai quand je t'aurai serrée contre moi pour retrouver la chaleur de ta peau, quand j'aurai passé mes doigts dans ta chevelure plus flamboyante qu'un incendie d'été et quand j'aurai pris ton visage entre mes mains pour te dire, les yeux dans les yeux, que tu m'as offert le bien le plus précieux qui soit : le manque de toi.
Tôt ce matin, le capitaine est venu accompagné d'une infirmière qui m'a paru te ressembler. Il m'a rapidement ausculté et conseillé de prendre l'air pour m'exercer à la respiration, ce qui ne manquera pas de faire travailler mon larynx et mes poumons. « Et ça lui chassera son teint d'endive », a ajouté l'infirmière d'une voix flûtée en ouvrant le classeur noir qu'elle tenait plaqué contre sa poitrine.
Endive, je ne voyais pas ce que ça pouvait être.
« Un chicon, ça te dit peut-être mieux ? » a-t-elle gloussé.
Un chicon, je ne voyais pas davantage, mais tout comme l'endive, ça devait être quelque chose de

comique puisqu'elle a continué de glousser en tournant les pages du classeur. Je me suis senti un ch'ti peu bébête, comme disent les Français du coin, et j'ai fini par rire, avec elle, de mes lacunes.
Et toi Zina, as-tu déjà entendu parler d'endive ou de chicon ?
L'infirmière a repris son sérieux, s'est arrêtée sur une page et a demandé au capitaine quand je libérerais la chambre. Il lui a répondu sèchement :
« Quand il sera guéri.
— Vous ne pouvez pas être plus précis ?
— Ce n'est pas à vous que je vais apprendre qu'on ne répare pas un malade comme on répare une automobile. »
Vexée, elle a marmonné quelque chose d'incompréhensible dans son patois, puis elle a quitté la chambre. À bien y regarder, même de loin, elle ne peut t'égaler en rien, ma bien chère Zina.
Maintenant que nous étions seuls, le capitaine a plongé la main dans la poche de sa blouse et il a sorti mon carnet rouge. J'en ai eu le souffle coupé, puis j'ai chialé sans retenue. Le capitaine s'est excusé de ne pas te l'avoir envoyé comme je le lui avais demandé parce que, chaque soir avant de s'endormir, il relisait le message d'adieu au monde de Philippe Haumont et ça lui faisait chaud au cœur. Les nuits où il se sentait plus seul que toutes les autres nuits, il lui arrivait de lever les yeux au ciel et d'espérer le rejoindre au firmament. Puis il a fui mon regard pour m'avouer qu'il avait, aussi, lu mes lettres. Il comprenait pourquoi tu étais mieux que belle, tu étais unique. Il s'en voulait de n'avoir

pas eu l'idée de prendre des notes sur un cahier pour laisser une trace à sa femme et ses filles. Il leur aurait décrit ce monde encrassé de haine qui n'en finit pas de pourrir sous nos yeux et, chaque jour, il leur aurait déclaré qu'il les aimait à en mourir. Il m'a tendu mon carnet rouge, je l'ai pressé contre mon cœur et j'ai dit : « Je ne sais plus si je crois en mon Dieu ou pas, mais je sais que le Père Noël existe pour moi, cette année. Merci, docteur capitaine. » Il m'a prié de continuer d'écrire mon amour pour toi. J'ai rougi. Il a souri parce que enfin je chassais mon teint d'endive. L'infirmière a passé la tête dans l'embrasure de la porte. Un grand chef allemand, victime d'un attentat, venait d'arriver aux urgences. On réclamait le capitaine à la minute pour pratiquer les premiers soins. Quand la porte s'est refermée, j'ai ouvert mon carnet rouge et j'ai respiré intensément chaque page à m'en brûler les poumons. Nous étions ensemble. Cœur à cœur. Peau contre peau.

Ma bien chère Zina,
Un merle s'est posé sur le rebord de ma fenêtre, il se moque des bruits de bottes, des absurdités de la guerre, des frontstalags et de mes souffrances ; il est bien au-dessus de ça. Il me chante la liberté. Écoute comme c'est beau.
Ma bien chère Zina, accepte mes baisers les plus doux et l'assurance de mon affection la plus sincère.
Adam qui ne pense qu'à toi.

Hôpital de Péronne, le 23 décembre 1941

21

Le lendemain, sur le coup des onze heures, le capitaine est entré dans ma chambre, sans ses apprentis médecins, pour m'examiner. Tout allait bien. Le cœur battait régulièrement, à sa mesure, le feu de mes bronches s'était éteint et je ne souffrais plus du dos ou de la poitrine lorsqu'il m'arrivait encore de tousser. Il me donnait une semaine pour que je sois rétabli. Je l'ai remercié pour tout le bien qu'il me faisait, sans toujours oser lui demander pourquoi il le faisait. D'habitude, il était indifférent à mes remerciements, mais ce matin-là, il était d'humeur maussade et ça l'a agacé. Il m'a jeté la robe de chambre à carreaux orange et jaunes boulochée aux manches que le soldat allemand avait oubliée sur le porte-manteau et il a dit :

— Allez, ouste, va travailler tes bronches, dehors.

J'ai marché d'un pas énergique en inspirant profondément par le nez et en expirant par la bouche, puis j'ai trottiné jusqu'au grand portail, au bout de l'allée centrale, pour m'ouvrir davantage les poumons. Des soldats aux aguets, visages fermés, montaient la garde, mitraillette au poing. Je me suis abrité des mauvais courants d'air sous l'auvent de la conciergerie pour récupérer de mes efforts, et j'ai regardé le ballet des ambulances de la Croix-Rouge filant vers le bâtiment des urgences et ces infirmes en fauteuil roulant qui poussaient leur malheur dans ce froid de décembre. Un soldat s'est tourné vers moi, j'ai soutenu son regard. Il m'a fait signe de circuler. Comme je ne bougeais pas, il a crié « *Schnell ! Schnell !* », si fort que d'autres soldats ont accouru.

J'ai fait demi-tour.

J'ai marché jusqu'au pavillon des enfants malades où l'on avait dressé, devant l'entrée, un grand sapin de Noël orné de boules rouges, de guirlandes dorées, et à sa cime une étoile argentée scintillait. C'était bien plus beau que notre dattier sur le parvis de l'église d'El Kseur que les roumis décoraient d'oranges et de citrons quelques jours avant leur fête.

Je me suis encore baladé dans le parc et quand j'en ai eu assez de ces allées et venues, je me suis posé sur un banc, près d'un bassin de poissons rouges. Ils traçaient de bien jolies arabesques à la surface de l'eau. J'ai compté les grosses bulles d'air crachées de leurs bouches, comme ça, pour oublier le temps qui ne passait pas. Un infirmier leur a donné à manger des miettes de pain sorties des poches de sa blouse. Quand il a eu fini de les nourrir, il m'a demandé si ça ne me gênait pas qu'il s'assoit, cinq minutes, à côté de moi.

J'ai souri pour dire oui.

Il avait des cheveux rêches, jaunes, des yeux jaunes aussi, et l'air accablé, comme l'adjudant Kléber quand il sortait de La Belle Équipe complètement ivre. Il s'est roulé une cigarette avec du tabac gris et, après l'avoir fumée, il a voulu savoir si ma famille allait me rendre visite pour les fêtes de Noël. C'était juste histoire de causer.

J'ai souri pour dire non.

Il m'a dévisagé étrangement, un bon moment. Ça m'a pesé ce regard jaune qui me coulait dessus.

Puis il a dit :

— Vous êtes juif, peut-être ?

— Musulman.

Il a fait « Ah ». C'était le « Ah » d'un gars pour qui juif, musulman, c'était la même soupe.

— Vous êtes là pour quoi ?

— Tuberculose.

Il a fait « Ah ». C'était le « Ah » d'un gars qui allait fuir ma compagnie. Il s'est levé, a fouillé ses poches, dispersé les dernières miettes de pain au-dessus du bassin et m'a souhaité un prompt rétablissement.

J'ai attendu sur le banc, immobile, m'écoutant respirer. Je me sentais comme neuf. Maintenant que la maladie s'éloignait, je redoutais le jour fatidique où l'on me renverrait creuser d'autres fosses pour enterrer d'autres morts car je commençais à m'habituer au confort de ma chambre, à l'abondante nourriture qu'on me servait à chaque repas et à la gentillesse des infirmières qui tranchait avec les manières de barbares de nos roumis.

Sur la fin de l'après-midi, le bleu vif du ciel s'est marbré de nuages sombres. De gros flocons de neige virevoltaient dans l'air, comme au ralenti, et s'insinuaient le long de mon cou en fines gouttelettes qui me donnaient le frisson.

Il était temps de rentrer.

Après le repas du soir, j'ai erré dans les couloirs déserts de l'hôpital. D'un petit bureau dont la porte était entrouverte, s'échappait l'odeur de Craven A. Des apprentis médecins riaient, parlaient fort, trinquaient à la santé du petit Jésus et de la nouvelle année qu'ils espéraient d'amour et de paix. J'ai continué de longer les couloirs jusqu'au grand dortoir plongé dans une semi-obscurité. Les malades dormaient déjà. L'infirmier de garde m'a apostrophé pour savoir ce que je faisais là, à traîner si tard.

J'ai répliqué par un haussement d'épaules.

En regagnant ma chambre, j'ai croisé deux soldats allemands. Ils m'ont fait : « *Gute Nacht.* »

J'ai souri pour dire bonne nuit.

J'ai essayé d'écrire à Zina pour lui parler… De quoi ? Du joli sapin de Noël de l'hôpital qui se gelait les boules. De la neige de Picardie, plus blanche que la laine de nos moutons, de mes poumons ressuscités, de l'infirmier aux yeux jaunes qui m'avait pris pour un Juif : autant dire, rien.

J'ai refermé mon carnet rouge pour ne pas gâcher des pages avec des mots de tous les jours et je l'ai glissé sous mon oreiller.

Je m'apprêtais à éteindre ma lampe de chevet lorsque le capitaine a poussé la porte de ma chambre. Il m'a regardé avec des yeux de chien abandonné et il a dit :

— J'ai vu de la lumière. Je ne te dérange pas, j'espère ?

J'ai fait non de la tête.

Il s'est assis sur la chaise près de la fenêtre, les reins bien calés au dossier. Ça lui donnait une raideur martiale qui ne lui convenait pas du tout.

— Ça ne va pas, capitaine ? ai-je demandé.

Il a soupiré :

— Ça va, Adam. Ça va.

— Vous ne savez pas mentir, capitaine.

En effet, ça n'allait pas. C'était le premier Noël qu'il passait sans sa famille. Il en était affecté à un point que je ne pouvais pas imaginer. Il se souvenait que l'an dernier, le Père Noël avait apporté à son aînée une poupée aux longs cheveux blonds comme ceux de sa maman et à sa cadette un petit tableau noir avec des bâtons de craie de toutes les couleurs, pour qu'elle s'exerce aux calculs, elle qui n'était pas bien douée pour l'arithmétique. À madame, il avait offert un flacon de parfum *Amour Amour* et il lui avait promis un séjour à Capri aux beaux jours de l'été, sans les enfants. Mais depuis, la guerre était passée par là.

— Pourquoi vous n'êtes pas parti les rejoindre ? Vous êtes libre.

— Libre de soigner les Allemands et de fermer ma gueule. Je suis prisonnier, comme toi, Adam. Ma niche est là-bas. À portée de fusil des soldats.

Il a regardé la neige tourbillonner au-dessus du parc puis il a ajouté :

— C'est beau tout ce blanc sur les arbres. Tu as de la neige comme ça dans ton pays ?

— Mon pays ?

— Oui, ton pays.

Ça m'a bouleversé parce que c'était la première fois qu'un Français disait que l'Algérie était mon pays. J'ai bégayé qu'il arrivait souvent qu'il neige aussi par chez moi l'hiver.

— Sais-tu qu'à Strasbourg, il y a le plus grand marché de Noël du monde ? Il y a du vin chaud, du pain d'épice et toutes sortes de confiseries pour les petits et pour les grands. Il faudrait que tu voies ça un jour.

Il parlait, sur un ton faussement enjoué, de choses sûrement intéressantes mais qui ne m'intéressaient pas. Il s'en rendait compte, pourtant il poursuivait son monologue. Parfois, et c'était pathétique, il se forçait à rire de ses blagues qu'il savait éculées ou pas marrantes du tout.

Parler pour se soulager le cœur. Parler pour se sentir moins seul. Parler pour être sûr d'être toujours vivant. J'avais souffert de ces vertiges de solitude aux premiers temps de la guerre. J'avais songé confier mes peines à n'importe qui en échange de n'importe quoi. Mais j'y avais renoncé de peur d'importuner un plus malheureux que moi.

Le capitaine s'est assis au bord du lit et m'a remercié de l'écouter parler de tout et de rien, juste pour ne pas être face à lui-même dans sa niche, là-bas, à portée de fusil des sentinelles.

— Est-ce que vous remerciez vos amis parce qu'ils vous tendent la main quand ça ne tourne pas rond dans la cabèche ?

— Mais nous ne sommes pas amis, Adam.

— Cette nuit de Noël soyons-le, capitaine. D'accord ?

Il était d'accord.

Puisque nous étions d'éphémères amis, il m'a permis de l'appeler Alphonse et de le tutoyer. Il me restait un petit sablé du dîner que j'avais laissé de côté car je m'étais calé l'estomac avec des frites et de la viande grasse. Je l'ai coupé en deux parts égales. Nous avons mangé sans plaisir ce gâteau sans saveur. Puis, je ne sais pas pourquoi, je lui ai dit que je ne comprenais pas comment il s'était retrouvé dans cet hôpital, à soigner nos ennemis et des infirmes et des vieux si fatigués qu'ils n'avaient pu prendre le chemin de l'exode lors de la faillite de nos armées. Il était venu me rendre visite parce qu'il avait le vague à l'âme mais pas seulement, il n'aurait pas aimé que je parte de l'hôpital avec l'idée qu'il avait trahi sa patrie. Et, comme un livre qu'on lit en sautant des chapitres pour arriver plus vite au dénouement, il m'a confié son histoire de médecin prisonnier, déplacé de dispensaires en hôpitaux.

Tout avait commencé à Haubourdin, là où nos destins avaient divergé. Comme lui, je me souvenais qu'on nous avait séparés en deux groupes, les Français de souche européenne d'un côté et de l'autre, nous les indigènes des colonies.

Les Allemands avaient trié les officiers de réserve, qu'ils ne considéraient pas comme de vrais militaires, en fonction de leurs professions. Puis ils avaient établi des fiches de renseignements pour chacun d'eux sur lesquelles étaient mentionnés leur lieu d'habitation, le nom de leur épouse et pour ceux qui avaient des enfants, l'adresse de leur école. La femme et les enfants, c'était un moyen de pression, des fois qu'ils auraient eu des velléités d'évasion.

S'est ensuivi le cas de conscience auquel il n'avait jamais pensé être, un jour, confronté. Les Allemands lui avaient laissé le choix entre partir, chez eux, dans un camp de travail ou exercer son métier, ici, sous leur surveillance. Il avait une heure pour donner sa réponse. Le capitaine avait décidé d'être utile chez lui, en France, pour s'occuper des autres, de tous les autres, même s'il avait le dégoût de lui-même lorsqu'il soignait les soldats ennemis.

On l'avait envoyé à l'hôpital de Lens, puis à Carvin, puis à Amiens, et dans des dispensaires de petits bleds du Nord pour soigner des mineurs silicosés. Ça faisait maintenant trois mois qu'il était à Péronne, dans ce pays où la terre d'hiver était aussi noire que le désespoir qui embrumait son cœur, ce soir de Noël. Et chaque matin, en se regardant devant le miroir de son cabinet de toilette, il se posait inlassablement la même question – parce qu'on peut échapper à tout sauf à sa conscience : « Est-ce que ma femme et mes filles auront honte de moi quand je leur apprendrai que j'ai fait le choix de travailler sous la coupe allemande ? »

Il n'avait toujours pas de réponse.

— Et toi, Adam, est-ce que tu peux m'aider à y voir plus clair ?

J'ai répondu :

— Tu sais, Alphonse (j'ai marqué une pause parce que ça m'a fait bizarre de l'appeler par son prénom, j'avais le sentiment que lui et moi étions amis depuis toujours), chez nous, les vieux sages disent qu'il y a trois choses qu'on ne peut pas rattraper. La pierre après l'avoir lancée. L'occasion après l'avoir ratée. Le temps après qu'il est passé.

— Ils ont raison tes vieux sages. Ce qui est fait est fait. On ne peut pas refaire le chemin à l'envers. Il faut que je pense à demain. Enfin, je vais essayer.

Nous sommes restés silencieux un moment, chacun muré dans ses pensées, le regard tendu vers la fenêtre où l'on voyait les derniers flocons de neige s'écraser contre la vitre. Puis j'ai osé lui poser la question qui me taraudait depuis que j'étais dans cet hôpital.

— Pourquoi tu m'as sorti de l'enfer, Alphonse ? Tu aurais pu me laisser crever. Je n'en avais plus pour longtemps.

Il a posé sa main sur la mienne et il a dit :

— J'ai accepté de collaborer avec les Allemands pour sauver des vies. Ta vie vaut toutes les autres.

Il n'y avait pas que cela. Il m'avait vu abattre le soldat allemand qui allait achever Samuel. Il voulait me féliciter pour ma bravoure mais il n'en avait pas eu le temps. Quand il m'avait reconnu, agonisant par terre, il s'était fait un devoir de me sortir des griffes de la mort pour qu'un jour je vive heureux avec celle que j'aime.

J'ai souri pour dire merci.

Il m'a demandé si j'avais retenu d'autres paroles pleines de sagesse de mes anciens.

— Mes vieux sages ne sont pas toujours sages. Il y a pas mal de sacrés filous et de vieux cons parmi eux.

Il a ri. Longtemps. Ça lui faisait du bien de rire. J'ai ri, aussi. Puis il m'a proposé de m'évader. Rien n'était plus simple. Il me suffisait d'endosser une blouse blanche et de me glisser parmi ses apprentis médecins qui allaient et venaient en ville sans que les Allemands ne les contrôlent jamais. Il se faisait fort d'obtenir leur complicité car tous lui vouaient une admiration sans borne. Il pouvait aussi me donner un peu d'argent pour que je prenne le train. Il me renvoyait, à mon tour, à ma conscience : m'évader seul ou respecter ma parole donnée à Tarik, Samuel et Visham. J'ai choisi de rentrer au camp. Le capitaine n'a pas insisté. Il m'a demandé à lire, une dernière fois, quelques pages de mon cahier rouge.

J'ai fait oui avec la tête.

Il a lu en me tournant le dos et, après avoir refermé mon carnet, il me l'a rendu et il a regardé le ciel constellé d'éclats de lumière. Peut-être y cherchait-il l'étoile de Philippe Haumont. La fatigue me gagnait. Il m'a souhaité bonne nuit. Enfin ce qu'il en restait car l'aurore pointait déjà.

— À demain, Alphonse.

— Si Dieu le veut, Adam.

Dieu ne l'a pas voulu.

Le lendemain, l'infirmière m'a appris que le capitaine allait être muté dans un dispensaire, à Chaulnes. Il faisait ses bagages et viendrait saluer une dernière fois ses patients. J'ai attendu. Il n'est jamais revenu.

Puisque je n'avais plus de protection, l'infirmière m'a prié de préparer mes affaires pour retourner dans mon frontstalag. C'était une question de quelques jours, quelques heures peut-être.

La maladie, au lieu de m'emporter, m'avait offert une parenthèse de liberté inespérée.

22

Le 2 janvier 1942 au matin, les gendarmes m'ont ramené au camp les poignets entravés, non pas par une paire de menottes comme un prisonnier, mais par une laisse de cuir nouée à la taille comme si j'étais un esclave échappé d'une plantation de coton de la nouvelle Amérique. En franchissant les grilles du portail, surmontées de l'aigle à l'œil jaune pressant entre ses griffes la croix des nazis, j'avais le cœur au bord des larmes. Ma chambre d'hôpital, je m'en souvenais comme du plus beau havre de paix. Les infirmières qui m'obligeaient à me gaver de foie de morue et de fromage pour que je reprenne force et vigueur, je m'en souvenais comme de doux anges gardiens. Et j'avais toujours en tête l'image de mon capitaine déchiré entre son devoir de médecin et sa collaboration avec l'occupant.

J'ai retrouvé Samuel, des épis plein les cheveux, le visage mangé par une barbe piquée de premiers poils blancs et plus amaigri que je l'avais laissé. J'ai craint qu'il ait attrapé la tuberculose, lui aussi. Ce n'était pas ça. Ce qui le détruisait, c'était les cadences infernales au travail, les nuits sans sommeil et le manque de perspectives de sortir un jour de ce maudit camp. Tarik, lui, respirait la santé. Il s'était laissé pousser une barbe de prédicateur et consacrait ses heures de temps libre à embellir sa mosquée. Les sacs en toile de jute avaient été remplacés par des carpettes usagées récupérées à la caserne. Sur des étagères découpées dans des morceaux de planches, il y avait tout un tas d'ouvrages sur l'islam, sur la vie de notre prophète et un luxueux exemplaire du saint Coran dont la couverture verte était ornée d'enluminures argentées. Du haut de son minbar, Tarik prenait grand plaisir à lire avec des accents de prédicateur des sourates aux fidèles après la prière du vendredi. Quand je lui ai demandé s'il ne trouvait pas suspect que les Allemands soient si bienveillants à notre égard, il m'a répondu :

— Pour une fois que des mécréants respectent notre foi, on ne va pas s'en plaindre.

J'ai aussi retrouvé Visham, notre charrette, nos gros chevaux de labour, nos morts, nos pelles, nos pioches, Mirol et Gomez plus teigneux qu'avant mon départ pour l'hôpital.

Un mois de fosses communes plus tard, je ressemblais à Samuel. Même teint de jaunisse. Même barbe de clochard. Même allure de désœuvré. Même regard vide d'expression.

Fuir pour ne pas pourrir ici, je ne pensais qu'à cela, dès que j'ouvrais les yeux le matin.

J'ai demandé à Visham s'il était toujours d'accord pour tenter l'évasion. Il l'était mais il avait peur de se retrouver libre et seul dans ce pays qu'il ne connaissait qu'à travers le fracas de la guerre et les récits coloniaux des Français dans son île.

— Et comment regagner mon pays au bout des océans ? m'a-t-il demandé.

Je n'avais rien à lui répondre hormis que je préférais la liberté en solitaire que la captivité en collectivité.

Samuel était toujours prêt à courir le risque. Tarik voulait se donner le temps de la réflexion. Il se sentait utile à prier, à prêcher, à remonter le moral de nos frères dont beaucoup étaient dans le désarroi, la dépression ou le désordre mental. Il n'y avait pas que cette raison qui le faisait hésiter. Il appréciait certaines qualités des Allemands qu'il ne retrouvait pas chez nos Français. Droiture, ordre, respect de la parole donnée, respect de notre culture, de nos valeurs et de nos traditions – il avait obtenu l'autorisation d'abattre les chevaux en fin de vie selon le rituel de l'islam. Et il m'a rappelé que nous, les musulmans, avions des droits supérieurs à ceux des chrétiens. Leur petite chapelle était surveillée en permanence par des retournés et le prêtre du village, une fois la messe célébrée, était interdit de sermon. Les juifs ainsi que ceux qui ne croyaient en rien, n'en parlons pas, ils étaient privés de tout.

Récemment, un grand chef allemand l'avait convoqué dans son bureau pour faire l'éloge de l'organisation de sa mosquée. On lui avait rapporté qu'après avoir écouté ses prêches, les fidèles étaient mieux disposés à reprendre le travail. Pour le remercier de donner, chaque vendredi, le meilleur de lui-même pour apaiser les tensions, désormais quotidiennes dans le camp, il lui avait offert *Mein Kampf* en version française et *Pour une société idéale*, un petit guide à l'usage de la jeunesse hitlérienne.

— Notre ennemi me fait des cadeaux. N'est-ce pas la plus belle marque de confiance à mon égard et, à travers ma personne, à tous les musulmans qui fréquentent ma mosquée ?

— Ils te manipulent. Ils se servent de tes promesses de paradis pour nous faire travailler pire que nos colons. Ouvre les yeux, Tarik. Ils t'achètent avec un gourbi qui te sert de mosquée, des livres, des carpettes dont ils se servaient pour s'essuyer les bottes, demain ce sera avec des pois chiches, des dattes, de la semoule. Après-demain, ils t'élèveront au grade de chef des retournés.

J'avais haussé la voix si fort qu'un chien de garde allemand avait aboyé, un autre avait répondu, puis ce fut une chorale d'aboiements.

Nous nous étions séparés fâchés.

J'ai mis une semaine pour peaufiner les derniers détails de l'évasion. Je n'avais rien laissé au hasard. J'avais même repéré un atelier désaffecté derrière la gare au cas où nous raterions le train de dix heures trente. Et j'avais décidé que nous n'avions plus de temps à perdre : il nous fallait partir au plus vite.

En ramenant nos chevaux à l'écurie, Visham m'a demandé dans quelle ville Samuel et moi irions, une fois libres.

— Paris. Je connais un Français qui était l'instituteur dans mon village. Il est rentré chez lui quand il a eu sa retraite.

Je lui ai proposé d'être des nôtres car je ne doutais pas que M. Grandjean ferait son possible pour l'aider à regagner son pays.

Visham a souri et murmuré :

— Tu sais, Adam, tu ne réalises pas mais mon île, c'est vraiment loin. Très loin. Même avec toutes les aides du monde, je ne sais pas si j'y arriverai un jour.

J'ai retrouvé Samuel adossé au mur de notre baraquement. Tarik lui lisait un extrait de son guide à l'usage de la jeunesse hitlérienne.

— « ... Le travail rend heureux quand nous œuvrons pour notre Seigneur, notre famille, notre patrie. Notre Seigneur, notre famille, notre patrie sont au-dessus de tout. Quoi de plus beau, de plus réconfortant que l'amour du Seigneur, de sa famille, de sa patrie ? »

— En effet, quoi de plus beau, mais nous, on n'a pas de famille pour nous réconforter et notre patrie et notre Seigneur nous ont abandonnés aux mains des Allemands, l'ai-je coupé.

Je me suis tourné vers Samuel pour lui donner rendez-vous, devant la morgue, le lendemain à sept heures. Il a approuvé en hochant la tête. Tarik avait pris sa décision. Il resterait au camp, préférant se sentir utile dans sa mosquée plutôt qu'être un fuyard à la merci de la police française ou de l'armée allemande qui n'hésiterait pas à l'abattre s'il se faisait reprendre. Puis il a apostrophé Samuel :

— Tu devrais rester ici.

Il avait surpris une conversation entre un roumi et un jeune soldat allemand. Le soldat avait entendu ses chefs dire qu'en Allemagne on allait se débarrasser des Juifs. De tous les Juifs. Le roumi ne les aimait pas non plus, les Juifs. Il espérait qu'on s'en débarrasse en France et dans tout l'empire. Samuel, inquiet, m'a interpellé du regard. L'honnêteté m'obligeait à reconnaître que durant mon séjour à l'hôpital, je n'avais rien entendu de tel concernant le sort des Juifs. Tarik lui a renouvelé son conseil de rester dans le camp, qui, selon lui, était sa meilleure protection.

Je suis rentré dans le baraquement pour remplir ma musette de ce que j'avais réussi à piquer de-ci de-là dans le camp et aux alentours : un vieux morceau de savon noir, un rasoir, une serviette, un peigne, une bouteille d'eau, un crayon à papier neuf pour écrire sur mon carnet rouge. Puis j'ai prié Dieu pour qu'il m'assiste le temps d'arriver à Paris. Ridicule. C'était les nerfs qui me faisaient divaguer. Je savais bien qu'Allah n'avait que faire d'un appel à l'aide d'un intermittent de la foi comme moi. J'ai encore songé à Zina, bientôt retrouvée, mais des flots de mauvaises pensées sont venus brouiller son doux visage. Les gendarmes me rattrapaient à la gare, me ligotaient devant un public avide de sang, on me lynchait puis j'étais déchiqueté par une rafale de mitraillette.

Je n'arrivais pas à dormir, excité à l'idée que demain un monde nouveau s'ouvrirait, peut-être. Je suis sorti sur le pas de la porte prendre l'air. Il y avait l'habituelle errance des noctambules qui allaient par petits groupes, d'un bout à l'autre de la clôture de fils barbelés, en contournant, à bonne distance, le pavillon des morts vivants. Ils parlaient de choses dont ils avaient parlé la veille et dont ils parleraient le lendemain soir et tous les autres soirs. C'était le lot commun de chacun de nous que de ressasser les souvenirs d'avant et les souvenirs à venir.

Tarik était seul, assis sur le rebord de l'abreuvoir, son guide à la main, immergé dans sa lecture. Je nous ai revus lors de notre première rencontre dans la forêt de Yakouren. Je me souvenais qu'il avait prononcé la Fatiha, la prière qui m'avait uni à Zina pour toujours. Et je m'en voulais de n'avoir pas su le convaincre d'être des nôtres.

J'ai levé les yeux au ciel : la lune était rousse comme un soleil couchant sur la plaine de la Soummam. Au-dessus du baraquement des Marocains s'élevait un épais nuage de fumée blanche. On entendait des cris, des appels au secours, des hurlements. Des gerbes de feu jaillissaient du toit, des portes, des fenêtres. Noirs, Jaunes, Blancs, on s'est tous précipités vers le brasier, pelle à la main, et on a jeté de la terre et du sable sur les flammes qui dévoraient les murs du baraquement. Des Marocains, torse nu, visage brûlé, avaient réussi à s'échapper de la fournaise et se roulaient par terre en hurlant à la mort. Comme les Allemands n'arrivaient pas, Tarik et moi avons voulu forcer la clôture de fils barbelés pour aller à la caserne. Les soldats de garde nous ont repoussés. Tarik a insisté, il voulait parler au grand chef pour qu'il donne l'ordre d'apporter des citernes d'eau.

— « *Schnell ! Schnell !* »

Ils nous ont chassés à coups de matraque et ont lâché leurs chiens sur nous. Le baraquement s'est écroulé. Les Marocains s'étaient tus pour toujours. Ne restait qu'un immense bûcher et cette odeur de méchoui humain que je n'oublierais jamais. Des hommes pleuraient. D'autres juraient qu'un jour, ils leur feraient subir, aux Allemands, le malheur que nous endurions depuis des années.

Combien de nos frères avons-nous perdus ce soir-là ? Cent ? Cent cinquante ? Deux cents, peut-être ?

J'ai regardé Tarik au fond des yeux et j'ai dit :

— Tu as vu comme ils nous respectent, tes Allemands.

La fumée me piquait les yeux. J'ai caché mon visage derrière mes mains pour pleurer.

23

Ma bien chère Zina,
Je t'écris la trouille au ventre, planqué dans le wagon d'un train de marchandises transportant du charbon. Ne m'en veux pas si je ne suis pas très lisible car les secousses et les coups de frein chahutent mes mots.
Nous filons vers Paris.
Nous, c'est Tarik, Samuel et moi. Nous devions être quatre mais Visham est rentré au frontstalag. Il a flanché quand le train est arrivé à quai. Il ne nous a pas lâchés par manque de courage, ce n'est pas le genre, il a renoncé parce que la nuit lui a porté conseil : même avec l'aide de son bon dieu, son île de La Réunion serait toujours trop loin. Je l'ai serré dans mes bras en le remerciant d'avoir été un si bon compagnon d'infortune. Son haleine empestait le schnaps et son corps tout menu, tout sec, tout fragile, était secoué de sanglots.

Ma bien chère Zina,
Avec cet ami merveilleux, nous avons mis en terre combien de nos morts ? Trop. Beaucoup trop.

Toujours trop. Ensemble, nous avons fatigué notre jeunesse à remuer la terre de deuil de ce pays sous des ciels ingrats. Ensemble, nous avons partagé croûtons de pain et gamelles de soupe froide qui valaient tous les festins de noces. Et nos regards complices mille fois échangés, de route en route, de cimetière en cimetière, disaient mille histoires. Je te reparlerai de ce brave homme venu des océans que j'ai aimé comme un frère.
Je vais essayer de faire court car si je te racontais dans le détail notre évasion, mon carnet rouge n'y suffirait pas. Comme tu le sais, la vie est souvent infiniment ingrate avec nous, pourtant il lui arrive parfois de se montrer bienveillante.
L'évasion.
Nous avons chargé nos sacs de chaux vive, nos pelles, nos pioches et nos morts dans la charrette, Samuel nous attendait devant la morgue. À ma grande surprise, il était avec Tarik. L'incendie de la veille avait eu le triste mérite de lui remettre les idées d'aplomb.
Tarik et Samuel ont grimpé dans la charrette parmi nos morts dont certains n'étaient pas encore refroidis. Visham a recouvert notre cargaison d'une bâche qu'il a sanglée aux deux brancards et au cul de la charrette. On s'est avancés jusqu'au portail en attendant que Mirol et Gomez prennent leur service. Comme prévu, les nouveaux prisonniers sont arrivés. Comme prévu, il y a eu des bousculades. Comme prévu, quelques récalcitrants ont fait le coup de poing contre les roumis de service, ultime baroud d'honneur, avant que les portes du

camp ne se referment sur eux. Comme prévu, des soldats de la caserne sont intervenus en renfort, matraque d'une main, chiens de garde tenus en laisse de l'autre. Quelques morsures et quelques côtes cassées plus tard, l'ordre était revenu. Mirol et Gomez sont arrivés à huit heures, ils ont pris les rênes de la charrette : c'était parti.

Je me suis retourné une dernière fois sur l'aigle géant, avec son gros œil jaune, serrant dans ses griffes la croix gammée des nazis et je lui ai dit adieu.

On s'est arrêté à Barleux, un petit bled sur la nationale. Nous avons creusé notre fosse dans le cimetière en bordure d'un étang. À neuf heures trente, Mirol et Gomez ont eu très soif et très faim. D'habitude, c'est à dix heures qu'ils faisaient la pause. Une demi-heure plus tard, ils auraient vidé leur bouteille d'alcool et s'assoupiraient à en devenir des chiffes molles. C'est à ce moment-là que j'avais prévu de prendre la fuite pour sauter dans le train de dix heures trente. Mon plan était chamboulé.

Ils se sont assis au bord de la fosse, les jambes ballantes, ils ont tiré de leurs musettes des casse-croûtes au lard et les ont dévorés comme des morts de faim. Une fois repus, Gomez a débouché la bouteille de schnaps. Ils ont commencé à boire dans leurs timbales puis ont tété le goulot. Plus ils buvaient, plus ils débinaient les Allemands. Mirol, que l'alcool rendait hargneux, trouvait que ces gens avaient moins de parole que des fils de pute, et il s'y connaissait en putasserie. Ils leur avaient promis la liberté en échange de leur collaboration. Résultat : rien. Ils s'étaient fait couillonner jusqu'à l'os.

« Un litre de schnaps par jour, ce n'est pas rien », a nuancé Gomez.
Puis Mirol a eu des remords ou des regrets. Il ne savait pas, au juste, la différence. Il a pensé à son père ainsi qu'à ses oncles tombés au champ d'honneur. Lesquels ?
Aucun champ ne lui remontait en mémoire. Sûr qu'il leur ferait honte à se chier dessus si, de là-haut, ils le voyaient en zélé serviteur de l'ennemi vainqueur. Gomez n'avait pas ce genre de spleen. Il n'avait de comptes à rendre qu'à lui-même. Il n'avait pas connu son père. Sa mère vivait des talents cachés sous ses jupons et lui avait poussé à la brutale dans les ruelles de la basse Casbah avant de devenir maquereau au port d'Alger. La seule chose qui le rendait malheureux, c'était d'avoir cru en la bonne foi des Allemands et de s'être fait... zaï, zaï, zaï comme un Pas Grand-Chose.
Avec son index et son majeur, il a imité un pistolet avec ses doigts : « Pan ! Pan ! Pan ! » Il venait de tuer tous les Allemands. « Pan ! Pan ! Pan ! » Puis il s'est éteint, la bouche bée, le regard perdu dans le trou noir de la fosse. Mirol nous a proposé de boire pour nous réchauffer. J'ai refusé avec une moue de dégoût. Visham a pris la bouteille. Il a descendu quatre, cinq gorgées d'affilée. Je la lui ai retirée des mains pour la rendre à Mirol qui l'a sifflée jusqu'à la dernière goutte. Puis il y a eu un grand blanc. Mirol et Gomez dodelinaient de la tête, à moitié inconscients. Je me suis approché d'eux et je les ai précipités dans la fosse. Ils étaient si ivres qu'ils ne pouvaient pas se relever. Gomez a agité ses bras en gargouillant :

« Pan ! Pan ! Pan ! » Mirol était comme une tortue sur le dos, incapable de se retourner.
J'ai dénoué la bâche, Tarik et Samuel ont sauté de la charrette. Nous avons déversé nos morts sur eux. Visham ne voulait plus partir. Je l'ai saisi par le bras et nous avons détalé. Nous sommes arrivés en avance à la gare de Péronne. Nous nous sommes cachés dans des armoires métalliques de l'atelier désaffecté en attendant le train pour Paris.
La suite, tu la connais, ma bien chère Zina. L'adieu à Visham et l'adieu au nord de la France. J'espère qu'un jour j'aurai le plaisir de raconter à nos enfants, qui eux-mêmes raconteront à nos petits-enfants, l'évasion du frontstalag de leur grand-père, Adam Aït Amar. Parfois, je me demande ce que tu vas faire de tous ces personnages croisés sur mon carnet rouge qui n'évoquent rien pour toi mais qui sont pour moi des lambeaux de souffrance.

Ma bien chère Zina,
Notre train ralentit, je vois de grands immeubles gris sous un ciel noir et rose. Nous sommes à Paris. Un monde inconnu s'ouvre à nous. J'ai peur. Je ne le montre pas à Samuel et à Tarik, mais j'ai une grosse boule dans le ventre. J'ai peur, pourtant je suis gonflé d'espoir à l'idée de te revoir bientôt.
Ma bien chère Zina, accepte mes plus doux baisers et l'assurance de mon affection la plus sincère.
Adam qui ne pense qu'à toi.

Paris, gare du Nord, le 10 février 1942

24

Dans le hall de la gare, on apercevait des hommes en pardessus noir, assistés de policiers en pèlerine et d'agents des chemins de fer qui contrôlaient les voyageurs. Dès qu'approchait la patrouille de soldats allemands qui allait, au pas cadencé, d'un bout à l'autre du quai, on retenait notre souffle et on se recroquevillait à en avoir des crampes aux mollets. Une violente secousse a ébranlé le wagon. Nous faisions marche arrière.

— Pourvu qu'ils ne nous ramènent pas à Péronne, a murmuré Tarik.

Le train s'est immobilisé quelques mètres plus loin, sur un terre-plein où stationnaient des camions de chantier. Des ouvriers en bleu de travail sortaient d'un hangar, avec pelles et brouettes, pour charger leurs bennes de charbon. Ils nous ont découverts apeurés et blottis dans un coin du wagon. Leur chef, un grand blond, les cheveux en filasse tombant sur ses yeux de limande, nous a regardés de travers.

— Qu'est-ce que vous foutez là-dedans bande de métèques ?

Nous étions tétanisés, pitoyables.

— Vous y en a comprendre français ?

Nous avons sauté du wagon. Je me suis avancé vers lui et d'une voix à peine audible, j'ai dit :

— On a travaillé toute la nuit à changer des rails là-bas. On s'est reposés un peu. Pas de chance, le train est parti.

Il nous a pris pour de sacrés crétins, et toute son équipe a ri grassement en imitant mon accent du sud. Les chauffeurs des camions ont klaxonné d'impatience. Le chef a claqué des doigts : tous se sont remis au travail. Puis il a frotté son pouce contre son index. Geste compréhensible quel que soit le pays d'où l'on vient. Il cherchait de la main-d'œuvre jeune et vigoureuse. Denrée devenue rare par ces temps de guerre. Nous pouvions commencer demain si nous le voulions. Nous avons accepté avec empressement car nous n'avions pas un sou. Il nous a raccompagnés au portail réservé aux camions et engins militaires où des Allemands contrôlaient le matériel qui sortait de la gare. Avant de nous séparer, le chef nous a rappelé qu'il embauchait à sept heures et exigé que nous ramenions avec nous nos papiers d'identité. Nos sourires se sont aussitôt effacés. Nous ne les avions plus depuis qu'on nous les avait retirés le jour de notre arrivée au frontstalag.

La musette à l'épaule, l'air hébété et les yeux grands ouverts, nous étions sur le parvis de la gare du Nord pavoisé de drapeaux nazis. Les panneaux indicateurs étaient écrits en deux langues, celle du vainqueur et celle du vaincu. Des motards forts comme des gladiateurs faisaient les beaux à côté de leurs machines avec leurs pistolets à la ceinture, leurs bottes noires impeccablement cirées et leurs blousons de cuir noir. D'autres soldats dans des camions de troupe attendaient de partir pour on ne sait quel front.

Cinq heures du soir sonnaient à l'horloge de la gare.

— Par où on va ? a demandé Tarik.

Je n'en avais évidemment aucune idée.

Nous avons traversé un grand boulevard, Magenta qu'il s'appelait, où circulaient des cyclistes, des vélos-taxis, des bus à plateforme ou l'on monte et descend par l'arrière et des automobiles que je n'avais jamais vues chez nous. Je ne savais où donner de la tête. Les immeubles bourgeois aux portes d'entrée en fer forgé, les trottoirs rectilignes, les bistrots aux stores rouges, jaunes, verts, les lampadaires, tout était bien plus beau que ne l'avait décrit Georges Simenon dans les enquêtes du commissaire Maigret. Même les roquets qui ressemblaient comme des frères jumeaux aux bâtards de nos contrées, je leur trouvais bien plus de chien. Sur une colonne couleur kaki surmontée d'un dôme, une affiche invitait à voir la pièce de Sacha Guitry *N'écoutez pas, Mesdames !* au Théâtre de la Madeleine. J'ai demandé à une dame, grande, mince, pomponnée comme un mannequin, où était l'avenue des Gobelins : elle ne m'a pas écouté et a passé son chemin en pressant le pas.

On s'est engagés dans une voie en descente, face à nous : la rue de Maubeuge. On s'est arrêtés devant les miroirs exposés en vitrine d'une quincaillerie. Avec nos coupes de cheveux de bagnards, nos gueules noircies par la suie et nos vêtements sales et rapiécés, pas étonnant que les gens nous fuient comme si nous étions des évadés du pavillon des morts vivants.

Au bas de la rue de Maubeuge, Samuel s'est approché d'un platane pour se soulager. Deux policiers à vélo ont freiné devant lui. Un coup de sifflet. Samuel a rangé son outil.

À droite, c'était Le Clair de Lune, une brasserie de luxe aux grandes baies vitrées. Comptoir en zinc rutilant, serveurs en tabliers blancs et dessus de tables en marbre. On y lisait le journal, on fumait, on buvait. Les clients amollis dans des sièges de moleskine rouge avaient tous l'air un peu morts.

Samuel s'apprêtait à traverser pour pisser au Clair de Lune mais Tarik l'a retenu par le bras pour lui faire remarquer qu'avec sa tête de clochard juif, il se ferait chasser à coups de balai.

À gauche, dans un recoin, à peine visible, à peine éclairé, c'était Le Sidi de Bel-Abbes, un petit café dont la devanture couleur rouille ou marronnasse, on ne savait dire, n'avait pas dû voir un coup de pinceau depuis la guerre de mon père. Samuel ne tenait plus. Il a foncé.

À l'intérieur, c'était encore plus petit que ne le donnait à penser l'extérieur. Vingt mètres carrés, au mieux. Il y avait cinq tables dépareillées recouvertes de tapis de feutre élimés, autour desquelles des clients jouaient aux dominos et aux dés en grignotant des pépins de courge ou des cacahuètes. Accoudé à son comptoir de zinc, le patron, un homme bien vieilli, le visage barré par une moustache autoritaire, les cheveux argentés luisants de brillantine, portait beau le costume-cravate. Près du poêle à bois, un chanteur en djellaba et chéchia vissée sur la tête grattait sa mandole en chantant une rengaine sur l'exil que tous les Algériens connaissaient : « *Oh mon pays, oh mes frères, je vous ai laissés loin de mon cœur. Oh ma mère, oh ma sœur, si vous voyiez ce qu'ils ont fait de nous...* »

La seule note de fantaisie dans ce bistrot cafardeux était une photo sépia, dans un cadre en bois rouge, derrière le comptoir, au-dessus des bouteilles d'alcool. Elle montrait une grande artère de Sidi Bel-Abbes avec ses maisons coloniales, ses palmiers, ses voitures à chevaux, ses roumias en robes longues et quelque part, là-bas, au fond du décor, des Arabes vautrés sur des nattes fumaient le narguilé en se dorant au soleil.

Le patron nous a souhaité la bienvenue puis il nous a servi du thé. J'ai retourné mes poches de veste, il n'en est sorti que de la poussière. Le patron n'attendait ni remerciements ni flouze. C'était un verre offert par la maison.

Il nous a regardés en souriant et il a dit :

— D'où venez-vous avec vos gueules de charbonniers ?

— De loin, ai-je répondu.

— Loin, c'est où ? L'Allemagne ?

— Pas l'Allemagne, a murmuré Samuel. On s'est évadés d'un frontstalag en Picardie. Tu connais la Picardie ?

La Picardie, il connaissait. En revanche, il n'avait jamais entendu parler de frontstalag. En deux mots, j'ai expliqué que c'était des camps de travail réservés aux soldats coloniaux. Et pour notre malheur, nous avions pour geôliers des roumis, les mêmes qui nous avaient précipités dans leur sale guerre.

— Et pourquoi ils ne vous ont pas embarqués en Allemagne, comme les autres ?

— Ils avaient peur qu'on leur ramène des maladies ou qu'on salisse leur race, ai-je ajouté.

— C'est eux la sale race. Et nos roumis, des traîtres, de la sale race, pareil.

Des joueurs de dominos se sont disputés pour un double-six mal placé. L'un soupçonnait l'autre de tricher. Les insultes pleuvaient en arabe, en kabyle, saupoudrées de mots français : « espèce de connard » ou « espèce d'imbécile » que certains prononçaient « spice d'canard » et « spice d'bicile ».

Le patron a promis de mettre tout le monde à la rue si on ne se respectait pas. Et il a conclu par un tonitruant : « Bande de canards. »

Ce n'était qu'un jeu de plus entre eux. On devinait que c'était des menaces à blanc, juste pour se faire la voix.

— Qui sont tous ces hommes qui ont l'âge d'avoir fait la guerre d'avant ? lui ai-je demandé.

— Ils l'ont faite, comme moi. Ils sont restés ici pour envoyer de l'argent à la famille au village.

Ces hommes travaillaient chez Renault, Ripolin, Panhard, ou encore dans le bâtiment hors de Paris. Leurs usines et chantiers avaient été bombardés. Ils étaient chômeurs, sans statut particulier, sans indemnités, livrés à eux-mêmes. On les employait à l'heure, à la journée ou à la petite semaine pour des boulots de maçonnerie, de peinture, de ménage ou de livraison.

Samuel est sorti des toilettes, heureux comme un homme délesté d'un lourd fardeau. La musique s'est tue. Le chanteur a rangé sa mandole dans son étui, les dominos ont cessé de claquer, les dés ne roulaient plus et tous se sont déchaussés, avant de se rendre dans l'arrière-salle éclairée par une ampoule pendue au bout d'un fil électrique.

Tarik a suivi le mouvement.

— Pourquoi vous n'allez pas prier avec eux ? m'a demandé le patron en nous regardant.

— Allah et moi on n'est pas camarades en ce moment. Et toi, Sidi, pourquoi…

— Trop de mauvaises choses sur la conscience. J'ai perdu ma place au paradis alors à quoi bon perdre son temps...

— Moi, ce n'est pas mon heure, ni mon jour, je suis youddi.

— Ne va pas le chanter sur tous les toits, fils, sinon il va t'arriver des problèmes. Les Parisiens et les Boches vous détestent pire que nous.

Samuel a baissé les yeux, comme honteux d'être le mauvais élève. Au frontstalag puis à Paris, ville lumière, c'était kif-kif, lui et les siens étaient bannis, à rayer de la carte de l'espèce humaine.

Le patron a sorti de dessous son comptoir une assiette de sfendjs, des beignets au sucre, faits maison. J'avais si faim que j'en ai pris deux. J'ai fermé les yeux et à chaque bouchée avalée, j'étais à Bousoulem, sur le pas de la porte de La Clef, et je dégustais ce beignet en écoutant les grillons chanter leur sérénade d'amour. Zina était près de moi, la tête sur mon épaule. Le vent du soir caressait ses boucles rousses. Nous savourions, silencieux, ce moment de bonheur.

Le patron a cogné ses bagues en or contre le zinc du comptoir pour me ramener à la réalité.

— Vous avez des faux papiers pour circuler ? a-t-il demandé.

Pas d'argent. Pas de papier. Wallou. On lui faisait peine à voir. Il nous a recommandé de nous rendre à la Mosquée de Paris, de demander Mazouz, le guide touristique, de sa part, le cousin Sidi, de Bel-Abbes. Il pourrait nous aider à obtenir des certificats d'identité musulmane. Avec ce document, les Allemands nous ficheraient la paix en cas de contrôle. Si Mazouz ne nous croyait pas, nous n'aurions qu'à lui dire : « rue Tarfaoui ». C'était l'endroit où ils jouaient ensemble quand ils étaient enfants. C'était surtout le mot de passe dont ils usaient pour transmettre des informations par l'intermédiaire de leurs indicateurs.

Il s'est tourné, gêné, vers Samuel et il a dit :

— Toi, mon gars, je ne sais pas s'il va pouvoir faire quelque chose pour toi. Demande toujours, peut-être...

Puis il m'a demandé si je savais où nous allions.

— Avenue des Gobelins, ai-je répondu.

— C'est entre le quartier Mouffetard et la place d'Italie. C'est pas la porte à côté.

Il a jeté un œil à sa montre, hoché la tête ; non, nous n'y serions jamais avant le début du couvre-feu. Il nous a invités à dormir dans l'arrière-salle. Et surtout qu'on ne s'avise pas de mettre le nez dehors avant l'aube. Car si les Allemands nous tombaient dessus, avec nos gueules de Nord-Af et de youpins sans papiers, – Nord-Af et youpin, c'est comme ça qu'on nous appelait à Paris –, il nous en coûterait.

La prière terminée, les clients ont rangé les dominos dans leurs boîtes et les dés dans leurs gobelets. On s'est salués. Ils espéraient se retrouver le lendemain, inch'Allah, pour tuer quelques heures.

Le patron a grimpé l'escalier en colimaçon dans le fond de la salle qui menait à son logement et il est revenu les bras chargés d'un complet gris, de deux pantalons, un beige, un noir, un pardessus marron, une veste noire, deux casquettes et un chapeau en feutre bleu nuit, avec un liseré noir et une petite plume sur le côté. Il nous a encore ramené une serviette, une bassine et un petit plan de Paris avec ses monuments et il nous a donné quelques pièces de monnaie, pour la route, si par chance nous trouvions de quoi manger. Nous lui avons serré une poignée de main reconnaissante. Il nous trouvait beaux et courageux. Nous lui rappelions ses vingt ans. J'ai promis, juré, qu'un jour on le rembourserait. Il a feint de ne rien entendre et nous a demandé, avant de remonter dans son logement, de bien refermer la porte derrière nous en partant.

On s'est lavés à la hâte dans l'évier sous le comptoir, pressés que nous étions d'essayer nos vêtements. Tarik s'est approprié le pantalon beige qui lui montait au nombril et le pardessus, si mal ajusté qu'il peinait à fermer les boutons. Le chapeau était trop large pour sa petite tête de fouine. En revanche, la casquette grise lui allait comme un gant. Samuel a pris le pantalon et la veste noirs. Il a tourné sur lui-même. Il trouvait qu'il ressemblait à son père. Le chapeau était étroit. Il a tenté la casquette à visière. Il a fait la moue. L'austérité de ses vêtements jurait avec cette casquette de contrôleur de train. C'était décidé. Il resterait tête nue. Hormis mes habits de soldat, mes loques de prisonnier, mes sarouels, mon burnous et mes djellabas, je n'avais jamais porté de vêtements de civil. J'ai enfilé le complet gris, sans chemise, torse nu. Ça flottait aux épaules mais en mettant les mains dans les poches, j'arrivais à donner l'illusion qu'il avait été taillé pour moi. Le pantalon un chouya trop long tombait sur mes pieds, mais je me plaisais dans ces beaux habits fatigués qui avaient vécu d'autres vies que la mienne. Le chapeau. On aurait dit qu'il n'attendait que ma tête. Je l'ai incliné légèrement sur le côté comme le commissaire Maigret. Tout était parfait.

J'ai rejoint Samuel et Tarik sur les tapis de prière. Tarik avait vidé sa musette. Il y avait le Coran, *Mein Kampf* et un morceau de pain rassis. Samuel avait déplié le plan de Paris et il promenait son doigt de rue en rue. Il évaluait la distance entre la rue de Maubeuge et l'avenue des Gobelins à cinq kilomètres. Puis il a froncé les sourcils et il a dit :

— Il a quel âge ton instituteur ?

— L'âge d'être retraité. Pourquoi cette question ?

— Il est peut-être mort... Ça meurt aussi les vieux.

— Ferme-la, tu vas nous porter la scoumoune.

Il n'a pu réprimer un rire nerveux et il a demandé à Tarik de quoi parlait son livre. Il n'en savait encore rien. Il allait entamer sa lecture maintenant. J'étais plus fatigué qu'après une journée passée au frontstalag, pourtant je n'avais pas envie de dormir. J'avais une boule à l'estomac car depuis quelques nuits, Zina n'apparaissait plus dans mes songes.

J'ai attrapé ma musette, ouvert mon carnet rouge et j'ai écrit d'un jet :

Ma bien chère Zina,

J'ai peur que tu changes d'amour. J'ai peur de ne plus te revoir. J'ai peur du noir. J'ai peur de la nuit. J'ai peur de mes cauchemars. J'ai peur de te perdre. Ma bien chère Zina, accepte mes baisers les plus doux et l'assurance de mon affection la plus sincère. Adam qui ne pense qu'à toi.

Paris, la rue de Maubeuge,
Le Sidi de Bel-Abbes, le 10 février 1942

25

C'était un petit matin bleu vif comme je les aime. Le vent engouffré dans la rue de Maubeuge me caressait le visage et j'aimais ça, aussi. La peur qui m'avait remué les tripes la nuit dernière avait disparu. Je me sentais léger. Pour un peu, j'étais heureux. Tarik, encore éteint, se frottait les yeux, traînait les pieds, ronchonnait qu'il avait mal dormi. Et pour cause, pendant que Samuel étudiait l'itinéraire à suivre pour atteindre l'avenue des Gobelins, il avait lu, à la lueur d'une bougie, des pages et des pages du livre d'Hitler.

— Ça parle de quoi au juste, ton *Mein Kampf* ? ai-je demandé histoire de le réveiller.

Il s'est raclé la gorge qui n'en avait nul besoin et s'est enfin animé. Son livre racontait la vie d'Adolf Hitler et l'idée qu'il se faisait d'une autre société pour son pays. Il était né à la frontière austro-allemande. Ça l'avait marqué pour le reste de sa vie. Il rêvait d'unifier les deux peuples germaniques pour n'en faire qu'un. Aussi incroyable que cela puisse paraître, Hitler était un enfant aimé et choyé par ses parents. Surtout par sa mère qui lui trouvait toutes sortes de qualités : curieux de tout, fonceur, doué pour les arts, charismatique...

— Toutes les mères qui aiment leur enfant leur trouvent toutes sortes de qualités. Ma mère disait de moi que j'étais si intelligent que j'arrivais à deviner ce que les gens avaient dans la tête. Tiens, là, je parie que je t'énerve.

— Ta mère ne s'est pas trompée, tu es vraiment très intelligent.

Puis il a repris son récit. Enfant, le petit Adolf avait conscience de son grand talent oratoire qui faisait de lui le meneur naturel de la bande de petits délinquants de son quartier. Son père, ne supportant pas ses mauvaises fréquentations, l'avait placé dans une école professionnelle pour en faire un fonctionnaire des douanes, comme lui. Mais Hitler avait d'autres rêves en tête, il voulait être artiste, artiste peintre. Le père s'y était refusé. Il s'était obstiné : ce serait la peinture ou rien. Il avait entamé une grève scolaire, sauf pour les cours d'histoire dispensés par un professeur ultranationaliste habité par un fort sentiment anti-français.

— Voyez, ça c'est l'Opéra, l'a interrompu Samuel.

Si ce n'était ces soldats en armes et ces automitrailleuses postés devant les grilles de ce palais qu'on aurait cru sorti des contes des *Mille et Une Nuits*, et cette collection de drapeaux nazis dressés sur le parvis, j'en aurais pleuré tant je trouvais l'Opéra magnifique. Je me suis souvenu que M. Grandjean m'en avait parlé. Il était allé voir un ballet avec des petits rats... *Le Lac des cygnes*, il me semble.

Devant la bouche du métro, un accordéoniste assis sur une caisse à savon jouait *Le Temps des cerises*. Un grand chef allemand, lunettes noires, barrettes dorées aux épaulettes de son manteau de cuir, s'est arrêté pour l'écouter, puis il a jeté une pièce dans la sébile vide.

— *Danke. Danke. Danke*, a bredouillé l'accordéoniste.

— Nous sommes à Paris, c'est sacrilège de ne pas parler la langue de Victor Hugo, monsieur le musicien, a répondu le grand chef allemand.

Samuel a continué de prendre les devants, la tête dans les épaules, pour donner moins de prise à la froidure de ce petit matin.

Sur les bâtiments administratifs, au fronton des édifices, sur les places publiques, à chaque carrefour, les croix gammées nous narguaient. Plus on avançait en rasant les murs des immeubles, plus on se rendait compte que Paris était allemande. Rue du Quatre-Septembre. Une douzaine de personnes fatiguées et mal fagotées attendaient le cabas à la main devant la porte close d'une boulangerie. On se demandait bien pourquoi. Il n'y avait rien dans les casiers à pains. Une jeune fille avec un fichu sur la tête a apposé une affichette sur la vitrine : « Plus de farine. Plus de levure. Plus de combustible. »

J'ai ôté mon chapeau et je l'ai saluée. Elle a ri, la main devant sa bouche. J'ai ri aussi. Tarik s'est vexé que nous n'éprouvions guère d'intérêt à l'écouter nous raconter *Mein Kampf*.

— C'est important que vous sachiez à quel genre d'ennemi nous avons affaire et pourquoi nous en sommes là.

J'ai haussé les épaules. Pas besoin d'avoir lu le livre d'Hitler pour savoir que c'était par sa faute que nous avions laissé nos maisons, nos familles, nos amis, que c'était par sa faute que nous avions vécu le feu, la misère, la maladie, la barbarie, que c'était par sa faute que depuis trois ans, j'étais loin de Zina.

Tarik a insisté pour nous instruire du combat d'Hitler. Samuel en avait assez entendu comme ça, il a tracé au pas de chasseur. Tarik m'a accroché le bras et j'ai subi la suite des péripéties du héros à moustache de sa nuit blanche.

Hitler était parti pour Vienne à la mort de ses parents, sûr de son talent d'artiste peintre. Cruelle déception. Il avait raté de peu l'examen d'entrée de l'École des beaux-arts. Il était ulcéré, humilié, blessé dans son amour-propre. Cette blessure ne guérirait jamais. Il en voulait à la terre entière et aux Juifs en particulier, qu'il rendait responsables de son échec.

— Ça tient à peu de chose les grandes catastrophes. Juste un poil de pinceau, ai-je coupé.

Je l'ai de nouveau agacé mais il a poursuivi. Hitler vivait de petits boulots. Hitler ne mangeait pas à sa faim. Hitler se sacrifiait pour acheter des livres d'histoire. Hitler ne faisait que travailler et lire ses ouvrages nationalistes et antisémites. Hitler voyait des Juifs partout.

— Partout c'est où ?

— Autriche, Allemagne, France, dans toute l'Europe.

— Et chez nous, il en a vu ?

— Il n'en a pas parlé.

— Son combat pour une société nouvelle, c'est quoi ?

Hitler voulait faire de son pays un état dictatorial. Il considérait la race allemande comme supérieure aux autres, notamment les Slaves, les Roms et bien sûr les Juifs qu'il décrivait comme des profiteurs. Il voulait aussi éliminer les handicapés qu'il appelait des individus « non améliorables », les homosexuels considérés comme pervers et déviants et finalement tous ceux qui ne pensaient pas comme lui.

— Et nous, les musulmans, il a quelque chose à nous reprocher ?

— Pas un mot ni en bien ni en mal. J'avoue que c'est un peu vexant.

— C'est parce qu'il ne nous connaissait pas quand il a écrit son livre, sinon on serait dans le même couffin que les autres. Souviens-toi du frontstalag. Pour résumer, ton Hitler n'aime personne sauf son peuple.

— Tu m'emmerdes, Adam. Ce n'est pas mon Hitler.

Sur un panneau, à l'entrée d'un cimetière, un slogan de propagande en lettres gothiques rouges et noires piquait comme un rappel de vaccin : « *Deutschland siegt an allen Fronten* » – « L'Allemagne vainc sur tous les fronts ».

Aux Halles, le ventre de Paris d'après le plan de Samuel, c'était encore des files d'attente aux portes des magasins. Des mères de famille avec leurs enfants pendus à leurs jupes et des vieillards à bérets recroquevillés sur leurs cannes grelottaient de froid en espérant du pain, du lait, du sucre, quelques pommes de terre.

Place du Châtelet, des soldats raides comme des cierges étaient en faction devant le théâtre. Un agent de police les saluait avec empressement. Nous devions passer sur l'autre rive de la Seine. Impossible. Il y avait du vert-de-gris à l'entrée du pont. Voitures, cyclistes, vélos-taxis, piétons, autobus avec leur gros nez de cochon, tout était filtré et contrôlé.

Nous avons longé le quai jusqu'à l'hôtel de ville de Paris sous la garde de soldats lourdement armés. Une voiture noire roulait au ralenti. Elle s'est arrêtée devant le commissariat du quai de Gesvres. Deux policiers en faction lui ont fait signe de circuler avec leurs bâtons blancs. La portière arrière s'est ouverte. Une grenade a été balancée. La voiture noire est repartie sur les chapeaux de roues. L'explosion a soufflé les vitres du bâtiment et déclenché un début d'incendie. Les deux policiers gisaient les tripes à l'air. La douzaine de soldats qui interdisaient l'accès au pont d'Arcole ont accouru. Des sirènes hurlaient, des passants détalaient, des coups de feu claquaient. Nous avons profité de la panique pour traverser à toutes jambes la Seine.

Au plus haut de la rue Saint-Jacques, Tarik se tenait les côtes, tirait la langue, des chandelles de sueur dégoulinaient de ses tempes. Il a réclamé une pause pour récupérer. Samuel n'a rien voulu entendre. Nous avons sinué dans des rues étroites, sombres, pentues et avons débouché sur une petite place : la Contrescarpe. Avec ses bistrots gris et ternes, sa fontaine dont le petit jet d'eau glougloutait tristement, ses gamins en culottes courtes jouant aux osselets sur le pavé gras et ses gueules cassées de la guerre de mon père assis sur des bancs publics, elle était comme je me l'étais imaginée en lisant les enquêtes du commissaire Maigret.

Tarik a imploré qu'on s'arrête cinq minutes.

— Rien du tout. Tu n'avais qu'à dormir au lieu de lire, a répliqué Samuel, énervé de l'avoir entendu raconter *Mein Kampf* sur un ton de conte de fées.

Nous avons descendu la rue Mouffetard, une sorte de boyau avec des immeubles aux façades nobles d'un côté et de l'autre des vilaines constructions pour pauvres, bâties avec de grossiers moellons mal taillés. Ici, il n'y avait rien à boire, rien à manger, rien à fumer, rien à quémander. C'était des ébénisteries, des cordonneries, des tailleurs, des tapissiers. Au pied de la rue, face à une église, un horloger avait réglé ses pendules à l'heure allemande. C'était même joliment écrit en pleins et déliés sur sa vitrine : « À Paris comme à Berlin, nous vivons à la bonne heure. »

Samuel nous a montré l'avenue des Gobelins qui nous ouvrait les bras à moins de cent mètres.

— S'il n'est pas là ton M. Grandjean, qu'est-ce qu'on fait ? a questionné Tarik.

Je ne l'écoutais pas. J'avançais comme attiré vers le numéro trente de cette avenue.

— Et s'il n'est pas là ton M. Grandjean, on va où ? a demandé à son tour Samuel.

Je ne l'écoutais pas. J'avançais les yeux rivés sur les petites plaques d'émail bleuté aux chiffres blancs au-dessus des portes en fer forgé des immeubles. Vingt-six. Vingt-huit. Trente. Nous y étions. C'était un immeuble en pierre de taille assombri par l'usure et la suie de cheminée. J'ai levé la tête : il y avait six étages sous une toiture de zinc. La concierge, une petite femme, les cheveux blancs tirés en arrière, le visage marqué par les rides, ahanait en frappant le tapis-brosse du hall d'entrée contre le trottoir.

Nous étions dans son dos à lui faire de l'ombre. Elle a cessé de martyriser son paillasson, nous a toisés de son mètre cinquante et elle a dit :

— L'accès de l'immeuble est interdit aux colporteurs, aux quêteurs et aux démarcheurs.

Nous étions plantés là, gênés, incapables de réaction. Elle a répété : « … colporteurs, quêteurs, démarcheurs. » Auxquels elle a ajouté : « intrus, vagabonds, romanichels ».

Samuel et Tarik se sont tournés vers moi. Je nous ai présentés comme des amis de M. Grandjean. Elle ne lui en connaissait aucun. Depuis son retour des colonies, il ne recevait personne. Son regard a soudain viré à la méfiance.

— Vous n'êtes pas d'ici. Vous êtes des Nord-Af ou quelque chose comme ça. N'est-ce pas ?

Nous avons acquiescé. Elle a menacé d'alerter la police si nous ne déguerpissions pas. La police, justement, elle était là, sur le trottoir d'en face. Elle a agité les bras en lançant des « Oh hé ! Oh hé ! ».

La police ne lui a prêté aucune attention. Elle a marmonné qu'heureusement que les Allemands étaient là pour assurer l'ordre et la sécurité dans ce pays.

La porte s'est ouverte, une vieille femme est apparue et, derrière elle, j'ai reconnu la longue et frêle silhouette de M. Grandjean. Je me suis jeté dans ses bras.

26

M. Grandjean nous a logés dans une chambre de bonne mansardée sans chauffage ni électricité, avec deux matelas, quelques couvertures, des oreillers, un tabouret, une table en bois sur laquelle il y avait une bougie à moitié consumée et une boîte d'allumettes. La pièce était au bout d'un couloir en zig zag desservant d'autres chambres ainsi que des toilettes à la turque que l'on devait laisser aussi propres qu'on les avait trouvées en entrant. Nous avions pour voisins de palier un vieux monsieur élégant, à la barbe grise finement taillée, et une jeune fille – la sienne avons-nous supposé –, aux cheveux noirs coupés très court, à la garçonne, avec de grands yeux mélancoliques qui lui mangeaient tout le visage.

Par la petite lucarne de notre chambre, en me haussant sur la pointe des pieds, j'avais vue sur une mer de toits en zinc, sous un ciel veiné de fins nuages couleur de nacre. Au loin, comme une fusée prête à décoller, j'apercevais la tour Eiffel. Elle m'impressionnait.

J'ai pensé qu'un jour, bientôt, j'irais la voir et j'achèterais des cartes postales que je glisserais dans mon carnet rouge pour que Zina sache que j'ai touché de mes mains le plus bel édifice jamais construit par l'homme.

En bas, les chars, les automitrailleuses, les patrouilles de soldats, qui faisaient si peur lorsqu'on les croisait, étaient pareils à des jouets inoffensifs. Les arbres nus semblaient des brindilles. Les gens, sur l'avenue des Gobelins, étaient des fourmis qui allaient s'enterrer dans une fourmilière, la bouche béante du métro. J'ai invité Tarik et Samuel à contempler ce spectacle de notre altitude. Ils avaient d'autres occupations. Tarik poussait son matelas dans le coin le plus sombre de la chambre tandis que Samuel calait le sien contre le mur de plâtre boursouflé par l'humidité. Ils m'avaient laissé un lit de couvertures sous l'endroit pentu de la chambre. Je ne m'en suis pas plaint. J'avais au-dessus de ma tête la lucarne ouverte sur ce ciel de lumière et, le soir venu, je pourrais m'endormir en contemplant les étoiles.

Samuel et Tarik ont suspendu nos vestes et musettes à la patère vissée sur la porte puis ils se sont allongés sur leurs matelas, ont fermé les yeux et respiré à l'unisson, les bras tendus le long du corps.

— À quoi vous pensez les gars ?

— C'est un tel foutoir dans ma pauvre tête que je rêve de ne penser à rien, a répondu Samuel.

Tarik a rouvert les yeux et son regard a balayé la chambre.

— J'étouffe, ici. À trois dans à peine dix mètres carrés, je vous le dis, je ne vais pas tenir longtemps.

Comme nous ne lui répondions pas, il a sorti de dessous son oreiller *Mein Kampf* et s'est tourné sur le ventre pour lire.

En attendant de descendre chez M. Grandjean pour le déjeuner, j'ai pris mon carnet rouge, mon crayon, et je me suis assis en tailleur sous mon carré de lumière. Combien de jours, combien de drames, combien de pages encore à noircir avant de souligner d'un trait libérateur le mot « fin » signant cette tragédie ?

J'ai affûté la mine du crayon en la frottant sur les rugosités du mur et, quand elle a été pointue comme un dard, j'ai écrit :

Ma bien chère Zina,

Ça y est, c'est fait, nous sommes arrivés à destination. J'ai trouvé notre M. Grandjean bien vieilli et bien diminué. C'est tout juste s'il m'a reconnu. Il a été bouleversé quand je lui ai appris que les gendarmes nous avaient arrachés l'un à l'autre pendant notre première nuit d'amour. Je lui ai raconté beaucoup d'autres choses encore : les corvées, les brimades et ma vie de croque-mort. Comme je ne pouvais plus m'arrêter de parler, j'ai raconté la faim, la boue, la maladie et les lendemains qui ne chantent jamais. Je lui ai épargné l'odeur de pourriture humaine du pavillon des morts vivants qui me collera à l'âme pour toujours. M. Grandjean m'a écouté, sans jamais me couper la parole, comme si rien de ce que j'avais dit ne le surprenait. Mais, dès que je me suis tu, il a dit : « Depuis que je suis de retour à Paris, j'ai perdu la foi en l'humanité. Si je ne me sentais pas si usé, si las, je referais mes malles pour retourner à Bousoulem, mon petit bonheur perdu. »

Je lui ai répondu que nous serions heureux de l'accueillir chez nous et que nous le traiterions avec tout le respect que l'on doit aux anciens.
Il a souri.

Ma bien chère Zina,
Notre M. Grandjean vit dans le dénuement complet. Pas matériel, rassure-toi, il habite un bel appartement spacieux, avec tout le confort moderne, dont les larges fenêtres donnent sur l'avenue des Gobelins. Il est pauvre de l'essentiel. Il a vendu tous les livres de sa bibliothèque pour survivre car depuis que l'administration est allemande, il ne touche plus de pension.

Ma bien chère Zina,
C'est triste à dire mais il faut que tu saches que M. Grandjean ne va pas bien. C'est la tête, je crois. Pendant notre discussion, il s'interrompait au milieu d'une phrase, puis il sautait du coq à l'âne comme disent les Français. C'était un exploit que de le suivre. Parfois, son regard errait dans le vague, il était comme étranger à lui-même. À un moment, il a tiré sa chaise pour s'approcher de moi et il m'a demandé si j'avais toujours le petit dictionnaire qu'il m'avait offert. Je n'ai pas osé lui avouer qu'un sergent bouffi de haine l'avait jeté dans les eaux noires de la Méditerranée. Alors, j'ai menti. J'ai dit que je l'avais donné à un gars au frontstalag qui voulait apprendre à parler le français aussi bien qu'un fils de colon. Son visage s'est soudain éclairé. Il était fier de moi. Il considérait

que le sens de la vie était dans la transmission du savoir. J'ai eu honte de moi comme jamais.

Ma bien chère Zina,
Tout à l'heure, j'ai regardé par la lucarne de notre chambre perchée entre ciel et terre et j'ai vu tout Paris. Un jour, plaise à Dieu, je t'emmènerai dans cette grande ville. Nous nous promènerons sur les Grands Boulevards. Tu verras, c'est plein de magasins avec des nouveautés introuvables par chez nous. Nous boirons de la limonade à la terrasse du Café de la Paix, place de l'Opéra. Si tu as faim, tu mangeras une crêpe au pied de la rue Mouffetard. Une crêpe, c'est comme un sfendj, en bien moins épais et sans le gras de l'huile. Puis nous irons, main dans la main, comme des vrais Français, visiter la tour Eiffel. Pour une pièce de monnaie, un photographe pour touristes nous tirera le portrait devant le gigantesque édifice de fer et de boulons. S'il me reste assez de sous, je t'offrirai tant de souvenirs que tu ne sauras leur trouver de place à La Clef. Puis on se dira « je t'aime ». Puis on se répétera que l'on s'aimera encore et toujours, qu'on aura de beaux enfants, un grand troupeau de moutons et une bibliothèque avec toutes sortes de livres. Puis, puis, puis…
Je nous fais rêver, ma bien chère Zina. Je sais que de nos montagnes kabyles, la capitale de la France n'est qu'un destin pour roumis fortunés ou fils de caïds.
Ma bien chère Zina, il est temps de me séparer de toi car plus je t'écris, plus j'ai le mal de toi. Et

je sais que jamais aucun mot ne remplacera la musique de ta voix, la chaleur de ton corps, les murmures de ton cœur.
Ma bien chère Zina, accepte mes plus doux baisers et l'assurance de mon affection la plus sincère.
Adam qui ne pense qu'à toi.

Paris, 30, avenue des Gobelins,
le 12 février 1942

27

M. Grandjean était attablé avec nous mais son assiette était vide ; il n'avait pas faim. Il avait perdu le goût de vivre depuis que Paris était occupée. Et de nous raconter que l'invasion n'avait duré que quelques jours. L'ennemi était passé soit par Issy, soit par Ivry. Bien sûr, il y avait eu quelques actes de résistance et de sabotage mais, très vite, les gens s'étaient pliés aux règles et exigences des Allemands.

— Pourquoi sommes-nous si dociles, si lâches ? s'est-il demandé en forçant la voix. Nous sommes dociles et lâches parce qu'ils nous tiennent par tous les bouts. Nous sommes à leur merci pour la nourriture, l'essence, le charbon, l'électricité…

Les Parisiens n'avaient droit qu'à cinquante grammes de viande par jour quand ils en trouvaient. Quatorze grammes de beurre, qu'ils ne trouvaient jamais. Un pain par semaine. Un morceau de savon par mois. Le vin et le café n'existaient plus depuis que la métropole était coupée de ses colonies. La dernière fois qu'il avait mangé une pâtisserie, c'était en rêve. La concierge de l'immeuble lui avait rapporté que les chats disparaissaient mystérieusement du quartier. Nous étions silencieux, les poings sur la table, devant nos assiettes pleines de purée brunâtre. Il s'est levé, ses mains se sont agitées comme des ailes de papillon et il a poursuivi :

— Nous devions nous battre pour le triomphe de la civilisation contre la barbarie. Nous voilà réduits à ramper devant les vert-de-gris pour remplir nos ventres. Quelle déchéance.

Nous qui venions d'un malheur si grand, nous ne savions que répondre, alors nous avons commencé à manger. C'était fade, tiède, et il traînait en bouche des grumeaux friables comme de la craie.

— Tu aimes ça, Adam ?

— Qu'est-ce que c'est ?

— Du topinambour. Ça, ça n'est pas rationné. On peut s'en gaver à tous les repas.

Tarik et Samuel, qui avaient très faim, ont tout englouti. Moi, j'ai renoncé après deux cuillerées, non pas que cette purée soit immangeable mais nos retrouvailles m'avaient noué l'estomac. J'avais laissé un M. Grandjean l'esprit alerte, le corps encore agile, avec des projets plein la tête pour occuper ses vieux jours et je retrouvais un homme mal vieilli, désabusé, dont les paroles sonnaient comme un adieu au monde. Il a regardé chacun de nous avec insistance puis nous a demandé ce que nous comptions faire maintenant que nous étions à Paris. Samuel a répondu qu'il avait été formé à la théologie par son père, le rabbi Zerbib de la mosquée d'El Kseur, pour prendre sa succession à son retour. Voilà pourquoi il s'était s'évadé.

— Vous connaissez sûrement mon père ?

M. Grandjean a acquiescé puis il s'est tourné vers Tarik.

— Moi, je me suis évadé parce qu'avec l'aide du Très-Haut, je serai le prochain imam de la mosquée de Fenaïa. Vous connaissez Fenaïa ?

— Évidemment. C'est à sept kilomètres de Bousoulem, onze d'El Kseur et à quarante-trois de Bougie.

Tarik a sifflé d'admiration.

— Moi, je me suis évadé...

— Ne dis rien Adam, toi, je sais.

Il s'est assis dans son fauteuil près de la fenêtre ; ses paupières étaient mi-closes, ses mains jointes sur ses cuisses et il a replongé dans un long silence. Nous ne savions pas si nous devions rester là à attendre qu'il émerge ou remonter dans notre chambre. Samuel a buté sur un pied de chaise. M. Grandjean a sursauté et s'est excusé de s'être assoupi. Puis il a passé la main sur son visage et nous a demandé comment nous comptions faire pour nous rendre en Algérie car il ne connaissait personne pour nous aider à passer en nono.

— Nono ?

Il a souri de mon ignorance puis nous a expliqué que Paris était en zone occupée. La nono, la zone non occupée si l'on préférait, se trouvait sous la ligne de démarcation à plus de trois cents kilomètres d'ici. À partir de là, la France était sous le régime de Vichy, et on pouvait descendre jusqu'à Marseille pour prendre le bateau. Mais sans papiers, sans relations et avec nos têtes de Nord-Af, il lui paraissait improbable d'atteindre la nono. J'ai voulu lui toucher deux mots du tuyau que nous avait donné le Sidi de Bel-Abbes pour obtenir des papiers mais il avait de nouveau décroché. Il était bouche bée, les yeux grands ouverts, à regarder les étagères vides de sa bibliothèque. Tarik et Samuel sont remontés dans la chambre, me laissant seul avec lui qui, dans un ultime sursaut, m'a encore raconté comment les Allemands avaient envahi Paris. Par Issy. Par Ivry. Quand il a eu fini, il s'est gratté la nuque puis il m'a demandé de lui redescendre son petit dictionnaire.

— Votre petit dictionnaire…

— Oui, j'aimerais lire quelques pages, ça m'occupera l'esprit parce que je ne dors plus la nuit.

Il m'a glissé un billet dans la poche de mon pantalon pour que je prenne un café avec mes compagnons. Puis il m'a mis en garde contre les risques qui nous guettaient. Si par malheur les feldgendarms ou la police parisienne nous tombaient dessus, il ne donnait pas cher de notre peau, surtout de celle de Samuel. Sa voix ne portait plus, il m'a fait signe d'approcher près de lui et a chuchoté que les Juifs étaient en grand danger. La concierge lui avait rapporté qu'il n'y avait pas que les chats du quartier qui disparaissaient mystérieusement. M. Zheir, le tailleur de l'avenue, avait baissé son rideau de fer depuis plus d'un mois sans que personne ne sache ce qu'il était devenu. Il a renversé la tête en arrière, plissé les yeux comme s'il réfléchissait intensément. Non, ça ne lui revenait pas.

— Les Allemands sont passés par où ? Rappelle-moi.

— Soit par Issy, soit par Ivry…

— C'est bien ça, Adam. Tu as toujours été très fort pour retenir mes leçons.

— Par Ivry, il y avait des divisions de blindés…

J'ai reculé et j'ai refermé la porte de son appartement sur Issy et sur Ivry.

28

Tarik était à bout de nerfs. Il s'est couché sur son matelas, s'est relevé aussitôt, s'est assis sur le tabouret, a lu quelques pages de *Mein Kampf* qui ne l'ont pas calmé puis il a posé son livre sur la table. Il ne voulait pas dépendre d'un vieillard radoteur. Il s'en faisait un point d'honneur. Quitter Paris au plus vite, il n'avait que cela en tête. Il voulait que l'on aille à la Mosquée trouver Mazouz, le guide, pour qu'il nous procure le fameux certificat d'identité musulmane.

Samuel a soupiré d'agacement.

— Pour moi, tu vois ça comment ?

— Tu n'as qu'à dire que tu es musulman. S'ils vérifient, ils verront qu'on a la même dans le pantalon.

— Je ne vais pas trahir ma religion. Tu dirais que tu es juif pour sauver ta peau, toi ?

— Juif, certainement pas.

Samuel a froncé les sourcils avec un regard noir que je ne lui connaissais pas. Ils étaient face à face, nez à nez.

— Tu as dit « Juif, certainement pas » comme si tu avais dit « Tout sauf juif ». J'ai bien compris ?

Tarik a crispé les poings et, sur un ton faussement détaché, il a répondu :

— On n'a pas traversé toutes ces années de misère pour se fâcher maintenant qu'on est près du but. Tu ne veux pas être musulman, je respecte ton choix, mais ne viens pas pleurnicher s'il t'arrive malheur.

— Quel malheur ?

— Hitler vous déteste parce que vous êtes une race de profiteurs. Il va vous le faire payer jusqu'au dernier.

Samuel, livide, a pris *Mein Kampf* sur la table, l'a jeté contre le mur.

— C'est depuis que tu lis cette saloperie de livre que tu as changé, Tarik. Les Algériens, les vrais, ne pensent pas comme toi.

Tarik l'a saisi au col de sa veste et il a dit, rouge de colère :

— Je pense ce que je veux !

Ils en sont venus aux mains. J'ai eu un mal fou à les séparer. Tarik a ramassé son livre et l'a mis dans sa musette. Samuel m'a apostrophé pour que je prenne parti.

— Pour rentrer au pays, je me ferais juif, chrétien, mécréant, bouddhiste comme Visham s'il le fallait. Allah saura me pardonner. S'il ne me pardonne pas, c'est que je me serais trompé de bon Dieu.

Ils se sont tous deux indignés.

— Tu blasphèmes, Adam. Il n'y a pas cinquante bon Dieu, il n'y en a qu'un, c'est Yahvé.

— Samuel a raison, tu blasphèmes. Il n'y a qu'un Dieu, c'est Allah, le clément et miséricordieux, a dit en écho Tarik.

J'ai pris mon chapeau, ma veste pour sortir de cette chambre que je ne supportais plus. Ils m'ont demandé où j'allais. Je voulais voir cette mosquée.

Tarik et Samuel marchaient côte à côte, en silence. Moi, j'étais en retrait à surveiller qu'ils ne s'écharpent pas de nouveau pour un mot de trop.

Pour la mosquée, il n'y avait qu'à suivre la flèche : « Mosquée de Paris / Moschee von Paris ».

— Tu le pensais vraiment ce que tu m'as dit ?

— Qu'est-ce que je t'ai dit ? a répondu Tarik.

— Tu le sais très bien.

— Je ne m'en souviens plus.

— Les profiteurs et tout le reste.

— Ce n'est pas moi qui le dis, c'est Hitler. Moi je ne le pense pas.

— Quand tu es énervé, tu répètes ce que dit Hitler.

Tarik a marmonné :

— Assez maintenant. Tu m'emmerdes sale youddi.

Samuel a répliqué, aussi sec :

— Je t'emmerde sale Kabyle.

Tarik a laissé éclater un mauvais rire de gorge.

Place Monge, nous étions encerclés. Nous voulions faire demi-tour pour sortir de ce piège. Impossible. Les policiers français et les feldgendarms étaient partout. Ils contrôlaient femmes, enfants, vieillards, cyclistes, charrettes à bras. Un feldgendarm a interpellé une jeune femme. Elle a tendu ses papiers. Il a jeté un bref coup d'œil dessus, l'a mise de côté. Elle implorait qu'on la laisse partir. Elle était sortie faire des courses. Son enfant l'attendait à la maison.

— *Jüdin*, a dit le feldgendarm à un policier français qui l'a embarquée sans ménagement dans un fourgon grillagé noir.

La nasse s'était refermée sur nous. Le feldgendarm nous a ordonné d'approcher.

— *Ausweispapiere.*

Nous étions foutus. Je me voyais de retour au frontstalag à creuser d'autres fosses communes, à moins que je ne rejoigne la jeune femme juive pour je ne sais quel sort. Un policier français nous a demandé de lever les mains en l'air pour nous fouiller. Je n'avais sur moi que le billet que m'avait donné M. Grandjean. Samuel n'avait rien, même plus de poussière dans le fond de ses poches. Le policier a ouvert la musette de Tarik et il a montré *Mein Kampf* au feldgendarm. L'Allemand a hoché la tête en guise d'approbation.

— *Ausgezeichnete Lektüre. Exzellente Lektüre.* Vous pas français ?

— Pas vrais Français, ai-je répondu. Nous, musulmans *all trei.*

Le feldgendarm a discuté avec un policier en civil tout en ne nous quittant pas des yeux, puis il a rendu le livre à Tarik et nous a ouvert le passage.

Nous avons détalé.

La mosquée était là-bas, au bout de la rue. On apercevait ses murs blancs, son minaret et son dôme vert.

Tarik a pris le bras de Samuel et il a dit :

— Alors, tu veux toujours être juif ?

29

Cela faisait plus d'un mois que nous allions, à peine le jour levé, à la mosquée. Chaque fois, le chaouch, un chibani mal enturbanné, assis, dos voûté, sur sa chaise devant l'entrée principale, nous servait la même rengaine :

— Le guide Mazouz est souffrant, il se fait soigner à l'hôpital franco-musulman de Bobigny.

Et inlassablement, il nous posait la même question :

— Pourquoi vous voulez le voir ?

Comme nous n'avions aucune confiance en ce vieillard plus roublard qu'un renard, nous lui répondions invariablement que c'était pour une affaire privée.

Lorsque le temps n'était pas trop froid, nous prenions un thé à la menthe dans un des patios de la mosquée. C'était beau comme l'idée que je me faisais du paradis. Il y avait des fontaines qui pleuvaient une eau cristalline sur des vasques de faïence aux reflets bleutés, des arbustes déjà en bourgeons, des allées de colonnes ornées de stuc et surmontées d'arches gravées de calligraphies, de motifs floraux et de petits signes étranges que je ne savais pas déchiffrer.

À toute heure de la journée, des chefs allemands débarquaient pour visiter la mosquée. Ils se faisaient photographier dans les patios, devant les murs ornés de zelliges en forme de croissants et d'étoiles et au pied du minaret. Pour entrer dans la grande salle de prière, ils devaient se déchausser. Fallait voir ça, c'était tout un spectacle. Ils s'assistaient les uns les autres pour retirer leurs bottes noires serrées aux mollets sous les regards espiègles des femmes de ménage.

Sur le tard, Si Kaddour Benghabrit, le chef des chefs de la mosquée, apparaissait, le visage encadré par un turban blanc, couvert d'un burnous rouge brodé de fils d'argent. Il échangeait quelques mots polis avec les Allemands, se laissait prendre en photo avec eux, puis il poursuivait sa promenade solitaire dans les allées des jardins où le chant des moineaux se mêlait aux pleurs des fontaines. Je m'étais approché de lui, une fois, tout près. Je voulais lui dire que nous avions besoin de son aide pour rentrer en Algérie. Mais je n'avais pas osé. Il m'intimidait beaucoup trop. Je m'étais contenté de le saluer en usant de formules hautement respectueuses. Il m'avait souri, demandé mon nom, puis il avait souhaité qu'Allah guide mes pas vers mon bonheur.

Le vendredi, la plupart des fidèles venus pour Al-Sobh, la prière de l'aube, étaient des ouvriers au chômage, des petits commerçants ou des vieux demeurés en France après avoir fait la guerre de mon père.

La prière terminée, Tarik préférait rester au restaurant de la mosquée où l'on distribuait aux plus pauvres du café, des sfendjs, du couscous aux fèves et où l'on discutait jusqu'à la prochaine prière de la possibilité d'une autre façon de voir le monde. Il y avait les « Pour les Allemands », les « Pour les communistes », il y avait encore les « Pour la France », les « Pour Allah » et les « Pour qu'on leur fiche la paix ».

Parfois, ils se chamaillaient, se traitaient de vendus aux nazis, de cocos collabos, de serpillières de la France.

À passer ses journées dans ce restaurant, Tarik s'était fait un camarade, Fodil. Assurément la plus grande gueule de la clique. C'était un type d'une cinquantaine d'années, grand, sec, avec une moustache taillée en fer à cheval. Il était marchand de légumes aux Halles avant la guerre, puis il était devenu militant communiste dans une cellule dormante, puis anarchiste avec une douzaine de fidèles, puis antimilitariste, tout seul. Un matin, il s'était réveillé la tête pleine d'idées d'Hitler. Il s'était déclaré « musulman-hitléro-communiste ». Ce qui faisait de lui un personnage atypique admiré de Tarik car, tout comme lui, il n'entrait dans aucune case.

Je ne supportais plus d'entendre ses éclats de voix, ses certitudes piochées dans le livre des communistes et dans celui d'Hitler. Alors, je les laissais tous les deux à leur projet d'un nouveau monde.

Un jour le chaouch m'a hélé de la main, il avait une bonne nouvelle à m'annoncer. Mazouz était sorti de l'hôpital. Il serait bientôt de retour. Puis il m'a regardé, amusé, et a juré que si je n'avais pas, en permanence, cet air inquiet, je pourrais, avec ma tête de roumi aux yeux pâles, passer pour un agent français de renseignements de la Gestapo.

Avant de retrouver ma chambre de bonne, je me suis arrêté chez M. Grandjean pour lui tenir compagnie et lui faire la conversation. À dire vrai, il s'agissait toujours d'un monologue. Il se répétait, se contredisait, ressassait des souvenirs d'Algérie déjà jaunis. Il savait que je ne l'écoutais pas. Il s'en moquait. Pendant qu'il évoquait Bousoulem et quelques-uns de ses anciens élèves, je me suis attardé sur deux photos dans un cadre en métal doré auxquelles je n'avais jamais prêté attention. Sur l'une d'elles, M. Grandjean était jeune homme. Il posait en costume, cravaté, bras croisés, un brin provocateur. Il était entouré de sa mère, une grande dame brune au regard de biche, et de son père qui lui ressemblait comme un frère. Ils avaient pour leur fils les yeux de l'amour. Sur l'autre photo, M. Grandjean se trouvait avec une jeune femme au sourire pincé. Les nattes tressées en couronne sur sa tête durcissaient les traits de son visage déjà austère. Elle devait avoir l'âge de M. Grandjean : une vingtaine d'années. On ne sentait guère une grande tendresse entre ces deux-là. Leurs bustes étaient raides, leurs mentons portés bien haut et leurs bras tendus le long du corps. M. Grandjean regardait devant lui l'objectif, sans doute.

Avaient-ils été amants, mariés, divorcés ? Frère et sœur ? Avec un peu d'imagination, on pouvait deviner un petit air de famille. Le nez. Ils avaient tous les deux le nez fort. À moins que ce soit la bouche. Non pas la bouche. Celle de M. Grandjean était faite pour dire le goût des autres alors que celle de la jeune femme semblait faite pour donner des ordres.

M. Grandjean a pris les photos. Son index a effleuré chacun de ces visages. Là, c'était son père, là c'était sa mère, là c'était Marie-Anne, sa sœur cadette d'une année. Elle était fermière, à Dives-sur-Mer, avec son époux. Ça faisait des années qu'ils ne s'étaient pas vus. Il espérait lui rendre visite à son retour d'Algérie mais la guerre avait contrarié son projet. Il a reposé les photos sur la commode puis il m'a de nouveau réclamé son dictionnaire. J'ai promis de le lui descendre le lendemain, ou plus tard, enfin prochainement. Il m'a apostrophé au seuil de la porte pour me dire qu'il me trouvait soucieux.

— C'est quoi la Gestapo ? ai-je demandé.

— La Gestapo, méfiance.

Il m'a choqué en m'apprenant qu'aux yeux du chaouch, j'avais une tête d'indicateur de la police civile allemande.

La petite voisine au sourire mélancolique sortait de notre chambre quand je suis arrivé sur le palier. Elle a esquissé un pauvre sourire et s'est empressée de rentrer chez elle.

Samuel était ravi. Mieux que cela. Cette fille avait fait son bonheur pour la journée. Elle avait toqué à la porte. Il avait ouvert et le soleil était entré dans la pièce. Elle voulait savoir l'heure qu'il était. À la vérité, elle se fichait pas mal du temps qui ne passait plus. Parler. Elle voulait parler parce qu'elle n'en pouvait plus d'user sa peine avec son père dans la chambre d'à côté. Elle s'appelait Elvire Bergman. Elle avait dix-huit ans. Elle était juive. Son père était patron d'une tannerie, en banlieue, à Gentilly, pas loin de la place d'Italie. Un de ses ouvriers, dont le frère travaillait dans la police, les avait avertis que la Gestapo allait venir les chercher. Ils avaient ramassé à la hâte quelques affaires et avaient fui chez un ami de la famille, M. Zheir, le tailleur de l'avenue des Gobelins, qui leur avait donné les clefs de la chambre d'à côté. Depuis, le tailleur avait disparu et ils attendaient d'avoir de nouveaux papiers pour tenter de passer en nono.

— Quand vous serez en zone libre, qu'est-ce que vous allez faire ? Vous connaissez des gens là-bas ? lui avait demandé Samuel.

Ils ne connaissaient personne. De toute manière, ils n'avaient pas l'intention de rester en France. Elle rêvait d'Amérique, des chanteurs de jazz noirs, de La Nouvelle-Orléans et des grands séquoias de la Sierra Nevada. Samuel voulait parler de lui, un peu, dire que tout comme elle il espérait des papiers pour retrouver sa terre natale, dire qu'il serait le rabbi de la mosquée des juifs d'El Kseur, dire qu'un jour il faudrait qu'il se marie pour fonder une famille. La vie normale, en somme. Mais il était si troublé que ses mots étaient restés coincés dans sa gorge. La prochaine fois, il se promettait d'être plus hardi. Il avait continué de me parler de la petite voisine, du charme de sa voix, de son sourire de femme enfant et de ses yeux. Ah, les beaux yeux tristes d'Elvire. Tout un feu d'artifice. Il ne la trouvait pas jolie, Elvire. Mieux, elle était son idéal.

— Tu ne serais pas tombé amoureux ?

Samuel a rougi. Il ne savait quoi me répondre et m'a demandé si je l'avais déjà été, amoureux.

— Et comment que je l'ai été, que je le suis encore et que je veux l'être pour toujours.

— Comment est-on certain de l'être, amoureux ?

— Quand je l'ai vue pour la première fois, j'ai éprouvé un sentiment que je n'avais jamais connu auparavant.

Ça n'avait rien à voir avec l'amour que je portais à ma mère ou mon père. C'était autre chose.

— Quel genre d'autre chose ?

— Quand elle était avec moi, plus rien ne comptait. Quand elle était loin de moi, mon cœur s'éteignait, j'étais comme mort. Voilà bientôt quatre ans que je ne l'ai pas vue et je commence à sentir le cadavre.

Samuel ressentait tout cela aussi. Son cœur s'était éteint depuis que la petite voisine l'avait laissé à son trouble.

Tarik est rentré de la mosquée tout excité, il avait une idée de sortie à nous proposer.

— On va écouter de la musique ? s'est réjoui Samuel.

— Oh oui, on va écouter de la musique mais pas seulement. Croyez-moi, vous n'allez pas vous ennuyer.

30

Tarik nous a emmenés dans un drôle de bazar du côté du métro Jussieu. C'était une petite salle sombre, au parquet crasseux marqué de brûlures de mégots, avec un bar derrière lequel un garçon de café en chemise blanche et nœud papillon ne savait plus où donner de la tête pour servir limonade, anisette et vin rouge à d'étranges personnages. Ils avaient l'allure des mauvais garçons que je rencontrais dans les enquêtes du commissaire Maigret. La visière de la casquette cachait leurs yeux, le costume à carreaux ne souffrait d'aucun faux pli et leurs souliers étaient parfaitement cirés. À la seule table, près de l'estrade, des chibanis ventrus fumaient le cigare dans des postures de colons. Samuel et moi on se demandait quel genre de travail pouvaient faire ces Algériens pour être si bien endimanchés un vendredi soir. Et comment pouvaient-ils circuler en toute liberté avec leurs dégaines provocantes alors que les Parisiens faisaient profil bas ou se carapataient à la vue d'un uniforme allemand ? Fodil nous a affranchis. Ces types avaient tous des certificats d'identité musulmane qui les protégeaient contre les arrestations ou la déportation. Certains, ceux qui collaboraient directement avec les nazis, bénéficiaient d'un ausweis, un super laissez-passer, leur permettant de se déplacer de la zone occupée à la zone libre en toute quiétude. En retour, les Allemands espéraient qu'ils entraîneraient derrière eux d'autres musulmans pour prendre les armes contre la France le moment venu. Nous étions stupéfaits d'apprendre qu'il existait des Algériens qui collaboraient, sans vergogne, avec l'ennemi.

Un petit bonhomme mafflu faisant office de présentateur est monté sur l'estrade pour nous annoncer que cette soirée du 3 avril 1942 serait à jamais gravée dans nos mémoires grâce à la présence exceptionnelle du grand nationaliste algérien Mohamed El Maadi. Il y a eu des sifflets, des cris, des hourras, des « Vive El Maadi ! » et des « Tahia Mohamed ! ». Mais avant d'écouter l'orateur, nous avons eu droit à une demi-heure de chants et de musique. Un luthiste et un drabki nous ont joué des airs traditionnels de nos régions. Les plus jeunes sont allés au fond de la salle, dans la pénombre, pour rouler des hanches comme des femmes à chaque rythme endiablé de la derbouka. Puis le duo a chanté l'exil, le déracinement et nos frères morts pour que vive le drapeau bleu, blanc, rouge. Nous étions bouleversés car c'était nos pauvres sorts que l'on voyait défiler à travers toutes ces chansons. Tarik n'écoutait pas. Il était accoudé au comptoir à discuter avec Fodil et d'autres types à casquettes.

À l'entracte, Fodil nous a offert une limonade. Il a levé son verre d'anisette à la santé de Mohamed El Maadi et a émis le vœu que nous nous retrouvions pour d'autres rencontres fraternelles comme celle-ci. Le petit bonhomme a giclé sur l'estrade tel un djinn et a saisi le microphone sur son pied. Nous allions voir ce que nous allions voir, mais surtout nous allions entendre le premier des patriotes algériens. Il y a eu des chuchotements, des toussotements et puis plus rien.

De là où nous étions placés, on ne voyait que sa veste de chasseur aux larges épaulettes, son épaisse chevelure noire et ses bras immenses qu'il a levés, bien haut, en signe de victoire. Samuel lui donnait quarante ans. Moi, je n'arrivais pas à lui donner d'âge, sans doute à cause de son teint pâle, presque maladif, qui gommait les marques du temps. Mohamed El Maadi a laissé courir un instant le silence, nous avons retenu notre souffle, et il a dit :

— Je vais être franc et direct avec vous parce que vous êtes la famille, vous êtes ma famille. Et à la famille, on dit ce qu'on a sur le cœur, mais surtout on dit ce qu'on a dans la tête. Chers frères, cette guerre n'est pas notre guerre. Les Français ont fait venir nos meilleurs enfants pour économiser leur sang. Ils n'auront connu de ce pays que l'horreur des champs de bataille. À partir d'aujourd'hui, nous allons combattre pour notre liberté et notre dignité. Chacun d'entre nous a le devoir de désobéir aux lois injustes. Et leurs lois sont injustes et amorales.

Il y a eu un brouhaha suivi de maigres applaudissements. D'une voix douce et posée, il nous a priés de ne plus l'interrompre et sa parole s'est soudain enflammée :

— Qu'avons-nous eu en retour de notre fidélité et de nos sacrifices pour ce pays ? Rien. Ils continuent de nous mépriser. Ils s'entêtent à nous considérer comme des enfants arriérés qu'il faut éduquer et civiliser. Ils se disent gens respectueux d'autrui, mais de quel autrui parlent-ils ? Ils nous ont dépossédés de nos biens par la ruse, le fusil et la canonnière. Ils se disent gens respectueux d'autrui, pourtant, lors de la conquête, ils ont tué nos pères, nos mères, nos enfants. Ils ont violé nos femmes et nos filles. Ils ont brûlé, saccagé, pillé nos terres. Ils se disent gens respectueux d'autrui, pourtant, la pension d'un soldat colonial vaut le quart de celle d'un soldat français, alors que nous mourons cinq fois plus qu'eux. Ils se disent gens respectueux d'autrui, pourtant, ils traitent les Boches de sauvages. Chers frères, les Allemands ne sont pas nos ennemis. Ils ne nous ont pas salis et soumis à leurs lois scélérates qui nous ont ravalés au rang de sous-hommes.

Rouge de colère, il a poursuivi :

— Que tous les anges du ciel maudissent la France qui nous a avilis. L'heure est à la bravoure et aux grandes décisions. Nous voulons un avenir d'homme et nous l'aurons. Nous allons prendre le flambeau pour éclairer le chemin de notre émancipation. Nous réussirons parce que nous avons notre terre natale et sa race dans la peau. Personne ne nous dictera plus sa loi. Bientôt, avec les Allemands, nous chasserons les colons comme les vautours qu'ils sont.

Ses yeux fous étaient pleins de fureur. Il a conclu sous un feu d'applaudissements :

— Le passé, c'est nous. Le présent, c'est nous. Demain, ce sera toujours nous.

Même dans les bas-fonds d'El Kseur, je n'avais jamais entendu un tel réquisitoire contre la France.

Nous avons prolongé la soirée au bar avec Fodil et Tarik. Ils ne tarissaient pas d'éloges envers Mohamed El Maadi. À coup sûr, a dit Fodil, si nous avions eu un homme de cette trempe quand les Français nous ont envahis, nous n'en serions pas là. Et Tarik d'ajouter que nous payions encore les conséquences de la lâcheté et de la veulerie de nos aînés mais que, désormais, grâce à Dieu et à Mohamed El Maadi, nous allions retrouver fierté et dignité. Ils nous ont demandé ce que nous avions pensé du discours. Samuel et moi étions d'accord sur l'essentiel, les horreurs de la colonisation, ses humiliations et nous qui mourions bien plus que les soldats français. Toutefois une chose me dérangeait. Je ne croyais pas à l'assistance des Allemands pour nous libérer de la France. Je me souvenais comme si c'était hier, car c'était hier, qu'ils avaient refusé de nous déporter chez eux, dans leurs camps de travail, avec les autres prisonniers de souche européenne, parce que nous les répugnions.

Fodil a balayé l'argument d'un revers de main et affirmé que la victoire définitive de l'Allemagne contre l'Europe signerait notre libération. Samuel partageait mon avis. Il a rappelé à Tarik sa lecture de *Mein Kampf* et le sort qu'Hitler réservait aux siens.

— Les Juifs, les Juifs, encore les Juifs, c'est une obsession. Vous n'êtes pas seuls sur terre.

— Et nous, les musulmans, pour qui on meurt ? Pour la France. Pour quoi ? Pour défendre la liberté des Français et celle de nos roumis. Et nous, tu y penses à nous, les musulmans ? a dit Fodil, irrité par notre scepticisme.

Tarik a posé sa main sur l'épaule de Samuel et, sur un ton exagérément fraternel, lui a demandé de choisir son camp avant qu'il ne soit trop tard. Samuel a repoussé sa main. Il lui était impossible d'être du côté des partisans d'Hitler après tout ce qu'il avait vu et entendu sur ses frères depuis qu'il était à Paris.

— Et toi Adam, tu as choisi un camp ? C'est le nôtre, celui d'El Maadi, n'est-ce pas ?

Trois types à casquettes, la cigarette au coin des lèvres, le regard menaçant, m'ont entouré.

Je ne me suis pas dégonflé.

— Quand je regarde derrière moi, ai-je dit, je ne vois que le corps de mon père mutilé, pourri par la gangrène et l'ingratitude de l'armée française. Quand je nous regarde, aujourd'hui, je nous vois otages de la barbarie des uns et des autres. Ce que j'ai appris des Allemands, je l'ai subi tous les jours au frontstalag. Nous vivions comme des animaux, levés avec le jour, couchés avec la nuit. Je ne leur ferai jamais confiance pour nous libérer. Vainqueurs avec la France ou vaincus avec l'Allemagne, nous, les Algériens, nous serons toujours perdants. Si nous devons être libres de notre destin, nous ne le devrons qu'à nous-mêmes.

Fodil et Tarik ont éclaté d'un rire complice, heureux de penser que j'étais un sacré naïf, tandis que les autres se sont moqués de moi en me crachant leur fumée de cigarette à la figure. L'un d'eux, ivre d'anisette, m'a bousculé et a hurlé que seul Hadj Adolf Hitler nous délivrerait de l'empire colonial.

Tarik n'a pas voulu partir avec nous. Sur le chemin du retour, Samuel et moi n'avons parlé de rien, je crois. Nous regardions les immeubles de l'avenue des Gobelins assombris par le déclin de la nuit et nous percevions dans le lointain, comme une menace, les bruits de bottes.

Elvire était sur le palier, assise sur une caisse en bois ; elle attendait son père. Samuel lui a proposé d'entrer chez nous le temps qu'il revienne. Elle m'a regardé puis elle a fait non avec le doigt.

31

D'autres jours ont suivi et nous étions toujours sans nouvelles de Tarik. De bonne heure, nous partions à sa recherche dans le quartier et plus loin encore, jusqu'au jardin du Luxembourg, au risque de nous faire arrêter par la police parisienne : il était introuvable. Nous sommes retournés à la salle, le serveur au nœud papillon ne l'avait pas revu depuis la réunion avec Mohamed El Maadi. Je me suis rendu, aussi, à la mosquée pour questionner le chaouch. Lui non plus ne l'avait pas revu, mais il m'a appris que les Allemands étaient sur les nerfs à cause des attentats de plus en plus fréquents, de plus en plus meurtriers contre eux. Il m'a mis en garde : Juifs, gitans, vagabonds, putains, pédérastes, tous étaient raflés à tour de bras. Il était possible que Tarik ait été du nombre. Dans ce fatras de mauvaises nouvelles, il en avait une bonne à m'annoncer : Mazouz reprendrait son poste vendredi, jour de la grande prière. C'était officiel.

Un soir, alors que nous désespérions de le revoir en vie, il a réapparu. J'étais si heureux de le retrouver sain et sauf que je n'ai pas eu le cœur de le réprimander pour les journées d'angoisse que nous avions subies par sa faute.

Il ne portait plus les vêtements que lui avait fournis le Sidi de Bel-Abbes, mais avait adopté la tenue des mauvais garçons. Il était venu nous dire au revoir ou adieu – il ne savait pas encore –, en tout cas, il nous quittait pour habiter avec Fodil dans son appartement au confort moderne, place de Clichy. Ça, c'était définitif. Pour sûr, il n'oublierait jamais nos années de souffrance au frontstalag qui avaient tissé entre nous des liens fraternels indéfectibles mais ça, c'était hier, désormais il lui fallait aller de l'avant. Son futur, il ne l'envisageait qu'avec son nouveau compagnon de route, Fodil. Ils allaient combattre pour un monde musulman, national, socialiste, où régneraient l'ordre, le progrès, l'égalité, la sécurité, un monde musulman, national, socialiste, où chaque race ne serait pas abâtardie par les mélanges. Un monde musulman, national, socialiste, pour le bonheur des peuples contre les banques et les grands patrons. Un monde musulman, national, socialiste, dans lequel nous n'avions pas notre place puisque nous refusions d'adhérer à ses idées. Quant à son retour à Fenaïa, il avait remis son projet à plus tard. Après que les Allemands nous auraient débarrassés de la France. Submergé par une colère qu'il avait jusque-là vainement tenté de contenir, il a martelé en détachant chaque syllabe :

— *Franzozen* dehors. L'Algérie aux Algériens.

Il s'apprêtait à créer une association de partisans de Mohamed El Maadi dont il serait le président.

— Toi, président ! Tu t'es vu ? Tu n'es qu'un vagabond sans papier qui vend son âme à Hitler, ai-je répliqué brutalement.

Il m'a regardé avec condescendance et il a dit :

— Les papiers, c'est une affaire réglée. Fodil va m'en procurer. Plus besoin de faire le pied de grue à la mosquée à attendre un guide qui ne viendra jamais.

Il a rassemblé ses affaires – une chemise, une écharpe, sa musette, *Mein Kampf* planqué sous son matelas – et il est sorti en claquant la porte.

On s'est regardés un long moment, tous les deux silencieux, assis sur nos matelas.

Qu'est-ce qu'on avait à se dire qu'on ne savait pas l'un de l'autre ?

Je savais tout de Samuel. Il savait tout de moi. Si bien que j'avais l'impression que nous étions sortis du même ventre.

Nous sommes descendus chez M. Grandjean pour changer d'air, changer de décor, changer de silence.

J'ai préparé une purée de topinambours que personne n'a touchée. M. Grandjean est resté dans son fauteuil à relire un journal vieux de trois années ramené des toilettes. Un gros titre barrait la première page : « L'armistice est signé ».

Ce soir-là, j'ai trouvé son regard plus éteint que d'habitude. Je lui ai demandé s'il allait bien. Il a replié le journal ; il voulait revoir sa sœur Marie-Anne, tout de suite.

— Vous voulez qu'on parte à Dives-sur-Mer, maintenant. Vous plaisantez. Et d'abord, il est où ce village ?

— En Normandie.

— Et c'est où, cette Normandie ?

— Loin.

— Si c'est loin, nous irons demain.

Il était d'accord.

J'ai recouvert ses épaules d'un plaid. Il a regardé Samuel, plissé le front, comme s'il essayait de mettre un nom sur son visage.

— Ne cherchez pas, monsieur Grandjean. Je suis Samuel. Vous pouvez oublier Tarik, il ne reviendra plus.

Quand nous sommes arrivés devant la porte, j'attendais qu'il m'interpelle pour me rappeler de lui descendre le petit dictionnaire. Il ne l'a pas fait. Sa mémoire lui échappait un peu plus de jour en jour. Il soliloquait... Passy, Ivry...

Sur notre palier, Elvire était là, dans son petit manteau noir, adossée contre la porte. Elle voulait savoir l'heure qu'il était.

— Il est l'heure de parler, a répondu Samuel en rougissant de confusion.

J'étais de trop.

Je suis redescendu.

J'ai erré au hasard des rues comme le vagabond que j'étais. J'ai pensé à Tarik. Je l'avais aimé comme un frère, désormais c'était un étranger. J'avais peur pour Samuel, peur de cette grande ville, peur des bruits de bottes sur le trottoir d'en face.

Rue Pascal, il y avait un petit café, plus laid que Le Sidi de Bel-Abbes. Il était éclairé par de pauvres ampoules électriques au-dessus du comptoir. On devinait, à travers la vitre embuée, les belles flammes dansantes rouge et jaune d'un poêle à bois.

Je suis entré.

Au comptoir, quatre clients aussi gris que les murs de l'établissement ont coulé sur moi un regard soupçonneux. Le patron, un homme au teint de brique, court sur pattes, et bien nourri, m'a lui aussi regardé avec méfiance. J'ai commandé un café. Il m'a montré la pendule au-dessus de l'étagère des bouteilles d'alcool vides qui n'étaient là que pour la décoration : neuf heures venaient de passer. Il fallait que je me dépêche de boire car il allait fermer dans la demi-heure. Je me suis attablé dans le coin le plus sombre de la salle, près de joueurs de belote bien trop absorbés par leur partie de cartes pour me prêter attention. Son café était une escroquerie, c'était de la chicorée, la même que l'Alilou servait aux Buveurs de Soleil. Je voulais le lui rendre mais la chaleur du poêle m'a retenu. Les joueurs de belote ont jeté leurs cartes sur le tapis et ils ont éclusé un dernier verre de vin rouge pour la route, comme il disait. L'un d'eux, un homme tout en maigreur dont le cou flottait dans le col roulé de son pull mangé par les mites, s'est dressé devant moi en me dévisageant. Il y avait de la dinguerie et du désespoir dans ce regard-là.

Il a pris l'assistance à témoin :

— Au risque de me répéter, mes amis, cette guerre, ce n'est pas notre guerre. C'est une guerre pour le pognon. Et nous, du pognon, on en a plus. Nous, on n'a que nos morts pour pleurer.

Les joueurs de cartes ne réagissaient pas, lassés sûrement de l'entendre leur seriner ce même refrain.

Le patron bâillait d'ennui, l'œil rivé sur sa pendule : il l'a pris à parti.

— Jacques, tu le sais bien toi aussi, que tout notre malheur c'est la faute des francs-maçons, de la finance internationale et de la juiverie internationale.

Il s'est de nouveau tourné vers moi. Ses petits yeux gris crachaient des éclairs.

— Vous êtes citoyens français, comme nous. Mais vous, les youpins, vous ne serez jamais comme nous. Ce n'est pas pour votre attachement à nos valeurs que vous avez sollicité la nationalité, c'est par intérêt. On en peut plus d'être privé de tout pour que vous vous engraissiez à nos dépens. Un jour, il vous faudra nous rembourser, ensuite nous vous renverrons dans vos sables d'Orient. Longue vie au Maréchal !

— Longue vie au Maréchal, a repris mollement un des clients accoudé au comptoir.

Les joueurs ont rangé les cartes et se sont donné rendez-vous pour plus tard. En payant mon café, j'ai demandé au patron s'il savait ce qu'étaient des francs-maçons. Évidemment qu'il le savait. Il avait eu affaire à eux bon nombre de fois avant la guerre. C'était des ouvriers du bâtiment. Des gars tout ce qu'il y a de plus fiables et sérieux. Avec eux, pas d'entourloupe, les devis étaient respectés au franc près. D'où l'expression « franc-maçon ».

Je ne voyais pas le rapport entre ces ouvriers du bâtiment, la finance internationale et les Juifs, mais il y avait tant de choses que j'ignorais.

32

Le chaouch nous a demandé d'attendre sur un banc du petit patio au bout du jardin, le temps que Mazouz ait fini de faire visiter la mosquée à deux chefs allemands, des très grands ceux-là. Ils étaient coiffés d'une casquette à visière noire et portaient un long manteau de cuir avec toute une collection de galons dorés aux manches et aux épaulettes. Mazouz leur expliquait, à haute voix comme s'ils étaient sourds, que la mosquée avait été construite après la Première Guerre en remerciement du sacrifice des tirailleurs marocains et algériens envers la patrie. Un très grand chef a secoué la tête.

— *Wunderbare Arbeit.*

L'autre aussi trouvait la mosquée « *sehr schöne* ». Mazouz faisait des risettes, des salamalecs, des courbettes. À le voir, comme ça, à distance, il ressemblait à n'importe qui, je veux dire à n'importe quel Arabe des sables de chez nous. Il était de taille modeste, ses cheveux étaient crépus, sa peau fort mate, elle tirait même sur le noir, et il s'était infligé une moustache, le modèle entre Hitler et le caïd El Hachemi.

Samuel se rongeait les ongles et martyrisait ses doigts. Afin qu'il ne commette pas d'impair, je lui ai rappelé ce dont nous étions convenus avant de quitter notre chambre : désormais, il se nommait Samir Zerbib. Mais il n'était pas avec moi, il était toujours avec la charmante Elvire. Elle lui avait encore parlé de l'Amérique, de ses chanteurs de jazz noirs de La Nouvelle-Orléans et des grands séquoias de la Sierra Nevada, puis ses grands yeux sombres avaient fixé le ciel d'encre à travers la petite lucarne. Elle avait songé à sa mère, morte en accouchant d'elle. Elvire n'avait qu'une photo d'elle prise dans leur appartement de Gentilly, un mois avant qu'elle lui ouvre les portes du monde. Son père disait qu'elle était sa réplique. Elvire ne se trouvait aucun trait commun avec sa mère. Parfois, elle lui manquait beaucoup. Elle ne s'expliquait pas comment on pouvait sentir le manque d'une personne que l'on n'avait jamais connue. Samuel lui avait décrit nos oliviers si vieux qu'ils avaient connu les Grecs et les Romains, nos paysages d'or, de lumière, de feu, notre mer qui était notre seconde mère. Il lui avait parlé des jours du shabbat à El Kseur et de celui de la fête du Yom Kippour. Et il lui avait chanté une chanson qu'il tenait de sa mère qui elle-même la tenait de… Elvire l'avait écouté avec attention. Elle était si touchée qu'elle n'avait pu se retenir de l'embrasser sur les deux joues. Samuel, pris au dépourvu par cette marque d'affection spontanée, ne savait pas s'il devait lui rendre ses baisers ou s'il devait lui prendre la main et se déclarer enfin.

Elvire avait ri de le voir si désemparé :

— Tu feras un bon père de famille, Samuel. Tu as une voix faite pour chanter des berceuses aux petits enfants.

Comme il ne savait pas si c'était un compliment ou une moquerie, il avait ri pour lui faire plaisir. Son père était venu la chercher alors qu'il allait se décider à lui avouer qu'elle était son idéal. Elvire avait fait les présentations – son père se prénommait Jacob –, puis s'était ensuivi un long silence gêné entre les deux hommes. Samuel pensait en regardant le père et la fille – tout comme moi d'ailleurs – que les Juifs étaient un bien curieux peuple. Ils ressemblaient aux gens de l'endroit où ils étaient nés. Les Bergman, comme tous les autres Juifs de Paris, ressemblaient à de vrais Français. Pareil pour les Juifs de chez nous, on les confondait souvent avec les Arabes ou les Kabyles. Du coup, je trouvais étrange, et je ne comprenais pas, que les Algériens établis à Paris depuis tant et tant d'années soient restés physiquement inchangés.

Elvire avait brisé cette plage de silence en informant son père que Samuel serait rabbin dans les colonies, une fois la guerre terminée. Le pays, le village, elle les avait oubliés. Son père et Samuel avaient parlé de leur Dieu, de leur religion et de leur peuple toujours frappé par le malheur. Avant d'être contraint à la clandestinité, M. Bergman allait prier pour le shabbat à la synagogue de la rue de la Victoire. Avec l'aide de Dieu, il espérait y retourner bientôt.

Samuel a continué de me parler d'Elvire mais je n'étais plus avec lui. J'avais les yeux braqués sur Mazouz, toujours en discussion avec les très grands chefs allemands. Un ballon bleu a roulé à mes pieds.

Un petit garçon aux joues pleines et au regard malin a jailli d'un rideau d'arbustes. J'ai jonglé, j'ai dribblé, j'ai feinté et d'un coup de tête, je lui ai renvoyé son ballon.

— Comment t'appelles-tu ? m'a-t-il demandé du haut de son mètre trente.

— Adam Aït Amar. Et toi ?

— Philippe.

— Philippe comment ?

— Bouvard.

— Qu'est-ce que tu fais là, bonhomme ?

Chaque semaine, sa mère avait rendez-vous avec le recteur Kaddour Benghabrit, un ami de la famille. Il ne savait pas ce qu'ils se disaient, ni ce qu'ils faisaient tous les deux mais ça lui paraissait interminable. Alors, exceptionnellement, ce jour-là, on l'avait autorisé à jouer au ballon dans les jardins de la mosquée...

— Ta maman est musulmane ?

Il a fait non avec la tête puis il a murmuré qu'elle n'était pas chrétienne non plus.

— Juive ?

Il a fait une croix avec son doigt sur sa bouche et il a disparu ballon au pied derrière le rideau d'arbustes.

La visite était terminée. Mazouz a raccompagné ses hôtes jusqu'à la sortie. Puis il est venu nous voir, suivi du chaouch sur ses talons.

— C'est à quel sujet ? a-t-il demandé sans ménagement.

— C'est justement à leur sujet qu'ils veulent te voir, je te l'ai dit plusieurs fois, a répondu le chaouch.

Puis il s'est effacé pour reprendre sa surveillance devant la grande porte d'entrée. Je n'y suis pas allé par quatre chemins. Je lui ai raconté les épisodes de notre itinéraire jusqu'à Paris : l'arrachement à notre terre natale, Haubourdin, le frontstalag, notre évasion, la gare du Nord et la chance que nous avions eue de pousser la porte du petit café de la rue de Maubeuge. Ça ne l'émouvait pas tant que ça, notre fameuse épopée. Tout juste a-t-il concédé un bref rictus de compassion.

— Qu'est-ce qui me dit que c'est bien le Sidi qui vous envoie à moi ?

J'ai prononcé le mot de passe : rue Tarfaoui.

D'hostile, son regard est devenu amical, paternel presque. Ah le Sidi, son cousin, son frère ! Ça faisait un bout de temps qu'ils ne s'étaient pas vus. Il avait pensé l'alerter quand il avait été hospitalisé pour des crises de coliques néphrétiques mais il s'était ravisé. Comme nous nous impatientions, il a résumé notre situation : prisonniers évadés, sans papiers, nous voulions des certificats d'identité musulmane pour essayer de rentrer chez nous. J'ai confirmé que c'était bien ça. Il nous a montré son bureau, une petite pièce guère plus grande que notre chambre, et nous a priés de l'attendre à la porte.

Le petit garçon aux yeux malins est passé devant nous avec sa mère, une dame en manteau de fourrure dont le visage était dissimulé derrière la voilette de son chapeau. Il s'est retourné sur moi. Sa mère l'a tiré par le bras. Son ballon bleu lui a échappé des mains. Je le lui ai renvoyé. Il l'a récupéré et a crié que j'étais un champion.

— Tu crois que Mazouz va revenir ? m'a demandé Samuel d'une voix atone.

— Bien sûr.

— Comment peux-tu en être sûr ?

— Je ne suis sûr de rien. Je le crois. C'est tout.

— Comment peux-tu croire quelqu'un que tu n'as vu que quelques minutes ? Et s'il était parti appeler la police pour nous dénoncer ?

Il m'agaçait.

— On est bien d'accord, Samuel, tu m'emmerdes pour essayer d'oublier la voisine ?

Il a concédé que depuis qu'Elvire était entrée dans son cœur, elle lui mangeait toutes les secondes de sa vie. Puis il a dit :

— Tu crois qu'une jeune fille... enfin une jeune femme comme elle, bourgeoise, civilisée, intelligente, bien éduquée... je veux dire une Parisienne, pourrait s'adapter à El Kseur ? Je veux dire à notre mode de vie, à notre mauvais français, à nos emportements, à nos certitudes, notre mauvaise foi et à nos mensonges ?

J'ai réfléchi longuement et j'ai répondu :

— Pour supporter tout ça, l'amour ne suffira pas. Il faut qu'elle soit folle de toi à en perdre la raison.

Avant de lui proposer de changer de vie, il fallait déjà qu'il sache si elle éprouvait des sentiments pareils aux siens. Il se promettait d'être plus audacieux lors de leur prochaine rencontre. Si par bonheur elle lui disait que son cœur s'affolait dès qu'elle le voyait, il irait sur le champ faire sa demande à son père.

Mazouz avait intercédé auprès de l'imam Abdelkader Mesli, le second personnage de la mosquée. Notre affaire s'annonçait bien. Nous devions être polis, à l'écoute, ne pas raconter notre vie. Il l'avait déjà fait. D'ailleurs des aventures comme la nôtre, il en avait entendu des dizaines. Nous l'avons suivi dans une annexe de la mosquée où des jeunes gens en costume-cravate tout ce qu'il y a de plus sérieux allaient d'un endroit à un autre les bras chargés de dossiers.

La porte d'un bureau s'est ouverte. Un chaouch nous a fait signe que nous pouvions entrer. L'imam Abdelkader Mesli nous recevait entre deux rendez-vous, toutefois il prendrait le temps nécessaire pour nous informer de la situation. C'était un homme d'une quarantaine d'années, au regard doux, comme l'était sa voix. On ne l'imaginait pas haranguer une foule de petits voyous avec des discours enflammés dans une salle enfumée de bistrot, comme l'avait fait Mohamed El Maadi.

Contrairement à ce que nous avait rapporté Mazouz, nos vies de merde l'avaient touché comme le touchaient toutes les vies brisées qu'il essayait de sauver. Mais il n'était ni Dieu ni prophète, et c'était bien dommage, avait-il ironisé. Il était juste un imam qui faisait de son mieux pour aider son prochain.

Il a sorti du tiroir de son bureau, pour chacun de nous, un formulaire à liseré noir pareil à un faire-part de deuil. Nous devions indiquer nos nom, date et lieu de naissance et jurer sur l'honneur que nous étions musulmans. Il nous a donné un porte-plume et je me suis appliqué à écrire. Samuel a plongé la plume dans l'encrier ; sa main tremblait. Une goutte d'encre s'est écrasée sur son formulaire.

Il a reposé la plume :

— Je suis un homme de foi, moi aussi, cher imam. Je ne peux pas, je ne veux pas mentir. Je suis juif.

L'affaire n'était déjà pas simple, elle devenait très compliquée. L'imam Abdelkader Mesli doutait maintenant de ma sincérité. Il m'a demandé de réciter la chahada, la confession de foi qui assure que je suis un authentique musulman. J'ai attesté qu'il n'y a de Dieu que Dieu et Mohammed, que le salut soit sur lui, est son prophète.

Puis j'ai rempli, à la place de Samuel, son formulaire pour lui éviter de pécher. Un collaborateur a ouvert la porte pour avertir l'imam Abdelkader Mesli que son rendez-vous était arrivé. Ce dernier pensait que les certificats seraient prêts sous quarante-huit heures, le temps de les faire viser par le recteur Kaddour Benghabrit. Nous ne savions pas comment le remercier. Ça tombait bien, il détestait les salamalecs.

Il nous a raccompagnés à la porte de son bureau et il m'a dit :

— Tu es musulman, d'accord. Mais tu ne serais pas un peu juif, aussi ?

— Nous sommes tous les enfants d'Abraham, ai-je répondu d'une petite voix.

— Il n'y a rien de plus vrai, Adam. Le premier homme qu'Allah a créé avant Abraham.

33

J'avais interrompu Samuel, en grande conversation sur le palier avec M. Bergman, pour lui demander de passer chez M. Grandjean afin de le surveiller pendant que je serais chez le Sidi de Bel-Abbes, et je lui avais donné les clefs de l'appartement. Il les avait glissées dans sa poche tout en continuant de discuter, captivé qu'il était par les propos de M. Bergman sur la manière qu'avaient les juifs français d'observer le shabbat.

Avenue des Gobelins, les policiers parisiens contrôlaient tout le monde puis faisaient le tri entre les vrais Français, les Juifs et « les autres » qu'ils considéraient de race indéterminée. Des feldgendarms, dans leurs dos, les avaient à l'œil des fois qu'ils se montreraient trop laxistes. C'était la première fois que je me faisais contrôler. Un policier a examiné mon certificat au recto et au verso. Il n'avait jamais eu entre ses mains un tel document. Il a exigé une pièce d'identité avec ma photo. J'avais les mains moites et mon cœur battait si méchamment que j'ai cru qu'il allait s'arracher de ma poitrine. J'ai fait comme si je ne le comprenais pas. J'ai baragouiné quelques mots de kabyle et de mauvais français. Son supérieur lui a pris des mains mon certificat, il l'a lu rapidement et il a dit :

— Pour les Nord-Af, ce papier, ça suffit. Tu peux le laisser passer.

Il m'a rendu mon certificat et j'ai dévalé les marches du métro. J'étais habité par des sentiments contradictoires. J'étais soulagé de n'être ni juif ni « un autre » mais j'avais, aussi, la mauvaise conscience d'être privilégié au regard des Allemands. J'ai essayé de déculpabiliser en songeant que j'en avais tant bavé ces dernières années que je ne l'avais pas volé, ce privilège.

Si c'était la première fois que je me faisais contrôler, c'était aussi la première fois que je prenais le métro, ce train souterrain qui, dans un bruit de ferraille, filait de station en station dans les boyaux noirs de Paris. Face à moi, il y avait deux soldats allemands. Ils étaient jeunes, heureux, blonds. Ils parlaient de la beauté de la ville et de ses « *junge Frauen* » au charme irrésistible. Deux jolies jeunes femmes sont montées à la station Opéra, ils se sont levés spontanément pour céder leurs places. Elles n'étaient pas insensibles aux sourires, à la blondeur et aux politesses de l'occupant. Je le voyais à leurs yeux mutins qui frisaient.

Je suis descendu à la station Cadet. Quand j'ai revu le jour, je n'avais rien oublié de la rue de Maubeuge. Le petit café était à cent pas de moi.

Le Sidi savait, par Mazouz, que j'avais récupéré les certificats il y a plus d'un mois déjà. Un instant, j'ai pensé lui expliquer que si je n'étais pas venu plus tôt pour le remercier, c'était parce que j'occupais le plus clair de mon temps à surveiller M. Grandjean dont l'esprit vagabondait chaque jour un peu plus dans des brumes d'où l'on ne revient jamais. Finalement, j'ai préféré laisser mes soucis à la porte et je l'ai salué, à notre manière, la main sur le cœur. Le Sidi était content de me revoir. Ça le changeait de ses chibanis colériques, acariâtres et menteurs qui croupissaient dans sa salle à claquer des dominos sur la table en buvant du thé à la menthe jusqu'à ce que leurs vessies soient pleines à craquer. Il m'a demandé des nouvelles du juif, c'est comme ça qu'il a appelé Samuel parce que son prénom ne lui revenait pas.

— Il va comme peut aller un juif avec un certificat d'identité musulmane en poche. Il dit qu'il est un juif honteux.

Le Sidi comprenait sa peine et son désarroi. S'il avait dû sa survie à un certificat d'identité juive, il se serait senti honteux et chagriné.

J'ai étalé des pièces de monnaie sur le comptoir pour lui payer un verre.

Il les a repoussées :

— Je suis plus vieux et plus riche que toi, Adam. Tu paieras quand tu auras fait fortune.

J'ai levé les yeux au ciel en souriant car cette perspective de devenir riche un jour m'apparaissait comme une absurdité. Lui aussi avait souri mais ce n'était qu'un rictus de tourment. Il avait un problème. Le téléphone arabe venait de l'avertir que son karlouch s'était fait arrêter par les feldgendarms, aux Batignolles, avec sa commande. Son karlouch, Batignolles, sa commande, je ne saisissais rien à son langage.

— Bougre de canard. Tu ne connais rien à rien.

Les chibanis ont cessé de jouer et se sont tournés vers moi. Certains ont ri de toute leur bouche édentée.

Le Sidi m'a offert un verre de limonade puis m'a éclairé. Karlouch, « Noir » en arabe, jusque-là, tout était clair. Mais « son » karlouch ?

— Tu as un domestique noir ?

Je le désespérais. Son karlouch était un Français qui le ravitaillait en beurre, œufs, fromages, parfois en volaille, qu'il revendait à des restaurateurs du quartier au prix fort. C'était ainsi qu'il arrondissait ses fins de mois. Le gars tenait sa marchandise du marché noir. Donc, son karlouch, comme il l'avait surnommé, s'était fait arrêter... Désormais, il serait contraint de faire la queue avec des tickets de rationnement devant des magasins vidés de l'essentiel comme un pauvre Parisien. Quant à ses fins de mois, n'en parlons pas, ce n'était pas les buveurs de thé qui allaient lui remplir son tiroir-caisse. Voilà pourquoi il était d'humeur maussade, le Sidi.

Je n'avais plus soif, mais le Sidi m'a quand même servi une autre limonade. Il trouvait que c'était dommage que mon accent pue l'huile d'olive, parce que avec mon air rusé et ma gueule de vrai Français, je pourrais faire du marché noir et gagner beaucoup d'argent.

— On est toujours trahi par son accent, Sidi.

Qu'est-ce qu'on avait de mieux à se dire ?

On s'est souhaité le meilleur pour les jours à venir et une bonne santé pour retrouver, bientôt, nos proches laissés au pays. Des paroles chaleureuses et creuses qui ne menaient à rien.

On s'est quittés en espérant se revoir bientôt, inch'Allah, et si Dieu ne le voulait pas, on s'était donné rendez-vous dans un des bistrots du monde où l'on va après.

La concierge de l'immeuble m'attendait, impatiente, sur le pas de sa porte. La police avait ramené chez lui M. Grandjean sur le coup des deux heures de l'après-midi. Il errait dans le jardin du Luxembourg, tête nue, chemise débraillée, ne sachant plus où il demeurait.

— Il perd la boule, c't'homme-là. Moi-même, il me confond avec une de chez vous. Il m'a appelée Ladjouza. Est-ce que j'ai une tête de Ladjouza ?

Je ne l'ai pas écoutée davantage et je suis monté chez M. Grandjean. Il était assis dans son fauteuil, l'œil vif, donnant l'illusion d'avoir retrouvé sa lucidité.

— Où est Samuel ? ai-je demandé.

— Il est parti tout à l'heure. Il me m'a pas dit où. Une jeune fille est venue me tenir compagnie. Elle n'est pas restée longtemps. C'est quelqu'un de très bien. Elle sait tous les poèmes de Paul Éluard. Elle m'a récité celui que je préfère : « L'Amoureuse ». Tu te souviens, Adam. Je te l'avais donné à apprendre par cœur.

Il a récité :

— *Elle est debout sur mes paupières,*
Et ses cheveux sont dans les miens,
Elle a la forme de mes mains,
Elle a la couleur de mes yeux,
Elle s'engloutit dans mon ombre,
Comme une pierre sur le ciel...

Puis traînant le pas, il est allé dans sa chambre et il s'est alité. J'ai éteint la lumière et j'ai murmuré, la voix nouée par l'émotion :

— *Elle a toujours les yeux ouverts*
Et ne me laisse pas dormir.

J'ai refermé la porte derrière moi.

Elvire faisait les cent pas dans le couloir. Son père et Samuel n'avaient pas su résister à l'appel de la prière du shabbat. Ils étaient partis rue de la Victoire vers onze heures du matin ; la nuit était tombée, ils n'étaient toujours pas revenus. Pourtant, son père, qui savait l'endroit surveillé par la Gestapo, n'avait pas voulu prendre le risque de s'y rendre, mais fort de son certificat d'identité musulmane, Samuel avait dit qu'en cas de contrôle, il présenterait M. Bergman comme son beau-père, et il avait ajouté avec ironie : « Mohamed Bergman, ça vous convient ? »

Ça n'avait pas amusé Elvire. Et ça ne me faisait pas rire davantage. Avant de reprendre le métro, j'avais vu, à l'angle des rues Lafayette et de Maubeuge, une affichette sur laquelle il était écrit qu'à compter du 29 mai, les autorités allemandes imposeraient aux Juifs de plus de six ans le port d'un signe distinctif, une étoile à six branches taillée dans une étoffe jaune. Elle devrait être cousue sur le vêtement à hauteur de la poitrine gauche. On devrait y lire en gros caractères pseudo-hébraïques le mot « Juif ».

Nous étions le 30 mai 1942.

L'avenir des Juifs s'annonçait encore plus sombre que dans le livre d'Hitler. Elvire en voulait à Samuel d'avoir entraîné son père à la synagogue. Elle en voulait aux Juifs d'être juifs. Elle en voulait à son père de l'avoir confinée dans la chambre d'à côté, là où le soleil ne s'aventurait jamais.

Et pour combien de temps encore ?

Elle en voulait aux Allemands d'être des nazis. Elle en voulait au Maréchal d'être Pétain. Elle en voulait à l'Amérique d'être si lointaine.

Elle s'est assise sur le lit de Samuel et, la rage au cœur, elle a dit :

— Qu'est-ce qu'on a fait au bon Dieu pour mériter ça ?

Puis elle m'a demandé pourquoi on ne les aimait pas.

J'ai répondu que moi, je l'aimais bien.

— Comment ?

— Comme une voisine.

— Sois franc avec moi, Adam. Toi non plus, tu n'aimes pas les Juifs ?

— Je ne peux pas t'aimer parce que tu es juive, comme je ne peux pas aimer les musulmans parce qu'ils sont mes frères. Je ne peux aimer que les gens que j'aime. Sans doute parce que je n'ai pas le cœur assez grand. Et toi, tu m'aimes ? Tu aimes tous les musulmans ?

À ce moment-là, Elvire détestait l'humanité. Je la comprenais. Il m'était arrivé dans mon village, à la guerre, au frontstalag, de désespérer de la race humaine. J'ai fait du café. J'ai allumé la bougie. Elle avait peur pour son père, peur pour Samuel, peur qu'ils aient été avalés tous deux par les ténèbres.

Le lendemain, je me suis rendu à la mosquée avec l'espoir de glaner des informations sur ce que devenaient les Juifs disparus. Le chaouch n'était pas seul à l'entrée de la grande porte. Il était flanqué de soldats allemands qui vérifiaient les papiers des fidèles et des rares touristes. C'était un peu à la tête du client. Moi, ils m'ont épargné. Mazouz m'a attiré dans son réduit ; il était furieux. Des agents de la Gestapo perquisitionnaient les bureaux du recteur Kaddour Benghabrit tandis que d'autres interrogeaient l'imam Abdelkader

Mesli. Ils avaient la preuve qu'ils délivraient des faux papiers à des individus juifs. Samuel s'était fait arrêter avec d'autres Juifs, rue de la Victoire, par la police parisienne. En le fouillant, on avait trouvé son certificat d'identité musulmane signé par l'imam et contresigné par le recteur. Mazouz craignait qu'on les embarque tous les deux en prison. Par la fenêtre de son bureau, on a vu apparaître l'imam Mesli encadré des agents de la Gestapo. Le recteur Benghabrit a raccompagné un grand chef allemand jusqu'au portail. L'Allemand a retiré son gant et lui a tendu la main. Le recteur Benghabrit a feint de n'avoir rien remarqué et a fait demi-tour. Mazouz ne décolérait pas. Il redoutait que le prochain à passer entre les mains de la Gestapo soit lui et qu'on l'accuse, pourquoi pas, de faire de l'argent sur le dos des Juifs.

Qu'est-ce qu'il aurait eu à répondre à ça ?

Il a juré sur ce qu'il avait de plus cher, sa vieille mère restée à Bel-Abbes, qu'il n'avait jamais touché le moindre centime de Juifs. Je lui ai demandé s'il savait où on avait emmené Samuel.

— Je suis en train de t'expliquer qu'on risque de tous finir en camp ou en prison. Et toi, tu t'inquiètes pour ton Juif. Ton Juif, puisque tu tiens à le savoir, à l'heure qu'il est, il est parti rejoindre ses frères en Allemagne.

Il m'a saisi par le bras et m'a interdit de remettre les pieds à la mosquée.

J'ai marché de rues en boulevards et de boulevards en nulle part. Je ne voulais pas rentrer dans la petite chambre. Je n'avais pas le courage d'affronter les grands yeux mélancoliques d'Elvire, pas la force de lui annoncer que son père et Samuel étaient loin de nous pour toujours. Le hasard m'a mené à Saint-Germain-des-Prés. Le ciel était bleu et le soleil pâle de ce printemps ne pouvait me réchauffer. Chez nous, le soleil est une bénédiction, une caresse sur les plaies douloureuses, un baiser sur les peaux les plus rêches, un câlin aux rides de nos grands-mères. Ici, ce soleil blanc comme le corps d'un mourant me glaçait les os. Je ne me ferais jamais au soleil de Paris sous l'Occupation. J'avais perdu Tarik, j'avais perdu Samuel, j'étais seul comme jamais je ne l'avais été depuis le début de cette guerre. Je me suis assis à la terrasse d'un café : le Flore. C'était vaste, il y avait des faïences aux murs, de jolis lustres, un comptoir en cuivre étincelant, des serveurs en longs tabliers blancs et des gens bien peignés, la raie sur le côté, qui fumaient, buvaient et pensaient à haute voix. Ils causaient du talent d'un écrivain, Louis-Ferdinand Céline. Il aurait débouché le cul de la littérature française. Un autre consentait qu'il avait une plume unique, mieux, que c'était une pépite, mais ses pamphlets gagneraient à être plus nuancés. À la table voisine, des gens bien mis eux aussi, lisaient *Je suis partout.* L'un s'indignait en pointant un article du journal affirmant que des Juifs étaient cachés en nono avec la bénédiction du maréchal Pétain.

Qu'est-ce que je faisais au milieu de ces Français qui n'avaient d'autres obsessions que le sort des Juifs ?

Sur le trottoir d'en face, une mère et sa petite fille allaient tête baissée comme des condamnées. Elles arboraient l'étoile jaune sur leurs petits manteaux noirs. Le serveur, son plateau à la main, les suivait d'un regard attendri.

— C'est bien moche tout ça, a-t-il dit. Mais qu'est-ce qu'on y peut ? À part ça, qu'est-ce qu'il prendra le monsieur ?

Le monsieur n'avait plus soif, il n'avait d'ailleurs jamais eu soif.

J'ai encore flâné sur ce grand boulevard. Parfois, je m'émerveillais de voir des pâquerettes aux pieds des platanes et des bourgeons déjà éclos. Parfois, je fermais les yeux, je marchais à tâtons comme un aveugle et je me plaisais à imaginer que, dès que je les rouvrirais, la guerre serait morte et mes pas me guideraient sur le chemin de caillasse qui mène à La Clef. Elle serait là, devant la porte, et, quand elle m'apercevrait, elle courrait à ma rencontre, les bras grands ouverts.

À la Bastille, je n'en pouvais plus de marcher, je me suis posé sur un banc public. J'ai attendu que le temps passe. Des gens et d'autres encore portaient l'étoile jaune cousue sur leurs vêtements. Il y avait de la pitié sur les visages de certains passants non étoilés.

Au Lux, on jouait *L'assassin habite au 21* de Henri-Georges Clouzot. De vieux messieurs et leurs vieilles dames attendaient sagement l'ouverture du cinéma. Ils n'étaient pas lassés des vrais assassins du quotidien, il leur fallait en plus payer pour en voir un pour de faux.

C'était à n'y rien comprendre.

Le bleu du ciel s'est effacé pour laisser place au gris du soir.

Il était temps de rentrer.

34

La porte de la chambre d'Elvire était entrouverte. Je suis entré. Je voulais la serrer dans mes bras puis j'ai renoncé. Étreindre une autre que Zina aurait été la trahir. Elle m'a trouvé bizarre. Ses yeux, sa bouche, ses lèvres m'imploraient de ne pas me taire. J'avais la gorge sèche, on m'aurait égorgé que je n'aurais pas donné une goutte de sang.

J'ai pris ses mains, elles étaient froides, et j'ai dit :

— Ton père et Samuel se sont fait arrêter, rue de la Victoire.

Ses ongles se sont enfoncés au creux de ma main.

Elle n'a pas pleuré. Pas devant moi. S'est ensuivi un long silence puis elle m'a prié de la laisser seule.

À travers la mince cloison de séparation de nos chambres, je l'entendais se parler à elle-même, puis elle a pleuré, longtemps.

Le lendemain, elle est arrivée les yeux gonflés de mauvais sommeil. Elle voulait loger avec moi pour ne plus être seule quand vient la nuit. Je lui ai laissé mon lit de couvertures sous la petite lucarne.

Elvire pouvait rester des heures muette et impénétrable, puis subitement c'était un volcan de mots en éruption. Savais-je que son père voulait qu'elle reprenne sa tannerie une fois la guerre terminée ? Savais-je qu'elle refuserait parce qu'elle allait être comédienne ? Savais-je que le meilleur ami de son père avait un fils de son âge ventru et acnéique qui lui était destiné ? Savais-je qu'elle ne l'épouserait jamais ? Elle avait déjà un amoureux, Gaspard, le fils de son professeur de théâtre à Gentilly. Savais-je que c'était avec lui qu'elle irait voir les séquoias de la Sierra Nevada ? Puis elle déclamait des poèmes d'Arthur Rimbaud. C'était triste comme les heures cruelles égrenées au cadran de sa montre, depuis que son père avait disparu. Savais-je qu'elle était très douée pour faire le *lekech*, un gâteau juif polonais ? Tiens, si je lui ramenais des œufs, de la farine, du sucre vanillé et du citron, on pourrait s'en régaler. Savais-je... Puis c'était des crises de fous rires, puis le silence et de nouveau l'abattement.

Un soir, alors que je m'apprêtais à écrire à Zina, la concierge a frappé à la porte. Je devais descendre de toute urgence chez M. Grandjean pour lui donner un coup de main. Il s'était endormi dans son fauteuil en laissant le robinet ouvert. Il y avait de l'eau dans le salon, dans la cuisine et ça courait jusque dans l'escalier. Elle m'a jeté une serpillière ; j'ai épongé, essoré, vidé des bassines d'eau dans l'évier. M. Grandjean était toujours assis dans son fauteuil, hébété, le pantalon mouillé jusqu'aux mollets.

La concierge a nettoyé le palier puis elle a menacé : désormais elle n'hésiterait plus à appeler les services sociaux pour qu'on le mette au cabanon, si je ne le surveillais pas mieux que ça.

J'ai encore épongé, essoré, vidé des bassines d'eau dans l'évier, j'ai aéré l'appartement, mis à sécher les vieux tapis sur le balcon puis j'ai rapatrié M. Grandjean dans ma chambre.

Il s'est assis sur le tabouret, le buste penché en avant, le coude sur le genou, le menton appuyé sur son poing. Il se souvenait que cette chambre était son havre de paix lorsqu'il était étudiant. C'était ici qu'il avait rêvé ses voyages dans les colonies. Maintenant qu'il entamait l'ultime chapitre du livre de sa vie, il voulait revoir, une dernière fois, sa sœur Marie-Anne.

— Est-ce que tu m'y emmènerais, Adam ? Si tu le veux bien, tu trouveras un petit carton avec son adresse dans le tiroir de la commode, a-t-il murmuré.

J'ai approuvé d'un battement de paupières, pensant que demain serait un autre jour et qu'il aurait oublié sa sœur.

Elvire s'est amusée de voir M. Grandjean dans la position du *Penseur* de Rodin. Elle lui a caressé la joue, affectueusement, et lui a dit qu'il serait mieux chez lui, dans sa chambre, pour se reposer. Elle l'a aidé à se lever puis il s'est laissé mener comme un enfant docile.

C'est cette nuit-là que Tarik est revenu. Il était pressé. Il n'avait que cinq minutes devant lui. Fodil et ses nouveaux camarades l'attendaient au bas de l'immeuble. Il venait d'avoir une information de première main. La police parisienne et la Gestapo allaient rafler tout ce qu'il y avait de juif avenue des Gobelins, dès six heures du matin. Il fallait réveiller Samuel pour qu'il s'en aille, tout de suite. Il a soulevé la couverture et il est resté interdit en découvrant Elvire.

— Pour Samuel, c'est trop tard, ils l'ont déjà embarqué.

Elvire s'est rhabillée.

— Il faut que tu partes avec ton père. Vite, a dit Tarik.

— Son père et Samuel étaient ensemble, ai-je répondu à sa place.

Elvire était désemparée. Partir où ? Elle était seule au monde. Je ne pouvais l'abandonner.

— Va faire ta valise et celle de M. Grandjean. N'oublie pas l'adresse de sa sœur dans la commode.

Elle a filé dans sa chambre se préparer.

— Vous partez où ? a demandé Tarik.

— En Normandie.

— C'est où ?

— Je ne sais pas.

Puis il m'a posé un tas de questions. Comment s'était fait attraper Samuel ? Il n'en revenait pas. Avec un certificat d'identité musulmane à la sortie de la mosquée des juifs. Quel inconscient ! La Juive. Est-ce que je couchais avec elle ? J'aurais tort de m'en priver. Elle avait des arguments à faire valoir. Les yeux, la bouche, son corps, il n'y avait rien à jeter. Est-ce que je réalisais que je risquais autant qu'un Juif si l'on me surprenait avec elle dans son lit ? Et moi, pourquoi étais-je encore à Paris ? Combien de temps allais-je m'occuper de M. Grandjean, ce vieux gâteux ?

Il m'a appris qu'avec Fodil, ils faisaient partie de la garde rapprochée de Mohamed El Maadi. Leur travail consistait à recruter des hommes qui avaient foi dans le national-socialisme pour créer une phalange qu'ils appelleraient la Brigade nord-africaine. Fort de cette troupe, avec l'aide des Allemands, il comptait libérer l'Algérie de ses roumis, de ses Juifs et de ses mécréants. Il a regardé sa montre. Il n'avait plus de temps à perdre. Il m'a proposé de le rejoindre en me promettant une place au soleil.

— Je ne veux pas de ton soleil, Tarik. Tu rêvais d'être l'imam de Fenaïa pour prêcher la clémence et la miséricorde et te voilà mercenaire à la solde d'El Maadi.

— Je n'ai pas changé de rêve, Adam. Un jour, je reviendrai chez moi et je serai l'imam de mon village.

— Pourquoi es-tu revenu pour sauver Samuel ?

— Samuel n'était pas n'importe quel Juif, c'était mon ami, c'était mon frère.

Il avait parlé de Samuel à l'imparfait, comme s'il était déjà mort.

Il a descendu un étage, puis il est remonté et il a dit :

— Tu n'as aucune chance d'arriver dans ton bled avec ton certificat. Au premier contrôle, la Juive et toi, vous êtes foutus. Pour circuler librement dans toute la France, il te faut ça.

Il a sorti de sa poche de veste une carte jaune sur laquelle était écrit « Ausweis ».

— Tiens, c'est cadeau, c'est pour toi, Adam. Avec ça vous ne risquez rien.

Il y avait son nom, Benyounès, son prénom, Tarik, sa date et son lieu de naissance, son adresse, 87, avenue Foch, Paris VIIIe.

— Si on te demande comment tu as eu ce laissez-passer, réponds que tu es un agent de la Gestapo au service central de la kommandantur.

Ma main tremblait en touchant cette carte jaune. Je l'ai glissée fébrilement dans ma musette et j'ai réalisé que pour atteindre Dives-sur-Mer, j'étais prêt à tous les accommodements. Tarik m'a encore rappelé que si je changeais d'avis, je pourrais le joindre à son bureau, c'était la même adresse que celle figurant sur son ausweis, que ses ennemis avaient surnommé l'« avenue Boche ».

35

Nous avons attendu la nuit, tous les trois, blottis l'un contre l'autre dans la salle des pas perdus de la gare Saint-Lazare ouverte à tous les courants d'air. Nous n'étions pas les seuls. Il y avait d'autres gens en partance pour la Normandie : des mères de famille avec leurs enfants insomniaques, quelques vieillards silencieux et un invalide, un cul-de-jatte rongé de tics, de la guerre de mon père.

À l'ouverture des guichets, Elvire est allée acheter nos billets avec l'argent que son père lui avait laissé au cas où... Vers sept heures le hall s'est animé. Il arrivait du monde de partout. Des cheminots en bleu de travail, des vendeurs ambulants en blouse bleue ou verte, des soldats vert-de-gris, des voyageurs en gris et noir et des clochards déjà ivres. M. Grandjean, sa valise sur ses genoux, se demandait si sa sœur allait le reconnaître après toutes ces années passées en Algérie.

— Trente ans que je ne l'ai pas revue, Marie-Anne, ressassait-il en boucle.

Moi, je ne quittais pas des yeux le panneau des horaires et des destinations. Évreux, Rouen, Le Havre, Lisieux, Cherbourg, Granville... Je ne voyais toujours pas s'afficher le train en partance pour Dives-sur-Mer. Elvire a soupiré comme si j'étais le dernier des innocents. Évidemment qu'il n'apparaissait pas puisque nous devions prendre à Lisieux une correspondance par autocar.

Enfin le départ.

Étrangement, il n'y avait pas de contrôle de police ni de feldgendarms à l'entrée du quai. Un voyageur les avait surpris occupés à sécuriser les alentours de la gare, en vue de l'arrivée d'une délégation de politiciens français.

Nous sommes arrivés à Lisieux à six heures de l'après-midi après une multitude d'arrêts en rase campagne. Il était trop tard pour prendre le dernier autocar pour Dives-sur-Mer. On nous a indiqué un hôtel pas cher en centre-ville, Le Sainte-Thérèse. Le patron ressemblait à tous les hôteliers que décrivait le commissaire Maigret dans ses enquêtes : taille moyenne, yeux marron, crâne dégarni, cravate et bretelles sur une chemise à carreaux et l'œil toujours aux aguets. M. Grandjean lui a présenté ses papiers. Il a noté sur son registre les renseignements dont il avait besoin puis il a regardé mon ausweis. À vrai dire, il l'a examiné avec suspicion.

— Tarik Benyounès, ça vient d'où ce nom ?

— D'Algérie. Ça vous dit quelque chose ?

L'Algérie lui évoquait *Pépé le Moko* avec Jean Gabin, un film qu'il avait vu avant guerre, dont l'histoire se tramait à la casbah d'Alger.

— Et vous habitez avenue Foch. C'est de la belle adresse, ça. Et ça, c'est votre dame ?

J'ai approuvé d'un mouvement de tête.

Il voulait connaître son nom.

— Je m'appelle Elvire, a-t-elle répondu en forçant le sourire.

Il trouvait que son prénom ne sonnait pas très, comment dire, pas très catholique. Il a noté ce qu'il avait à noter sur son registre puis il nous a prévenus qu'il ne faisait plus de restauration et, comme nous étions dimanche, les commerces étaient fermés. Il a donné une chambre à M. Grandjean, une autre pour Elvire et moi.

C'était une chambre avec un coin toilette derrière un paravent rouge, meublée d'un fauteuil mauve à larges accoudoirs et d'un grand lit avec, cloué juste au-dessus, un Jésus sur la croix qui nous ouvrait les bras. De la fenêtre, nous avions vue sur une rue déserte au bout de laquelle on apercevait le clocher de la cathédrale.

Pendant qu'Elvire faisait sa toilette, je me suis allongé sur le lit et j'ai réalisé que nous dormirions ensemble. Ça m'a mis mal à l'aise. Elle avait la beauté de ses dix-huit ans, la santé et le feu de ses dix-huit ans, des envies de jeune femme de dix-huit ans, sûrement.

Et moi ?

Pour sûr, je la trouvais jolie, lumineuse, et son regard m'émouvait chaque fois que je le croisais. Elle est réapparue dans une chemise de nuit rose à petites fleurs jaunes à travers laquelle je devinais son corps de jeune femme de dix-huit ans. Elle s'est assise de l'autre côté du lit, naturellement, comme si nous étions un couple installé dans ses habitudes. J'ai éteint la lampe de chevet. J'entendais chaque mouvement de sa respiration.

— Tu ne dors pas encore ?

Elle ne dormait pas parce qu'elle pensait à son père, à Gaspard, à Samuel, aux séquoias de la Sierra Nevada, aux chanteurs de jazz noirs, à La Nouvelle-Orléans, à sa vie insouciante d'avant la guerre. Sa main a frôlé ma main. J'ai eu le frisson. J'ai espéré qu'elle me frôle de nouveau pour d'autres frissons. Elle n'est pas revenue. Les cloches de la cathédrale venaient de sonner dix heures du soir lorsqu'on a tambouriné à la porte. J'ai rallumé la lumière. Elvire a sauté du lit, enfilé un chandail pendant que je suis allé ouvrir. C'était le patron, il était accompagné de deux gaillards en blouson de cuir. Ils étaient de la police. On leur avait signalé la présence d'individus suspects dans l'hôtel. On, c'était le patron, et il s'en vantait. J'ai montré mon ausweis. Avant qu'ils me demandent comment je l'avais obtenu, j'ai dit que j'étais un auxiliaire de la Gestapo en mission dans la région. Ça avait l'air de les impressionner qu'un musulman collabore avec la police politique allemande. Ils ont regardé Elvire avec insistance. Je ne la voyais plus comme une jeune femme désirable mais comme une proie pour ces deux sbires. Le plus petit, celui qui avait une croix gammée sur le haut de sa manche de blouson, a exigé de voir ses papiers.

J'ai repris mon laissez-passer et j'ai dit :

— Elle l'a oublié à la maison. Vous avez ma parole.

Ma parole ne lui suffisait pas car nous ne portions pas d'alliances. J'ai pris Elvire dans mes bras, nos lèvres se sont effleurées puis je l'ai embrassée. Sa langue était douce, soyeuse, experte. C'était un baiser interminable comme je n'imaginais pas que c'était possible.

— C'est pas un baiser de pute, ça. Ça pue l'amour à plein nez, allez, on y va, sinon on va avoir des problèmes avec la hiérarchie, a dit l'autre policier.

Ils se sont excusés pour le dérangement puis ils sont repartis. On s'est regardés, gênés. Possible que j'aie rougi, même. Elle trouvait que j'embrassais comme un débutant alors qu'elle, elle était exercée, elle embrassait comme une actrice de cinéma. Elle est retournée se coucher. Je lui ai préféré le fauteuil mauve, c'était plus sage.

36

L'autocar a démarré à six heures du matin de la gare routière de Lisieux. Nous avons emprunté de grandes routes nationales bordées de vergers, de pommiers, de prairies d'herbe grasse où broutaient des vaches brun et blanc, énormes ces vaches, aux antipodes de nos bestiaux chétifs posés sur les flancs de nos montagnes arides. Elvire avait le front collé contre la vitre, rien n'accrochait son regard, elle était ailleurs. M. Grandjean dodelinait de la tête au gré des sautes d'humeur du moteur. L'autocar est entré dans un village, des voyageurs sont montés puis redescendus dans un autre village quelques kilomètres plus loin. À première vue, la Normandie était un pays de vergers, de prairies, de vaches et de voyageurs de courtes distances. D'autres villages avaient succédé à d'autres villages, puis ce fut une longue plage de sable gris, puis c'était un ciel si bas qu'il caressait la mer, puis c'était le chant de grands oiseaux blancs, puis c'était des vagues et des vagues qui grondaient et qui grondaient encore.

Dives-sur-Mer était un petit port charmant comme on en voit sur les cartes postales, avec son phare en bout de jetée, ses bateaux aux couleurs délavées amarrés à de gros anneaux rouillés et quelques pêcheurs réparant les mailles de leurs filets.

Elvire a posé sa valise à ses pieds et elle a regardé la mer, les poings sur les hanches, avant de respirer à fond. L'air du large lui donnait des envies d'Amérique. Elle était juste là-bas, derrière la ligne d'horizon. Des rafales de vent salé nous giflaient et nous enivraient. Elvire a hurlé que c'était ici qu'elle attendrait Gaspard pour prendre le bateau qui les emmènerait sur l'autre rive. M. Grandjean ne rêvait pas si loin ; il accélérait le pas, pressé de revoir Marie-Anne, mais très vite, il nous a égarés. Il ne savait plus si la ferme était à la sortie du village ou après avoir passé le pont de la Dives. Ça le rendait malheureux cette mémoire qui tombait en panne chaque fois qu'il avait besoin d'elle. Elvire a jeté un coup d'œil sur le petit carton : la ferme se situait sur le chemin des Reinettes. Les Reinettes, ça lui revenait, c'était à la sortie du village.

Nous avons traversé la grand-rue : les volets des maisons étaient clos, les cafés, la boulangerie, l'épicerie étaient fermés. Dives-sur-Mer était un port mort. C'était à se demander si les habitants n'avaient pas été raflés par la police allemande.

La ferme se trouvait au bout d'un sentier de ronces, de crevasses et de gadoue. Elle était immense. Il y avait une basse-cour avec des poules, des canards, des oies, des dindes, une grange où étaient entreposés des ballots de paille et des engins agricoles, et un garage avec une auto couverte de poussière. La maison se trouvait sur la droite, grande, belle, avec un toit de chaume, des murs en torchis à colombages et un parterre de roses rouges à peine écloses sur le devant. M. Grandjean a regardé autour de lui ; l'endroit ne lui rappelait rien. Une fenêtre de la maison s'est ouverte. Une femme est apparue, elle avait des cheveux gris montés en chignon et des yeux du même bleu que ceux de M. Grandjean. Elle était désolée mais elle n'avait pas d'argent à perdre avec ces colporteurs. Allez ouste ! Du balai ! Et qu'on ne revienne plus. Si M. Grandjean n'était plus très sûr de la reconnaître, en revanche la voix autoritaire de sa sœur était inchangée.

Après un accueil glacial – elle n'avait pas eu un regard pour son frère –, Marie-Anne nous a introduits dans son salon où les meubles étaient recouverts de draps blancs comme des linceuls. Ça sentait le renfermé, la solitude et l'ennui. Elle nous a servi de l'alcool dans un verre pas plus grand qu'un dé à coudre. C'était du calva, de l'authentique, pas celui frelaté qu'on vendait sous le manteau aux nantis de Deauville. Elle le tenait d'un voisin qui le fabriquait à la barbe des Allemands. J'ai repoussé le verre du bout des doigts.

— Juste une goutte. Vous m'en direz des nouvelles, a-t-elle insisté.

— Ma religion me l'interdit, madame.

Rien que pour ça, elle irait à la messe, si elle avait encore ses dimanches, pour remercier Dieu de ne pas l'avoir faite musulmane. Elvire non plus ne buvait pas. Elle n'aimait pas la façon dont Marie-Anne la regardait, en coin, comme si elle l'avait à l'œil en permanence.

L'horloge était arrêtée à onze heures vingt. Du matin ? Du soir ? De quel matin ? De quel soir ? De quelle année ?

Un siècle qu'elle n'avait pas dû recevoir de la visite, Marie-Anne. Elle a houspillé son frère pour qu'il ne la laisse pas boire seule. M. Grandjean ne réagissait pas. Peut-être regrettait-il déjà d'avoir fait le voyage.

— Albéric, ne me dis pas que tu es devenu mahométan. Allez, bois, nom de Dieu.

C'était un ordre. M. Grandjean a obéi.

Quand Marie-Anne avait reconnu son frère, j'aurais pensé qu'elle aurait été heureuse de la surprise qu'il lui faisait, mais cela avait été tout le contraire. Elle l'avait tenu à distance, comme quelqu'un qu'on ne veut plus revoir parce qu'il est trop tard, et elle avait dit :

— Qu'est-ce qui me vaut, enfin, l'honneur de ta visite ?

M. Grandjean avait répondu qu'il souhaitait qu'ils se retrouvent avant… Elle ne l'avait pas écouté davantage.

Et nous, que voulions-nous ?

Je m'étais présenté comme l'ami d'Algérie de M. Grandjean. Elvire avait cafouillé quelques mots menteurs pour justifier sa présence avec nous. Ça sonnait si faux que M. Grandjean était venu à son secours :

— Elvire est une petite Juive qui n'a plus personne. Il faut la mettre à l'abri des Allemands.

Marie-Anne était sidérée. Après toutes ces années sans jamais donner de nouvelles, son frère réapparaissait, sans prévenir, avec une Juive à cacher et un musulman à loger. Elle avait tourné autour d'Elvire comme un maquignon ferait le tour d'une vache qu'il convoite, puis elle s'était étonnée qu'elle ait voyagé depuis Paris sans son étoile jaune. Elle avait pourtant lu dans le journal que c'était devenu obligatoire. Elle lui avait fait remarquer que c'était à cause des jean-foutre, comme elle, qui ne respectaient pas les lois, que notre pays était un champ de ruines. Elvire avait répliqué qu'elle préférait crever plutôt que de porter cette saloperie d'étoile. Marie-Anne avait plongé les mains dans les poches de son tablier en toile épaisse et avait demandé à son frère combien de temps il comptait rester chez elle avec sa smala. Choqué par la brutalité des propos, M. Grandjean s'était tassé sur sa chaise et avait murmuré :

— Le temps que tu voudras bien de nous, Marie-Anne.

— Dès que je pourrai embarquer pour l'Amérique, je m'en irai, madame. Si c'est demain, ce sera demain, avait répliqué Elvire, vexée.

— Tu rêves ma petite. Nos petits bateaux ne vont jamais si loin.

Elle avait, de nouveau, élevé la voix sur son frère pour savoir si c'était lui qui avait fichu cette idée saugrenue dans la tête de la petite. « La petite », c'est ainsi qu'elle avait, tout de suite, nommé Elvire, comme si ça lui portait peine de prononcer son prénom. Ces retrouvailles bâclées et tous ces éclats de voix avaient secoué M. Grandjean, il n'arrivait plus à suivre la conversation. Il marmonnait des bribes de phrases incompréhensibles. Lassée de lui faire répéter chaque fois ce bredouillis de paroles confuses, Marie-Anne l'avait prié de se taire et m'avait demandé si, moi aussi, j'avais ce rêve absurde d'Amérique.

— Mon Amérique à moi, elle est dans mon pays, de l'autre côté de la mer, d'une autre mer. J'ai donné tout ce que je pouvais à la France, maintenant c'est assez. Je vais essayer de passer en zone occupée dès que je le pourrai.

Elle m'avait trouvé bien courageux. Dans sa voix, soudain apaisée, j'avais perçu de la bienveillance à mon égard, sans comprendre pourquoi.

Elle a servi un autre verre à son frère. Il l'a bu d'un trait. Il a pâli, ses paupières étaient lourdes, il s'est éteint d'un coup. Elle a pris sa valise et l'a conduit dans une chambre, au rez-de-chaussée, côté basse-cour.

Quand elle est revenue, elle s'est installée entre Elvire et moi, puis elle a vidé d'autres petits verres.

— Vous savez pourquoi je bois comme ça ? a-t-elle demandé.

Elle buvait pour essayer de calmer sa colère. Elle en voulait terriblement à son frère. Depuis qu'il était parti pour les colonies, il n'avait donné de ses nouvelles qu'au jour de l'an. Il ne se foulait pas. Il envoyait une carte postale avec toujours les mêmes mots : « Bons baisers d'Algérie où je me sens utile. Affectueusement. Albéric. »

Tu parles. Un cœur d'or pour les autres, un cœur sec pour les siens. Elle pouvait nous montrer tout ce courrier qu'elle avait accumulé dans une boîte à chaussures. Lorsqu'elle l'avait prévenu du décès de leur père, puis de celui de leur mère, l'année suivante, elle l'avait attendu : en vain. Elle avait dû gérer les funérailles avec son mari qui ne l'était déjà plus. Il l'avait quittée avant la guerre pour une femme de Deauville, plus fraîche, avec de belles manières, des beaux chapeaux et des toilettes de princesse de bordel. Dire que c'était son frère qui le lui avait présenté à un rallye après le baccalauréat. Ils avaient décidé de quitter Paris pour la vie au grand air. C'est lui qui avait choisi Dives-sur-Mer, ainsi ils cumuleraient les avantages de la terre et de la mer. Il était beau le résultat. Elle était seule à sentir le fumier, à porter des bottes en caoutchouc et des robes reprisées pendant que monsieur flambait au casino avec sa pomponnée et des officiers allemands.

Elle a sifflé un autre verre, le quatrième ou le cinquième, on ne savait plus. Elvire lui a demandé pourquoi elle ne buvait pas un grand verre tout d'un coup puisqu'elle avait tant soif.

Marie-Anne a rebouché sa bouteille et elle a dit :

— Je n'aime pas les effrontées de ton espèce. Il va falloir que tu mettes de l'eau dans ton vin si tu veux rester ici, ma petite.

Elle s'est levée et nous a proposé de passer à table.

Nous ne mangions pas, nous engloutissions, et nous en redemandions. Marie-Anne ne parlait que de son frère. Un salopard qui ne valait pas mieux que son ancien mari. Elle avait bien eu l'idée de partir en Algérie lui dire ses quatre vérités et lui rendre ses cartes postales avec ses affections annuelles, mais ça n'était resté qu'un projet sans lendemain. Qui se serait occupé de la ferme et de ses bêtes ?

Elle avait espéré, sans trop y croire, que ce serait bien qu'il vienne à elle pour que tout s'arrange entre eux. Là encore, il l'avait déçue. Quand elle l'avait vu sur le pas de sa porte, vieux, amoindri, gâteux, elle avait compris qu'il était trop tard pour solder les comptes.

Après le déjeuner, elle nous a montré notre chambre, à l'étage. Ça m'a gêné de me retrouver, encore, dans la même chambre qu'Elvire, à cause de son baiser d'actrice de cinéma que je n'arrivais pas à oublier. Elvire a ouvert la fenêtre. La pièce donnait sur la mer où des vagues sauvages fouettaient inlassablement la digue du port. Et le vent salé s'engouffrait à l'intérieur et nous saisissait. Elvire a fait un geste de la main pour me montrer l'Amérique, puis elle a refermé la fenêtre. Ses yeux se sont brouillés de larmes, j'ai compris qu'elle voulait être seule.

Marie-Anne m'a rejoint alors que j'étais les mains dans les poches en train d'admirer ses oiseaux de basse-cour. Elle m'a tendu un sac de grains de maïs et nous les avons nourris ensemble. Elle avait dû être une jolie femme, il n'y avait pas si longtemps encore. Elle était grande, élancée et, bien que marqué de rides, son visage avait des traits fins et réguliers. N'était cette bouche ne sachant que se plaindre et donner des ordres, elle aurait encore bien du charme. C'était reparti. Faute d'argent, elle avait dû se séparer de son ouvrier au début de l'année. Avant la guerre, elle faisait les marchés de Dives et de ses environs, elle vendait tout ce qu'elle produisait, œufs, poulets, beurre, fromage, jus de pomme, et elle revenait avec la recette. Maintenant, les gens n'avaient plus de sous. Elle entamait ses économies pour donner à manger à sa volaille et à ses cinq vaches dans la prairie, en recul du village, sur le plateau.

Marie-Anne me trouvait costaud, beau et sûrement très malin. Sur ce dernier point, elle était formelle : une tête de dégourdi comme la mienne, on n'en rencontrait pas souvent dans sa contrée. Tous ces compliments pour me dire qu'au lieu de glander durant mon séjour, il serait normal que je me retrousse les manches. Un, ça lui ferait plaisir, deux, ça la changerait de son ancien ouvrier un peu neuneu qui avait la beauté des gars ordinaires du coin, trois... il n'y avait pas de trois.

— Tout à l'heure vous vouliez me mettre dehors, maintenant vous voulez me retenir et vous me trouvez un tas de qualités. Dégourdi, qu'est-ce que ça veut dire dégourdi ? Malin, c'est ça ? Je serai vraiment dégourdi si j'arrive à rentrer chez moi. Rien à foutre de rester chez vous. D'ailleurs, je partirai demain par le premier autocar, me suis-je emporté.

Marie-Anne n'imaginait pas déclencher une telle colère en me proposant de l'assister. Elle était troublée. Elle a posé sa main sur mon épaule, maladroitement. On sentait qu'elle n'était pas familière des marques d'affection. Puis elle m'a caressé les cheveux tout aussi maladroitement et elle a dit :

— Pardon Adam, tu n'es pas dégourdi. Tu es un brave Algérien. J'espère que tu pourras rentrer chez toi.

Ça m'a ému, et décontenancé, parce que c'était la seconde fois qu'un vrai Français, enfin une vraie Française, disait que l'Algérie était mon pays.

Elle a baissé les yeux et, dans un murmure, elle a ajouté :

— J'aurais aimé avoir un fils comme toi à mes côtés.

Puis elle m'a laissé là.

Au dîner nous avons parlé d'avant la guerre, puisque nos vies étaient désormais scindées en deux parties ; il y avait un avant et il y aurait un après. M. Grandjean s'est fourvoyé dans des souvenirs approximatifs d'Algérie. Marie-Anne ne cessait de lui couper ses effets si bien qu'il ne s'y retrouvait jamais. Elvire nous a joué une scène de *L'École des femmes*. Une histoire de petit chat mort qui ne m'a pas énormément intéressé mais j'ai applaudi pour faire comme Marie-Anne et M. Grandjean. Moi, je n'avais rien à raconter, j'étais pressé de monter dans la chambre pour retrouver Zina, j'avais tant à lui écrire.

37

Mon carnet rouge était calé sur mes genoux. Elvire était allongée sur le ventre, sa tête entre ses bras, elle me regardait.

— À qui écris-tu ?

— À ma femme.

— Je ne savais pas que tu avais une femme.

— Tu ne me l'as pas demandé.

— Elle est plus jolie que moi ?

— Bien plus.

— Elle embrasse mieux que moi ?

— Bien moins.

— Tu aurais pu tomber amoureux de moi dans une autre vie ?

— Dans une autre vie, c'est sûr.

— Pourquoi n'es-tu pas parti rejoindre ta femme ? Tu as un ausweis. Tu peux aller partout, maintenant.

— Je ne voulais pas vous laisser à Paris. M. Grandjean, avec sa mémoire en vadrouille, et toi, avec Hitler et sa bande qui te veulent du mal.

— Pourquoi tu prends des risques pour les autres ?

— Parce que j'obéis plus à mon cœur qu'à ma raison.

— C'est encore plus beau lorsque c'est inutile. Ce n'est pas de moi, c'est de Cyrano.

— Ce n'est pas inutile, mais si tu trouves que ce que j'ai fait est beau, j'accepte le compliment.

— C'est encore plus beau parce que c'est utile, ça fait intéressé. Tu ne trouves pas ?

— Tu devrais dormir, tu as une longue journée à ne rien faire qui t'attend demain.

Elle a déposé un baiser sur ma joue et elle a éteint sa lampe de chevet.

Ma bien chère Zina,

Voilà quatre mois que je n'ai pas ouvert mon carnet rouge. Quatre mois, c'est long, bien trop long. Ne va pas croire que tu étais loin de mon cœur. Tu étais dans chacun de ses battements. Il s'en est passé des choses depuis tout ce temps, des choses de la guerre, rien de bien réjouissant comme tu peux t'en douter. Tarik est parti pour d'autres horizons. Il est agent de la Gestapo. Avec ses nouveaux camarades, il va créer les Brigades nord-africaines. Avant de me dire adieu, il m'a fait cadeau de son laissez-passer allemand. Je m'en suis voulu de l'avoir accepté. J'avais le sentiment de trahir ma morale. À y réfléchir, c'était mettre de la morale là où il n'y en a pas. La guerre n'est pas une question de morale, juste une question de survie pour les petites gens comme moi. Avec son laissez-passer, je peux aller partout sans me faire arrêter par la police française ou par les feldgendarms. Gestapo, Brigades nord-africaines, feldgendarms, tout ça ne dit rien à personne du haut de nos montagnes, c'est bien normal et c'est tant mieux. Je t'expliquerai en détail si ça t'intéresse. Mais je ne t'en voudrai pas si tu n'y vois aucun intérêt. Autre mauvaise nouvelle. Samuel a été arrêté avec M. Bergman notre voisin de palier, un Juif comme lui. On les a envoyés en Allemagne. Pour quoi faire ? Pour combien de temps ? On n'en sait rien. Pour toujours peut-être.

Ma bien chère Zina,
Les Allemands détestent les Juifs à un point… Il faut l'avoir vu de ses propres yeux pour le croire. Je n'imaginais pas que l'on puisse rabaisser des gens si bas. Ils sont marqués à la poitrine par une étoile jaune pour bien les différencier des autres Français, les vrais. Je ne sais pas pourquoi je te parle des Juifs au lieu de te parler de nous. Sans doute parce que j'ai perdu Samuel et que j'en ai de la peine. Pourtant, d'El Kseur à Bousoulem, on les aime pas tant que ça, les Juifs. Nos plus anciens disent qu'ils ont relégué notre fraternité d'antan en arrière-plan pour lui préférer celle des roumis. À la longue, ça a fini par abîmer nos relations. Cela ne nous empêche pas d'échanger, de blaguer, de chanter, de jouer de la musique ensemble les jours de mariage. En fait, on s'aime mais on ne s'aime plus, ou l'inverse, ça dépend des moments.

Ma bien chère Zina,
Je t'écris de la ferme de Marie-Anne, la sœur de M. Grandjean en Normandie. Je ne crois pas que je t'y emmènerai un jour parce qu'il n'y a rien de merveilleux à voir. Des routes, des villages, des prairies,

des grosses vaches, et la mer, agitée en permanence, est grise comme de l'eau de vaisselle. M. Grandjean voulait revoir sa sœur avant que sa mémoire la chasse pour toujours de ses souvenirs. J'ai exaucé son vœu. Je lui devais bien ça. J'en ai profité pour emmener Elvire avec moi pour la mettre à l'abri des Allemands. Je te vois déjà prendre ton air des mauvais quarts d'heure et te demander qui est cette femme. Elvire est la fille de M. Bergman. Elle a dix-huit ans et bien du charme. Samuel était très épris d'elle. Il voulait la demander en mariage à son père. S'il avait su qu'il n'avait aucune chance qu'elle l'aime. Enfin, ce ne sont pas mes affaires. À toi, je ne peux pas mentir, je t'écris de mon lit, de notre lit, enfin je ne sais pas comment dire... Je ne suis pas seul dans le lit, il y a aussi Elvire. Elle dort près de moi. Je te vois reprendre ton air des mauvais quarts d'heure et je t'entends penser qu'un homme amoureux de sa femme n'a rien à faire dans un lit avec une autre, sauf si ses sentiments se sont égarés au fil des mois, des années passés loin d'elle. On lisait des histoires comme ça dans les romans à l'eau de rose que je te rapportais de la gare d'El Kseur. Rassure-toi, je ne t'ai pas trahie et ne te trahirai pas. Je la regarde dormir mais c'est toi que je vois et je me demande quand nous serons enfin réunis dans le même lit, nous avons tant à rattraper.

Ma bien chère Zina,
J'ai perdu Tarik, Samuel, je vais laisser M. Grandjean à sa sœur, me voilà seul et libre.

Je vais essayer de rentrer à Bousoulem. Quand ? Il faut que je gagne d'abord un peu d'argent parce que cela va me coûter. Comment ? Je n'en sais rien. Tout s'improvise au jour le jour dans ce foutu pays. Mais dès que j'aurai de quoi, je vais prendre le risque parce que je n'en peux plus de te rêver. Tu te souviens de cette citation que nous avait donné à apprendre M. Grandjean ; tu te trompais chaque fois. Je disais : « Qui ne risque rien n'a rien », et toi tu disais : « Qui ne risque rien n'est rien. »
C'est toi qui avais raison. Qui ne risque rien n'est rien.
Il est déjà bien tard. Mes idées se brouillent. Je te laisse avec l'espoir que tu penses toujours à moi.
Ma bien chère Zina, accepte mes plus doux baisers et l'assurance de mon affection la plus sincère.
Adam qui ne pense qu'à toi.

Dives-sur-Mer, le 15 juin 1942

38

On était tous devant la maison, tristes, forcément. J'avais récupéré la valise de M. Grandjean parce que Marie-Anne le jugeait inapte à regagner un jour son domicile. Elvire m'a demandé si je comptais revenir bientôt. J'ai répondu que je ne l'espérais pas. À ce moment, je ne me doutais pas que je reviendrais à Dives-sur-Mer des dizaines de fois. J'avais bien vu que ça ne faisait pas plaisir à Marie-Anne que je m'en aille si vite, si tôt. Il faut dire que je lui laissais un sacré fardeau, son frère arrivant quand ce n'était plus l'heure et Elvire à cacher de la police et de la Gestapo. Pourtant, à ce jour, les Allemands ne s'étaient encore jamais aventurés au village, mais on n'était à l'abri de rien. Marie-Anne avait lu dans le journal que des gens bienveillants de Pont-l'Évêque avaient été dénoncés par leurs voisins et s'étaient retrouvés dans le même bain que leurs Juifs auxquels ils avaient donné asile.

Vint le moment de la séparation.

— Quand je serai en Amérique, tu viendras me voir ? m'a demandé Elvire.

Sa question n'appelait pas de réponse. J'ai pris M. Grandjean dans mes bras. J'avais le cœur gros. C'était une grande partie de ma vie que j'abandonnais dans ce bled de paysans et de marins.

— Quand la guerre sera finie. Tu me ramèneras chez moi, à...

Sa mémoire encore.

— Avenue des Gobelins, monsieur Grandjean.

— C'est ça, à Bousoulem. Et n'oublie pas le petit dictionnaire à ta prochaine visite.

Marie-Anne était partie dans la grange pour revenir avec une grosse cagette. Il y avait des œufs, des paquets de beurre, cinq boîtes de camembert fait par ses soins. Elle avait lu dans le journal qu'à Paris, on mangeait avec des tickets de rationnement, quand il y avait à manger. Elle m'a serré tout contre elle, comme le fils que j'aurais pu être. Je lui ai murmuré qu'elle prenne bien soin de mon maître et qu'elle fasse bien attention à Elvire. La bande à Hitler n'avait pas le droit de nous la voler. Elle m'a aidé à ranger toute cette nourriture dans la valise. Ce n'était pas fini, elle a sorti de la grande poche de son tablier une bouteille de calva. J'ai refusé.

Qu'est-ce que j'aurais fait de ce litre d'alcool ?

Elle voulait que je l'offre à des amis.

— Je n'ai plus d'amis, ai-je dit. Même pas un voisin à qui parler.

Elle a tout de même glissé la bouteille entre les paquets de beurre et mes vêtements.

Ils m'ont accompagné jusqu'au portail et on s'est dit au revoir une dernière fois, de loin, de la main.

Je suis descendu au port d'un pas rapide comme si j'avais peur de rater l'autocar pour l'Algérie. Mais c'est un autre autocar qui m'attendait, celui pour Lisieux.

En traversant les prairies, les vergers et les villages, j'y avais pensé, un peu. À la gare de Lisieux, j'y pensais de plus en plus. Dans le train, je ne pensais plus qu'à ça. À Saint-Lazare, il y avait un cordon de feldgendarms et de policiers. Ils fouillaient tous les voyageurs. J'ai présenté mon ausweis. L'un des policiers l'a regardé recto verso et il a sorti une loupe de sa veste pour l'examiner de près. Puis il m'a dévisagé longuement. Je n'en menais pas large.

— Qui vous l'a délivré ?

— Le bureau de la kommandantur de l'avenue Foch. Je travaille pour eux, ai-je répondu avec aplomb.

— Et dans votre valise ?

— Mes vêtements. Rien que mes vêtements. Vous voulez voir ?

Il m'a rendu mon ausweis. Ma main tremblait. J'ai tracé jusqu'à la rue de Maubeuge.

Derrière son comptoir, le Sidi périssait d'ennui en écoutant les pleurnicheries du joueur de mandole. Il avait plaisir à me revoir et m'a offert un café puis il m'a demandé où je partais avec ma valise.

— Je ne pars pas, Sidi. J'arrive. Si on s'entend, je veux bien être ton nouveau karlouch. J'ai de quoi.

J'ai montré ma valise du bout du pied puis je l'ai suivi dans son arrière-salle. Il n'en revenait pas. Du beurre jaune comme de l'or, des œufs qui sentaient encore le cul de la poule, du camembert, du vrai, la dernière fois qu'il en avait mangé c'était avant la guerre. Et cette bouteille de calva ! Il en a bu une gorgée ; il était au paradis. En vingt ans de bistrot, il n'avait rien goûté d'aussi fort, d'aussi juste, d'aussi sincère.

— Où tu as eu ce trésor ?

— Ça ne te regarde pas, Sidi.
— Comment tu as fait pour ne pas te faire arrêter ?
— Ça ne te regarde pas, Sidi.
— Je te prends tout. Combien tu en veux ?

J'ai dit mille francs au hasard, comme j'aurais dit cinq cents ou deux mille francs, car à la vérité je n'avais aucune idée de la valeur de ma marchandise. À son sourire gourmand, j'ai compris que j'aurais pu gagner bien plus que ça. Le Sidi m'a proposé une association : je lui ramenais la même marchandise et il me l'achetait à bon prix, à la condition qu'il en ait l'exclusivité.

Mille francs. Je n'avais jamais eu une telle somme sur moi. J'ai mis cinq cents francs de côté et je me suis offert un complet veston de flanelle grise, le même que celui de Philippe Haumont, une chemise blanche et une cravate à pois. La cravate, c'était le vendeur qui me l'avait conseillée car un homme sans sa cravate n'est pas tout à fait un gentleman. C'était ses mots.

Une semaine plus tard, j'ai repris le chemin de Dives-sur-Mer. À Lisieux, je suis entré dans une librairie pour acheter un petit dictionnaire, rouge et orange, tout pareil à celui qui avait nourri des poissons de la Méditerranée.

C'est rien de dire qu'ils étaient surpris de me revoir si vite, si tôt. Elvire a espéré que je reste quelques jours avec elle. Elle ne se faisait pas à la voix de Marie-Anne, à sa chambre, à l'odeur de fumier, aux gloussements des dindons et au chant du coq. Fuir, fuir, fuir, elle n'avait plus que cela en tête. Elle avait envisagé de descendre au port pour prendre un bateau, elle avait encore de l'argent, elle aurait tout donné pour débarquer ailleurs. L'Angleterre aurait fait son bonheur.

Mais Marie-Anne lui avait interdit de sortir au-delà de la ferme. M. Grandjean a feuilleté le petit dictionnaire puis l'a posé sur un coin de table et il a dit :

— C'est une belle édition mais ce n'est pas le mien. Le mien était marqué par la sueur et les larmes de joie. Peut-être qu'un jour tu le retrouveras. Il ne faut jamais désespérer, Adam.

Marie-Anne m'avait entraîné dans le salon. Elle voulait savoir comment il était possible de passer en une semaine de guenillard à un jeune homme trop beau pour être honnête. Je lui ai expliqué la raison de mon retour précipité. J'ai ensuite sorti une liasse de billets de mon portefeuille. Trois cents francs. C'était pour elle. C'était son dû.

Je suis reparti le lendemain avec une autre valise pleine de nourriture, plus trois bouteilles de calva. Cet alcool dont chaque gorgée avalée, aux dires du Sidi, vous faisait voir la vie en rose.

Au 16 juillet, j'avais mis de côté cinq mille francs que j'avais planqués chez M. Grandjean, dans le siphon de l'évier de sa salle de bains. Dans *Le Chien jaune*, c'était dans les toutes dernières pages que le commissaire Maigret finissait par découvrir la cachette où se trouvait le magot du docteur Michoux. Là, je le savais en sécurité car n'était pas Maigret qui voulait.

Quand je n'allais pas chez le Sidi, je me promenais sur les quais de Seine. J'achetais aux bouquinistes des tas de livres pour garnir les étagères de la bibliothèque de M. Grandjean. Puis je hélais un cyclo-taxi pour me ramener avenue des Gobelins. C'était une bien étrange sensation que de se faire transporter par un Français suant toute son eau pour gagner trois sous. Et, pour un sou de pourboire en plus, j'avais droit au vouvoiement et à des salamalecs. L'argent achète tout, même la dignité des plus pauvres.

C'était un mois de juillet aussi chaud que par chez nous. Les Parisiens s'étaient habitués à voir des Allemands partout. Un nouvel ordre s'était imposé comme pour l'éternité. Personne n'y trouvait rien à redire. C'était comme ça ; il fallait s'adapter.

L'après-midi, je voyais du pont des Arts des baigneurs nager dans la Seine en toute insouciance et, le soir, les mêmes gens faisaient la queue devant les cinémas. Pendant ce temps, j'en connaissais qui mouraient sur le champ de bataille et d'autres mis en esclavage dans des frontstalags. Un jour, peut-être, il faudrait qu'ils rendent des comptes, tous ces baigneurs et tous ces cinéphiles.

Je ne voulais pas habiter dans l'appartement de M. Grandjean parce que dès que je m'asseyais dans son fauteuil pour lire, j'avais le sentiment qu'il était là, à m'observer, puis à me dire qu'il n'était pas encore mort. En revanche, je m'étais installé un petit confort moderne dans ma chambre, un réchaud, une glacière et la radio. Il faisait une chaleur du diable sous les toits de zinc. Je sortais souvent en fin d'après-midi, je marchais jusqu'à la place d'Italie et je me mettais à l'ombre sous les grands arbres du square de la Butte-aux-Cailles pour lire au milieu d'enfants chahuteurs. Un soir qu'il faisait une chaleur à suffoquer dans la chambre, je suis retourné dans ce square pour prendre le frais. À l'entrée, il y avait un nouveau panneau sur lequel était écrit : « Jeux réservés aux enfants. Interdits aux Juifs. » Ça m'a refroidi. J'ai fait demi-tour. Une fois chez moi, j'ai allumé la radio. On annonçait la canicule sur toute la France, mais encore, le Maréchal avait condamné avec la plus extrême fermeté les actes de terroristes qui causaient du tort à la France, mais encore, Maurice Chevalier avait chanté : « Prosper, yop la boum ! »

J'ai coupé la radio et j'ai pensé que j'avais rendez-vous le matin avec le Sidi.

39

Deux mille francs de plus.

Le Sidi était satisfait de moi, je l'étais tout autant de lui. Il m'a offert un sfendj tout chaud du matin et un café au lait. Il voulait que nous voyions plus grand. Le téléphone arabe lui avait rapporté que des cuisiniers de grands restaurants étaient prêts à payer cher pour avoir une belle marchandise comme la mienne. C'était non. Le Sidi ne comprenait pas que par ces temps incertains je ne profite pas de la situation pour m'enrichir davantage.

— Il y a un proverbe kabyle qui dit : l'argent est un bon valet mais un mauvais maître. Ça veut dire que je ne suis pas prêt à mourir pour de l'argent.

— Vous, les Kabyles, vous avez de la morale à revendre mais vous ne valez pas mieux que les autres. Chouffe, les chibanis dans la salle, tous des Kabyles. Eux aussi, ils n'ont que la morale à la bouche, n'empêche qu'avec toutes les ardoises qu'ils me laissent, j'ai de quoi couvrir tous les toits de Paris.

Il s'est versé un verre de calva pour se calmer mais cette fois, il ne voyait pas la vie en rose. Il a essayé de m'embobiner. Même si je doublais mes prix, il serait toujours preneur. C'était toujours non. Il a abdiqué. Je lui ai donné rendez-vous pour la semaine suivante.

J'ai fait un détour par les quais de Seine pour me rendre chez un bouquiniste avec qui je m'étais lié. Il m'avait promis de recevoir les premiers romans de Georges Simenon. Il avait tenu sa parole. Il avait *Pietr-le-Letton, L'Affaire Saint-Fiacre, La Tête d'un homme, Le Chien jaune.* Il me les a vendus au prix du beurre et du calva, le salaud. J'ai pris un vélo-taxi pour rentrer avenue des Gobelins. Je privilégiais toujours le vélo-taxi pour mes déplacements. C'était le moyen de transport des riches. La police ne nous arrêtait jamais. La fouille, le contrôle, le rudoiement étaient réservés aux petites gens, ceux que l'on retrouvait dans les files des magasins. Dans les rues, les avenues, les boulevards, c'était un défilé incessant d'autobus de la RATP, de camions de police et de voitures noires de la Gestapo. Mon cycliste enrageait. Il n'en pouvait plus de sinuer dans les embouteillages ou de faire du surplace durant d'infinies minutes, il m'avait conseillé de poursuivre mon chemin à pied.

Le quartier de l'Opéra était cerné par la police. J'ai remonté la rue Saint-Lazare. C'était encore des autobus, la police, des voitures noires. Je voulais faire demi-tour : impossible. On venait de barrer la rue. J'ai demandé à un charcutier devant sa boutique à quoi rimait tout ce ramdam. On râtissait chaque immeuble, appartement par appartement, pour déloger les Juifs.

Au 34, des familles entières apeurées étaient poussées dans les autobus avec des valises de misère. Des enfants hagards refusaient de partir sans leurs jouets. Les hommes récalcitrants étaient matraqués.

On entendait les cris des tout-petits et les pleurs des mamans. Les autobus, bondés, ont démarré. Le charcutier ne comprenait pas pourquoi on s'en prenait à eux, il les connaissait tous : « Des gens bien pourtant... »

De leurs fenêtres, les Parisiens assistaient impuissants à ce drame. Plus loin, c'était le même spectacle : des familles, la RATP, la police, des coups de matraque, la Gestapo. À un policier en faction devant un immeuble, j'ai demandé ce qu'ils allaient faire de toutes ces femmes et de leurs enfants.

— Circulez, y a rien à voir, m'a-t-il répondu.

Il y avait juste à vomir.

Le soleil de midi tapait méchamment, je me suis protégé sous un platane, au bord de l'eau. Les baigneurs étaient toujours là, à barboter, à faire les pitres, à lancer des « Coucou ! » à leurs jolies dames restées à quai pendant que rue Saint-Lazare on raflait des familles pour un autre destin.

J'ai commencé à lire *Le Chien jaune*. Tout me revenait dès les premières pages. Concarneau en Bretagne. Une suite d'assassinats sans lien entre eux. L'argent caché dans le siphon de la salle de bains. Un chien à poils jaunes apparaissait sur chaque lieu des meurtres.

À qui appartenait ce chien ?

On soupçonnait le docteur Michoux, un notable de la ville. Lui ? Pas lui ? Je savais la réponse. Le commissaire Maigret allait mettre 195 pages pour trouver l'assassin. Je n'avais pas l'envie d'aller plus loin. Il me manquait ma maison, mon jardin et l'ombre de mon olivier sous lequel j'avais dévoré toutes les enquêtes du commissaire. Il m'avait fait rêver de Concarneau, des faubourgs de Paris en passant par les quartiers les plus huppés de la capitale.

Ce jour-là, Paris ne me faisait plus rêver.

Je suis rentré dans ma chambre. Je me suis fait du café. J'ai regardé les aiguilles de ma montre. Les minutes étaient des siècles. J'ai allumé la radio. Je voulais écouter des chansons d'amour avec des refrains qui réchauffent les cœurs solitaires. L'animateur a annoncé l'indépassable, l'indémodable, l'inoubliable Rina Ketty. J'ai tendu l'oreille, j'avais la chair de poule dès le premier couplet... « *J'attendrai le jour et la nuit, J'attendrai toujours ton retour. J'attendrai car l'oiseau qui s'enfuit Vient chercher l'oubli dans son nid.* »

Tout était dit.

40

Ma bien chère Zina,
Il est deux heures du matin et je ne dors pas. Par la lucarne de ma chambre brille une étoile, c'est toi. J'ai vu des horreurs dans Paris, aujourd'hui. Des Juifs encore. Mais ce n'est pas cela dont je veux te parler. Je repousse sans cesse la date de mon départ parce que je gagne de l'argent. Beaucoup. Je fais du marché noir. À la radio, on dit que c'est immoral. Moi, je pense que désobéir aux lois de l'occupant, non seulement c'est moral mais c'est un devoir. Je n'ai jamais été aussi riche. Je compte continuer encore quelque temps, après, promis, juré, je rentre. Avec tout cet argent, qu'est-ce que tu dirais si on agrandissait La Clef ? Je verrais bien une terrasse plus grande avec une véranda. On pourrait aussi faire, à la place du petit salon, une bibliothèque. Imagine, tous les murs remplis de livres. J'en achète tous les jours sur les quais de Seine.

Ma bien chère Zina,
Les Français disent que l'argent ne fait pas le bonheur. Je crois qu'ils ne savent pas ce que c'est que

d'être fauché depuis toujours. Cet argent noir que je cumule, je veux le dépenser pour notre bien. Quand nous serons comblés, s'il m'en reste assez, nous bâtirons une école réservée aux plus pauvres des plus pauvres.
Tu vois ma bien chère Zina, une vie exaltante nous attend. Je m'emballe et je rêve les yeux toujours grands ouverts. Tout à l'heure, j'ai écouté à la radio une chanteuse, une très belle voix. Elle chantait une chanson qui parlait de toi et de moi. Puis aux informations, ils ont dit que la résistance française, qu'ils appellent « nid d'espions et de terroristes », s'organisait pour libérer le pays. D'où je suis, je ne vois qu'échines courbées et Juifs embarqués.

Ma bien chère Zina,
Mon carnet rouge touche à sa fin. Il ne lui reste que quelques pages. Je vais les garder pour mon retour. Quand ? Je préfère ne pas y penser mais j'espère que ça ne va plus tarder. Sache que si, malgré tout, il m'arrivait malheur, je ne t'oublierai jamais. Même du fond de mon tombeau.
Ma bien chère Zina, accepte mes baisers les plus doux et l'assurance de mon affection la plus sincère.
Adam qui ne pense qu'à toi.

Avenue des Gobelins, le 20 juillet 1942

41

À la fin de l'année 1942, j'étais si riche que les projets pour améliorer la vie de mon village se bousculaient dans ma tête. Non, ce ne serait plus une petite école que je ferais construire mais une grande, plus grande que celle de l'administration française. Il faudrait aussi un grand bazar parfaitement achalandé pour ne plus dépendre de la vaniteuse El Kseur. La mosquée, tombée en ruine, il faudrait la retaper. Les chemins de caillasse, il faudrait les damer pour que nos bêtes ne souffrent plus avant d'aller paître sur les flancs de nos montagnes. Plus j'encaissais d'argent, plus j'imaginais mon village devenir gros bourg et, pourquoi pas, une ville avec l'électricité et l'eau dans les maisons comme chez nos colons.

Je lisais beaucoup, le soir, dans la chambre, et pendant mes allers-retours en Normandie. C'était des livres sur l'Algérie que me mettait de côté mon bouquiniste. Ainsi, j'avais appris comment mon pays avait été conquis par la France. On ne m'en avait jamais parlé. Ce n'était pas que nos aînés voulaient dissimuler ce pan de notre histoire peu glorieux mais ils en étaient ignorants. Un coup d'éventail. Le dey Hussein d'Alger – sorte d'administrateur –, qui gérait l'Algérie pour le compte de l'Empire ottoman, avait exigé du représentant du roi Charles X qu'il honore la dette de son pays. À l'époque, l'Algérie était le premier exportateur de céréales pour la France. Le représentant de Charles X avait méprisé Hussein, arguant qu'un sous-fifre ne donnait pas d'ordre au roi de France. Hussein, humilié et ridiculisé devant sa cour, l'avait souffleté trois fois avec son éventail. Quelques mois plus tard, Charles X envoyait son armada corriger la piètre armée du dey Hussein. Battu sans livrer combat, il avait été chassé comme un malpropre d'Alger. Quatre-vingt-dix ans plus tard, des hommes comme moi se retrouvaient à porter l'uniforme pour défendre cette France qui nous avait mis à genoux.

À Noël, Marie-Anne m'avait invité pour le réveillon. Elle avait cuisiné une dinde aux marrons et une tarte aux pommes. M. Grandjean n'avait pas attendu la fin du repas pour regagner sa chambre. Je n'étais pas revenu à la ferme depuis trois semaines et je l'avais trouvé très affaibli. Parfois, il m'appelait Kader, Rachid ou Marcel. Pourquoi Marcel ? Je ne savais pas. Marie-Anne pas davantage. Il lui arrivait de la prendre pour leur mère.

Après son retour de la messe, Marie-Anne était allée se coucher. Elle aurait aimé rester à discuter avec nous, au coin du feu, mais il y avait les tâches de la ferme qui l'attendaient de bonne heure.

Elvire m'a posé plein de questions sur la vie parisienne qui lui manquait terriblement. Je voulais assombrir le tableau pour la dissuader d'y revenir clandestinement mais il était déjà si noir que je ne trouvais aucun mot susceptible de décrire le malheur des Juifs sous l'Occupation, alors j'ai grimacé en soupirant.

— C'est si grave que ça ?

— Plus que ça, encore. Il ne reste plus aucun Juif. Ils sont tous partis rejoindre ton père et Samuel.

Elvire s'est prostrée, les yeux fermés, la tête renversée en arrière, et ce fut le silence.

Le feu se mourait lentement dans la cheminée. La pièce refroidissait. Le tic-tac de l'horloge m'engourdissait. Soudain, Elvire s'est levée de son fauteuil puis elle est allée fouiller dans son sac. Elle avait une lettre qu'elle souhaitait que je remette à Gaspard parce qu'à Dives-sur-Mer, le bureau de poste était fermé depuis des mois. Gaspard habitait avenue Jean-Jaurès, à Gentilly, à côté du théâtre.

Elvire et M. Grandjean dormaient encore lorsque je suis reparti. Marie-Anne avait garni ma valise. On s'était dit des mots gentils, les mêmes qu'à chaque fois.

La lettre d'Elvire, mal cachetée, est tombée de mon portefeuille pendant que je présentais mon ausweis au contrôle de la gare de Lisieux. Dans le train, je n'ai pas résisté. Je l'ai lue. Elle se languissait de ses doigts qui savaient si bien se promener sur son corps, de sa bouche qui savait si bien l'embrasser, de ses mots tendres qui savaient si bien la transporter... Et puis l'Amérique, les séquoias, les chanteurs de jazz noirs, La Nouvelle-Orléans. Elle parlait de son père qu'elle ne pensait jamais revoir, de la ferme où elle s'ennuyait entre Marie-Anne, tout miel un jour, acariâtre le lendemain, et M. Grandjean qu'elle appelait « le zombie ». Elle m'évoquait, aussi, en quelques lignes. J'étais son sauveur. Elle n'osait pas me le dire mais elle avait une grande tendresse pour moi. Si elle n'était pas folle amoureuse de son Gaspard, je serais son genre d'homme. Elle me trouvait beau, héroïque et parfois drôle. Et, tout comme moi, elle espérait que cette guerre se termine bientôt pour qu'elle puisse retrouver la chaleur de ses bras.

J'ai refermé la lettre, honteux d'être entré dans son intimité, mais il était trop tard pour les regrets.

Après avoir vendu ma marchandise au Sidi, je suis allé à Gentilly pour remettre la lettre à Gaspard. Il a regardé l'adresse au dos et m'a demandé si c'était loin, Dives-sur-Mer. J'ai fait oui, puis non, puis j'ai répondu qu'il n'y avait pas de montagnes infranchissables quand on est amoureux. Il était de mon avis mais il n'était pas certain que son père le laisse partir par-delà les montagnes.

Je suis passé par l'appartement cacher dans le siphon le paquet d'argent que j'avais encaissé. La concierge a sonné à la porte, à l'instant où j'allais partir, pour prendre des nouvelles de M. Grandjean.

— Il va comme il peut, ai-je répondu. J'ai à faire. Bonne journée, madame.

Elle est entrée dans le vestibule, a jeté un regard circulaire dans le salon et elle a hoché la tête avec une moue d'approbation en constatant les quelques travaux que j'avais réalisés. J'avais rafraîchi d'un coup de peinture blanche les murs fatigués, j'avais rajeuni la bibliothèque en soulignant d'un liseré rouge la tranche des étagères et j'avais acheté, à un vendeur de tapis de passage au Sidi de Bel-Abbes, une grande carpette à motifs orientaux pour remplacer l'ancien d'une laideur repoussante. Elle m'a flatté en prétendant que j'étais un homme de goût puis elle a changé de registre :

— Il en faut des sous pour tout ça. Sans indiscrétion, vous gagnez comment votre vie, parce que nous les Français, on tire le diable par la queue ?

Sa question n'en était pas une.

Chaque fin de semaine, elle me voyait partir avec ma valise et revenir le lundi avec des vêtements neufs ou des livres sous le bras. Elle a cligné d'un œil : à elle, on ne la lui faisait pas. Si je pouvais lui être agréable de temps en temps, elle fermerait les yeux sur mes coupables activités. Je l'ai rembarrée sur le palier puis j'ai monté quatre à quatre les marches jusqu'au sixième étage. Elle m'a lancé de la cage d'escalier que j'allais avoir de gros problèmes.

Elle ne m'avait pas menti. Un mois plus tard, à six heures du matin, on frappait à ma porte. C'était des policiers français en civil. Derrière eux, la concierge, l'air bravache, me désignait du menton. Combien étaient-ils ? Cinq, je crois. Le policier le plus âgé avait la quarantaine, portait un béret, un manteau délavé, et il fumait cigarette sur cigarette. Les autres devaient avoir mon âge, ils avaient les cheveux coupés très court comme les policiers de la Gestapo. Il y en avait un qui avait la main sur la crosse de son révolver pour m'intimider. Ils ont remercié la concierge et lui ont refermé la porte au nez. Le policier le plus âgé m'a demandé mes papiers. J'ai montré mon certificat d'identité musulmane. Puis les choses sérieuses ont commencé. « Où est M. Grandjean ? Pourquoi as-tu la clef de son appartement ? Où l'as-tu connu ? Pourquoi as-tu sa confiance ? Ces livres, ces costumes, cette radio neuve, avec quel argent les as-tu achetés ? De quoi vis-tu ? »

Un des jeunes policiers a ouvert ma valise. Il trouvait qu'elle sentait le camembert. Il était connaisseur, car natif de Dozulé dans le Calvados. Mais plus que le fromage, il trouvait qu'elle puait le marché noir à plein nez.

Ils ont fouillé la chambre. L'un des hommes a feuilleté mon carnet rouge puis l'a balancé par terre. Le vieux policier a mis la main dans la poche intérieure de ma veste. Il a lu, relu l'ausweis et il a dit :

— Il provient de la kommandantur de l'avenue Foch. N'importe qui ne peut pas en posséder un comme ça. Dis-moi, tu t'appelles Adam Aït Amar ou Tarik Benyounès ?

J'ai serré les dents. On m'a passé les menottes. Nous sommes descendus chez M. Grandjean. Ils ont mis tout sens dessus dessous ; ils n'y ont vu que vieilleries, souvenirs jaunis et poussière sous les meubles.

42

J'ai été jugé par le tribunal correctionnel de Paris, le 22 mars 1943, après trois mois de détention provisoire. Comme je n'avais pas d'avocat, on m'en a commis un d'office. Un type au regard de myope qui avait si peu étudié mon dossier qu'il a fallu que je lui répète mon nom à plusieurs reprises pour qu'il le mémorise. J'étais accusé d'avoir volé et usurpé l'identité de Tarik Benyounès en utilisant son ausweis.

— N'était-ce pas pour faire du marché noir ? m'a demandé le président.

J'ai admis que je m'étais servi du laissez-passer de Tarik Benyounès uniquement dans le but d'aller voir M. Grandjean en Normandie qui était plus qu'un ami, un second père. Marie-Anne, interrogée par la gendarmerie locale, avait confirmé que je rendais souvent visite à son frère.

À la question : « Comment vous êtes-vous procuré l'ausweis ? », j'ai hésité à répondre, puis j'ai dit que je l'avais volé à Tarik Benyounès avec qui j'avais partagé ma chambre.

Tarik a été appelé à témoigner à la barre. Il avait rasé sa barbe de prédicateur, il portait maintenant une moustache finement taillée comme les acteurs qu'on voyait sur les affiches de cinéma des Grands Boulevards. Il a levé la main droite, juré de dire la vérité, rien que la vérité. Quand le président lui a demandé sa profession, il a dit d'une voix ferme :

— Je suis auxiliaire de police à la kommandantur de l'avenue Foch.

— Ça consiste en quoi, auxiliaire de police ?

— Je ne suis pas ici pour répondre de mon travail, monsieur le président. J'ai des supérieurs pour ça.

La réponse avait claqué comme une menace. Le président, intimidé, a murmuré qu'en effet il n'était pas obligé de répondre à cette question puisqu'il n'était accusé de rien.

— Comment avez-vous connu Adam Aït Amar ?

— Nous sommes originaires de la Petite Kabylie. Tout le monde se connaît là-bas.

— C'est si petit que ça ?

Tarik a haussé les épaules et regardé sa montre en signe d'impatience.

Le président a poursuivi :

— Comment vous êtes-vous retrouvés à Paris ?

— Le hasard, monsieur le président.

Le président n'en croyait pas un mot mais il n'osait plus lui chercher des poux. Il a demandé, sur un ton trop aimable pour être sincère, pourquoi il avait décidé de ne plus cohabiter avec moi.

— Nous vivions de la charité de M. Grandjean. Ça m'était insupportable. J'ai ma dignité, nif comme on dit chez nous, monsieur le président. Mais la raison principale de mon départ était que nous ne partagions pas les mêmes valeurs. Je suis pour l'ordre, la sécurité, la morale et j'ai une certaine idée de ma race. Adam est un homme idéaliste cosmopolite. Autant dire un sale rêveur. Du reste, sa seule ambition est de rentrer au bled, se marier, faire des enfants.

— C'est un projet respectable, a répondu agacé le président.

— Pas pour moi. J'ai une autre ambition pour l'Algérie.

— Vous voulez dire la France, monsieur Benyounès.

Tarik a feint de n'avoir pas entendu l'apostrophe du président. S'agissant de son ausweis, il ne m'avait jamais suspecté de le lui avoir volé parce qu'il me faisait une confiance totale.

— C'est triste d'être trahi par un homme que je considérais comme un frère, monsieur le président.

Avait-il quelque chose à ajouter à son témoignage ?

Il a souhaité la clémence du jury car, depuis toujours, j'étais à ses yeux un brave type ordinaire, un peu naïf : la preuve, j'en étais là où j'étais. Puis il est sorti de la salle, la tête haute, sans me regarder.

Les plaidoiries n'ont pas duré plus d'un quart d'heure. Pour le ministère public, j'étais un filou qui avait abusé de la période dramatique dans laquelle nous étions plongés depuis bientôt quatre ans pour m'engraisser avec le marché noir. Pour mon avocat, j'étais, certes, un petit voleur sans envergure, mais il n'y avait pas de preuve formelle que j'aie pratiqué le marché noir, hormis la conclusion du procès-verbal de police attestant que ma valise sentait le camembert. Sûr de son effet, il a ri de sa blague, emportant avec lui la salle composée de vieilles barbes et de mégères allant au tribunal comme on va au théâtre. Le président et ses assesseurs se sont retirés pour délibérer ; mon avocat a mis sa tête à couper que je sortirais libre.

Le verdict est tombé.

J'ai été condamné à un an de prison ferme pour vol de document officiel et usurpation d'identité.

On m'a envoyé purger ma peine à la Santé, une prison en plein Paris où les bruits de bottes allemandes parvenaient jusqu'à nos cellules. Les premiers mois, j'avais pour compagnon d'infortune un gars un peu fou avec de gros yeux rouges à force de pleurer sa femme, qu'il avait étranglée pendant une permission. Elle l'avait trompé avec son frère aîné alors qu'il était au front.

— Je l'ai tuée avec mes mains cruelles ! hurlait-il à n'importe quel moment du jour ou de la nuit en se tapant la tête contre les murs.

Mon autre codétenu était un homme de la résistance des Forces françaises libres. Avant la guerre, il était ingénieur dans le génie civil. Il avait rejoint le général de Gaulle à Londres en 1941. On l'avait parachuté sur les côtes normandes pour renforcer un réseau de sabotage parisien. Il avait été arrêté, jugé, condamné à avoir la tête tranchée. À l'aube, on entendait des cris, parfois *La Marseillaise*, puis le bruit mat du couperet de la guillotine. Il était fréquent qu'il y ait cinq, six exécutions par petit matin.

Je m'étais habitué aux bruits de bottes sur le pavé parisien, à celui des bombardements sur les villages de France, à celui des aboiements des chiens de garde allemands du frontstalag mais impossible de me faire à celui de la machine à tuer les hommes.

Le résistant s'appelait Jean-Pierre Ducuing, il est parti dignement pour la mort le 25 mai 1943.

J'ai supporté les jérémiades de l'étrangleur jusqu'en juin, où il a été transféré dans un hôpital psychiatrique. D'autres prisonniers sont venus remplir ma cellule. Ils arrivaient tous avec leurs histoires plus ou moins sordides. J'ai croisé des trafiquants en tous genres, des assassins, des voleurs, des violeurs et beaucoup de menteurs qui juraient sur la vie de leur mère qu'ils étaient innocents.

J'étais comme dans un tunnel sans fin. Je pouvais ne pas bouger de ma paillasse des journées entières. Il m'arrivait souvent de regretter le frontstalag. Je revoyais le beau visage de Visham, notre charrette tirée par les gros chevaux de labour, nos navettes cimetière après cimetière. Je revoyais nos gardiens Mirol et Gomez.

Qu'est-ce qu'ils avaient pu devenir ces deux roumis ?

Je revoyais le bon docteur Houscheim. Je revoyais les veillées dans le froid et la boue avec Tarik et Samuel devant la clôture de fils barbelés. Nos conversations se limitaient pourtant au jour d'après, mais c'était déjà beau.

Je suis sorti du tunnel le 28 novembre 1943. Il faisait gris, sale, froid, un temps de Picardie.

Dans ma chambre rien n'avait bougé. Mes vêtements étaient couverts de poussière, la radio pareil, mon carnet rouge avait gondolé à cause de l'humidité infiltrée par la petite lucarne. Je l'ai embrassé. J'avais le goût des lèvres de Zina sur ma bouche. Puis, je suis descendu, j'ai enfoncé d'un coup d'épaule la porte de l'appartement. J'ai dévissé le siphon et j'ai compté, recompté mon argent : cinquante-quatre mille francs.

Je les ai mis dans une enveloppe et je suis sorti prendre l'air. Il y avait des automitrailleuses à chaque carrefour. J'ai acheté le journal. L'armée allemande était défaite à Stalingrad, en Russie. Hitler perdait pied sur tous les fronts. Les résistants frappaient tous les jours à Paris. Les représailles étaient sans pitié. Pour un feldgendarm abattu, dix civils innocents étaient exécutés en public.

Je ne supportais plus ma chambre. Je ne supportais plus de côtoyer le fantôme de M. Grandjean chaque fois que je descendais dans son appartement. Quand je regardais par la petite lucarne, la tour Eiffel m'apparaissait comme un vulgaire phallus de ferraille et, la nuit, les étoiles ne brillaient plus que pour les autres.

Une semaine plus tard, j'ai fait un saut rue de Maubeuge avec l'espoir que le Sidi me trouve un homme de confiance pour me faire passer en nono. Pour tout l'or du monde, aucune de ses relations n'aurait pris ce risque. Le vent avait tourné depuis mon incarcération. De Gaulle avait installé à Alger le Conseil national de la Résistance pour combattre l'ennemi de l'intérieur. Les forces alliées avaient infligé une déculottée aux Italiens. Le gouvernement de Vichy avait beau appeler à éliminer, sans état d'âme, les terroristes de De Gaulle, les attentats, les sabotages, les assassinats de grands chefs allemands se multipliaient partout dans le pays. Tout ce que pouvait faire le Sidi était de chercher quelqu'un qui me sorte de Paris. Pour cinq cents francs, il m'a trouvé un camionneur en partance pour Le Havre. Pour quelques pièces de plus, il m'a déposé au port de Dives-sur-Mer.

43

— Pour une surprise, c'en est une, et une belle ! s'est exclamée Elvire en me voyant apparaître au portail de la ferme.

Elle m'a pris le bras et m'a harcelé de questions. Est-ce que j'avais été détenu avec des résistants ? Et des Juifs, est-ce que j'en avais vu dans cette prison ? Et combien de temps allais-je rester avec elle ? Et, et, et... Elle ne voulait plus me lâcher. Marie-Anne m'a trouvé amaigri, fatigué, avec un teint de cendre. Mais que je ne m'inquiète pas, elle se ferait un plaisir de me remplumer vite fait.

M. Grandjean était dans sa chambre, dont les volets mi-clos laissaient apparaître, dans un rai de lumière, son visage émacié et ses yeux regardant déjà le monde où l'on va après. J'ai pris un ton enjoué pour dire que j'étais de retour et qu'ensemble nous lirions des poésies de Paul Éluard, si ça lui chantait. Il n'a pas réagi. Je me suis assis sur le bord de son lit et j'ai murmuré :

— *Adieu tristesse*
Bonjour tristesse
Tu t'es inscrite dans les lignes du plafond
Tu t'es inscrite dans les yeux que j'aime

Tu n'es pas tout à fait la misère
Car les lèvres les plus pauvres te dénoncent
Par un sourire.

Il s'est endormi, un sourire au coin des lèvres.

Les Allemands, qui s'étaient montrés discrets depuis le début de la guerre, étaient désormais en alerte maximale. Ils avaient renforcé leurs colonnes de chars avec des pièces d'artillerie sur les plages, face à la mer. De jour comme de nuit leurs bombardiers survolaient la côte puis revenaient en rasant les toits des habitations. La Gestapo menait des vagues d'arrestations dans les quartiers du haut port dès qu'ils soupçonnaient les habitants d'abriter des résistants ou des parachutistes anglais débarqués de nuit. Ils étaient interrogés, torturés, aucun ne ressortait vivant.

Lorsque Marie-Anne descendait en ville, elle rapportait qu'il fallait s'attendre à de la grosse casse dans les semaines à venir parce que les forces alliées étaient prêtes pour libérer le pays. Elle tenait ces informations de ses amies chaisières à l'église dont certaines avaient de la famille bien placée dans la hiérarchie militaire. Marie-Anne refusait que j'aille faire un tour en ville pour me changer les idées. Elle craignait qu'avec mon accent nord-africain je me fasse repérer par la police, que l'on m'arrête, que l'on remonte à la ferme. Je connaissais le sort réservé à Elvire si on la découvrait.

Pour me rendre utile, je nourrissais la basse-cour, je nettoyais les cages à lapins, je décrottais le cul des vaches, je réparais le toit de la grange. L'après-midi, quand le temps était au beau, je promenais M. Grandjean dans la cour pour qu'il prenne la lumière. Enfin, je m'occupais.

Je redoutais la nuit car je dormais dans le même lit qu'Elvire et j'étais assailli de pensées érotiques. Il faut dire qu'elle était si jolie avec ses cheveux noirs qu'elle avait laissés pousser jusqu'aux épaules. Un soir qu'elle n'avait pas sommeil, elle m'a confié que Gaspard avait répondu à sa lettre pour lui dire qu'il n'était plus sûr de ses sentiments pour elle. Puis elle m'a tourné le dos et s'est lovée contre moi. Mon cœur palpitait sauvagement, mon sexe était un incendie, les pensées érotiques sont revenues, plus torrides encore. Le lendemain, je décidais de descendre un matelas dans le salon.

J'avais quitté la prison de la Santé pour une autre prison plus dangereuse peut-être, car l'armée allemande envoyait des unités de motards jusque dans les fermes reculées de Dives-sur-Mer pour traquer leurs ennemis. Parfois, j'entendais la sinistre musique des mitrailleuses qui me rappelaient la bataille d'Haubourdin. Depuis que l'on m'avait arraché à mon pays, je vivais avec la mort à mes trousses.

Combien de temps encore lui échapperais-je ?

Mektoub.

M. Grandjean nous a quittés pour le monde d'après le 9 avril 1944, au crépuscule. Marie-Anne lui avait préparé un potage de légumes pour son dîner. Il l'a avalé puis il s'est éteint comme une bougie. Le départ de son frère était une sorte de soulagement pour Marie-Anne. Elle avait espéré le revoir plus tôt pour solder leurs comptes, revisiter leurs souvenirs d'enfance, de jeunesse, regretter leurs rendez-vous manqués, mais elle avait récupéré un poids mort, un étranger. Moi aussi, je n'étais pas attristé par sa disparition, car je l'avais perdu depuis longtemps, déjà, M. Grandjean.

J'ai aidé Marie-Anne à lui enfiler ses habits d'adieu au monde. Il semblait plus lourd mort que vivant. J'ai fait la remarque à sa sœur qui n'a pu réprimer un petit rire. C'était un rire nerveux de deux heures du matin. Après qu'elle a eu ajusté le col de chemise, la cravate, les pans de la veste, boutonné la braguette du pantalon, noué les lacets des souliers, elle a sorti de sa poche de blouse un chapelet de prière en nacre qu'elle a enroulé autour des poignets. J'ai recouvert le visage d'un linge blanc pour le protéger des mouches qui zonzonnaient au-dessus de sa tête.

À la première heure, Marie-Anne s'est vêtue de noir pour aller signaler la mort de son frère à la mairie. Elle devait, aussi, passer aux pompes funèbres et chez le curé. Avant de partir, elle nous a demandé de nous cacher le temps que les funérailles soient terminées. Elle avait entendu dire que le responsable du cimetière, dont la fonction consistait, par ailleurs, à constater les décès, arrondissait ses fins de mois en collaborant avec la Gestapo.

Elle n'est pas revenue avec ce responsable mais avec quatre croque-morts, le curé et une paire de chaisières dans leurs panoplies de chagrin.

Les croque-morts ont déposé le cercueil sur deux tréteaux dans la cour. Les animaux de la basse-cour se sont tus. Le curé a prié. Marie-Anne et ses amies étaient derrière lui, dos courbé, la voilette de leur chapeau tombée sur leur regard. Le curé a tendu le goupillon à Marie-Anne. Elle s'est signée au-dessus du cercueil puis elle a dit : « Amen. »

J'ai répété après elle : « Amen. »

Les croque-morts ont chargé le cercueil sur un corbillard tracté par deux superbes chevaux alezans. En voyant le maigre cortège s'éloigner, j'ai pensé à tous les morts que j'avais mis en terre, sans cérémonie, dans les fosses communes de mes cimetières anonymes.

Durant tout le mois de mai, Elvire n'est pas sortie de sa chambre. Elle ne voulait voir personne, elle déprimait. Dès que Marie-Anne dormait, elle descendait dans la cuisine, buvait un verre d'eau, grignotait un morceau de fromage et elle disparaissait aussitôt. Une nuit que je ne dormais pas, comme cela m'arrivait souvent, nous avons bu un verre d'eau ensemble. Elle avait envie de me parler. Comme moi, les avions allemands qui volaient de plus en plus bas la rendaient dingue. Comme moi, elle n'en pouvait plus d'attendre la fin de la guerre. Comme moi, elle ne croyait plus que les alliés nous libéreraient dans « les semaines à venir ». Les semaines et les semaines passaient et l'on ne voyait toujours rien se produire. Comme moi, elle doutait que cette guerre ait une fin. Comme moi, elle se demandait si nous n'allions pas finir nos jours cloîtrés dans cette ferme. Elle a débouché une bouteille de cidre, elle a bu une gorgée au goulot, puis me l'a proposée. J'ai refusé.

Elle a bu une deuxième gorgée et elle a dit :

— Ton bon Dieu et mon bon Dieu nous ont précipités dans les abysses et il faudrait qu'on reste sobres par fidélité. Nos bons Dieux nous ont séparés de ceux qu'on aimait et on ne pourrait pas boire à leur souvenir. Adam, je ne veux plus jamais entendre parler d'eux.

C'était tellement juste, tellement intelligent, tellement vrai malheureusement que j'ai saisi la bouteille et l'ai descendue d'une traite. Ce n'était ni bon ni mauvais, ça n'avait même pas le goût de pomme, c'était un goût étrange que je ne pouvais comparer à rien de ce que j'avais bu jusque-là. Puis, j'ai été envahi par un doux engourdissement, tout autour de moi tanguait. La bouteille vidée, Elvire a rapatrié un litre de calva du salon. J'ai fait un non énergique avec le doigt.

— Avec le cidre, Allah fermera peut-être les yeux, mais avec le calva, il ne me le pardonnera jamais.

Elle a ri par hoquets, puis elle a bu une gorgée, une deuxième, et elle a dit :

— C'est à lui de te demander pardon. Regarde où tu es, Adam. À des milliers de kilomètres de celle que tu aimes, et c'est toi qui devrais t'excuser de boire pour oublier que demain, nous ne serons peut-être plus là ? Sois sérieux, Adam, bois.

Le calva m'a frappé derrière la nuque. Je voyais le monde en rose, comme le Sidi, les jours où il était de joyeuse humeur. Nous sommes sortis dans la cour bras dessus bras dessous en titubant, pareils aux ivrognes que je voyais sortir de La Belle Équipe, tard le soir. On s'est assis sur une charrette. On s'est passé, repassé la bouteille jusqu'à la dernière goutte. Elvire m'a chanté des ballades yiddish que lui chantait son père, je lui ai répondu par des berceuses kabyles que me chantait ma mère. Puis le vent de mer s'est levé et on a eu froid. Très froid.

Au matin, Marie-Anne nous a trouvés sur des ballots de paille, enlacés l'un contre l'autre dans la grange. On s'est regardés, gênés. Elvire m'a demandé si on avait fait la chose. La chose, je ne voyais pas de quoi elle parlait.

44

Dans la nuit du 5 au 6 juin, nous avons été réveillés par un vacarme monstrueux. Nous sommes sortis dans la cour, il y avait des passages incessants d'avions et le fracas des bombardements embrasait le ciel de lueurs rouges, bleues et jaunes.

— Cette fois-ci, c'est sûr, c'est les alliés, ils sont là, s'est réjouie Marie-Anne.

De la plage nous parvenaient les bruits assourdissants de la canonnade allemande. Une bombe a explosé dans une prairie, à moins de cent mètres de la ferme. Nous sommes rentrés dans la maison et nous sommes montés à l'étage pour regarder la noria d'avions déversant des engins explosifs sur les positions ennemies. Un peu avant minuit, un grondement plus fort que les autres, suivi d'une explosion, a fait trembler les murs. Un avion allié s'était écrasé dans les bosquets, au bout du chemin. Je suis allé voir. L'aile droite était brisée, le moteur fumait encore, le pilote dormait les yeux ouverts, la tête penchée sur le côté. Il était mort. Les tirs de chars allemands ont repris de plus belle, les bombardiers alliés ont répliqué avec plus de vigueur encore.

Vers midi, il y a eu une accalmie, des Allemands sont arrivés en side-car pour réquisitionner la ferme. Ils étaient une dizaine. Ils ont débarrassé le salon pour en faire leur bureau. Ils ont demandé à Marie-Anne de préparer des repas. Elvire et moi, nous nous sommes réfugiés dans la grange. Nous n'avons pas tardé à être délogés. Elvire croyait qu'ils allaient nous zigouiller sur place. Il n'en a rien été. Ils voulaient que nous aidions Marie-Anne aux tâches ménagères.

L'aviation alliée pilonnait sans répit.

À chaque passage, nous craignions d'être réduits en poussière.

Au soir du 15 juin, les Allemands ont ramené des appareils de transmission qu'ils ont installés dans les chambres. Puis ils nous ont réunis dans le salon pour nous ordonner de prendre quelques affaires et de quitter la ferme, sur l'heure. Nous sommes partis de nuit, comme des voleurs, avec nos balluchons sur les routes de l'exode.

Marie-Anne connaissait une cliente, du temps où elle faisait les marchés communaux dans la région. Elle habitait à Dozulé, un village dans les terres à dix kilomètres de Dives-sur-Mer. Quand nous sommes arrivés au petit matin, sa maison n'était qu'un tas de ruines comme j'en avais vu tant et tant en Picardie et à Haubourdin. Nous ne savions où aller. Les avions piquaient au-dessus des villages, tout de suite après, c'était des éclairs, des détonations, des gerbes de feu, des incendies. Nous dormions dans des granges ou des écoles avec des familles qui fuyaient la mort, elles aussi. Les routes étaient jonchées de corps déchiquetés, humains et animaux, mêlés dans une odeur infecte. On ne se déplaçait que les jours de pluie parce qu'il n'y avait pas de bombardement. Marie-Anne ne parlait plus, Elvire ne parlait plus. Je ne parlais plus. Nous allions de nulle part en nulle part, ruisselants de flotte. Notre errance a duré plus d'un mois, peut-être. À dire vrai, nous avions perdu la notion des jours et des semaines.

Les bombardements se sont tus pendant deux jours d'affilée. Ce silence dont nous avions perdu l'habitude nous faisait peur. On voyait sur la route et dans les champs des chars allemands détruits et des cadavres de soldats calcinés qui avaient dû essayer de s'extraire de leurs machines de guerre. Ce n'était qu'un répit, d'autres avions ont balayé le ciel d'azur, d'autres déflagrations nous ont terrorisés, d'autres villages, hameaux et fermes isolées brûlaient.

Marie-Anne n'arrivait plus à avancer. J'ai porté son balluchon ; nous avons marché jusqu'à un garage dont la toiture avait été soufflée. Nous avons dormi, deux semaines, dans une remorque de camion sur cales. Marie-Anne ne parlait toujours pas. Elvire répétait que son corps n'était que douleur. Moi, j'avais le sentiment que cette fois la mort ne m'oublierait pas. Elle allait me prendre dans la remorque, sur une de ces routes, dans une de ces prairies où même les vaches et leurs veaux n'avaient pas échappé au déluge.

Le matin, je partais pour essayer de trouver de la nourriture. Même en payant le bon prix, je ne revenais qu'avec des boîtes de sardines, des pommes, du pain sec, une bouteille d'eau.

Au réveil de nous ne savions quel jour, le ciel bleu était vide et nous entendions les abeilles voler. Un jeune homme à vélo est passé devant le garage, toute sonnette hurlante, il avait accroché à son guidon le drapeau français et criait en agitant son béret :

— Les Allemands l'ont dans le cul. On est libres ! On a gagné !

Marie-Anne n'en croyait pas ses oreilles.

Le village le plus proche était Cricqueville, à un kilomètre. Plus on avançait, plus on entendait les cloches de l'église sonner la liberté retrouvée. Place de la mairie, des soldats anglais étaient accueillis en sauveurs sur des airs d'accordéon.

On se précipitait pour les voir de près, les toucher ou se faire prendre en photo avec eux. Marie-Anne pleurait de joie. Après cinquante mois de guerre, tout était enfin terminé. Elle nous a enlacés. Elle nous a dit qu'elle nous aimait. Puis elle a dansé avec un de ces soldats. Elle a appelé Elvire pour qu'elle aussi entre dans la danse. Elvire n'a pas voulu. Tout comme moi, elle n'avait pas le cœur à la fête. Marie-Anne a essayé de m'entraîner dans cette liesse populaire mais je ne le voulais pas, je ne le pouvais pas, cette fête n'était pas la mienne. Je pensais à tous ces soldats venus des quatre coins de l'empire qui ne seraient jamais traités en héros, qui n'auraient jamais droit à ces effusions de joie et de fraternité. J'ai dit à Elvire que je m'en allais pour de bon, cette fois. Elle voulait partir avec moi. Marie-Anne était à la terrasse d'un café et buvait du cidre en compagnie d'une foule d'admirateurs entourant d'autres Anglais. Ça trinquait, ça chantait, ça dansait. Elle nous a invités à les rejoindre. À la tête que nous faisions, elle a compris que c'était le moment du départ. Elle a pris Elvire par l'épaule longuement, comme si c'était la fille qu'elle aurait aimé avoir, et elle a dit :

— Reviens me voir quand tu veux. Ma maison est ta maison maintenant.

J'ai fait un pas vers elle, je l'ai embrassée, elle était émue. Elle a dit :

— Toi aussi, Adam, reviens me voir quand tu veux.

J'ai répondu, la voix blanche :

— Sûrement, Marie-Anne. Sûrement. Je reviendrai inch'Allah.

Mais je savais que c'était la dernière fois que je la voyais.

Dans le train qui nous ramenait à Paris, Elvire et moi n'avons pas échangé un mot. Juste quelques regards, quelques sourires et de longs soupirs. J'avais l'impression que nous étions deux étrangers. Gare Saint-Lazare, c'était le moment de l'adieu. Je voulais lui dire plein de choses que je n'avais pas osé exprimer dans le train. Qu'elle m'avait troublé, que je la trouvais belle comme un soleil d'Algérie, qu'elle me manquerait toujours, que je ne l'oublierai jamais, mais là encore je n'ai pas osé.

Elvire ne souhaitait pas repasser par l'avenue des Gobelins pour récupérer ses affaires. Trop de mauvais souvenirs hantaient la chambre. Elle irait à Gentilly, chez elle, puis elle irait voir Gaspard pour essayer de raccommoder leurs sentiments décousus. S'étreindre, s'embrasser, se faire une bise, on ne savait pas tant nous étions émus de nous séparer. Alors, on s'est serré la main et elle m'a dit :

— Tu ne m'as pas répondu pour l'Amérique. Tu vas venir ?

J'ai souri et j'ai dit :

— C'est loin l'Amérique mais je viendrai peut-être, inch'Allah.

Je l'ai regardée s'éloigner, elle s'est retournée, m'a envoyé un baiser du bout des doigts, et la foule l'a avalée.

Dans la valise verte, j'ai rangé à la hâte quelques livres, quelques vêtements, mon carnet rouge. J'ai mis mon complet veston de flanelle grise, une belle chemise blanche, une cravate et j'ai jeté la clef de la chambre par la petite lucarne comme on se déleste d'un passé trop lourd.

Dans les rues on fêtait les Américains, de Gaulle et la Résistance à coups de vin rouge, de saucissons, de *Marseillaise*, de bals musettes et de flonflons.

Sur le pont d'Austerlitz, une foule déchaînée rossait un jeune soldat allemand en scandant : « À mort les Boches ! », puis l'a balancé dans la Seine.

Gare de Lyon, c'était un autre spectacle. La foule hurlait : « À mort les poules à Boches ! »

Des jeunes femmes sur le front desquelles on avait dessiné la croix gammée se faisaient tondre le crâne et cracher dessus. Elles étaient accusées d'avoir couché avec les nazis. Pourtant combien d'hommes vociférant parmi ces spectateurs avaient courbé l'échine, dénoncé leurs voisins ou collaboré avec eux. Je percevais ce châtiment infligé à ces femmes comme la tentative d'un peuple de retrouver une virilité perdue sur les champs de bataille.

Le train allait partir, fini la Gestapo, fini la police française que j'avais bernée si souvent. La voie était libre.

Au bout du quai, c'était Marseille, puis la mer.

45

Ma bien chère Zina,
Je vogue vers toi le cœur plein d'allégresse. J'ai appris de cette guerre que nous sommes ce dont nous nous souvenons. Et moi, je me souviens de tout. De ton premier regard, de notre premier baiser, de notre fuite dans la forêt, de notre arrachement l'un à l'autre, de la guerre et de ses horreurs. Tout ce que mes yeux ont vu se trouve dans mon carnet rouge. Demain est à nous, ma bien chère Zina. Je vais vivre, chanter, souffrir, rire, pleurer avec toi. Je l'aime tant le temps qu'il nous reste à vivre.
J'ai beaucoup d'argent, ma bien chère Zina. J'aimerais, mais il faut que tu sois d'accord, que l'on se remarie. Un beau et grand mariage. On ferait venir un orchestre de Bougie, avec ses joueurs de bendir, ses flûtistes, ses danseuses, et une chorale d'adolescentes qui nous combleraient de leurs mélopées sucrées. Toi, tu serais vêtue d'un caftan brodé de fils d'or. Un diadème serti d'émeraudes flatterait ta chevelure rousse. Et tu trônerais sur un palanquin soulevé à bout de bras par les garçons les plus vigoureux du village. Des grosses

matrones pousseraient des youyous en jetant sur toi une pluie de pétales de rose. Moi, je serais drapé dans un burnous blanc et je suivrais le cortège sur un destrier noir. Tout Bousoulem serait de la fête. On sacrifierait des moutons et un bœuf pour le méchoui du soir, et on danserait jusqu'à ce que disparaisse la dernière étoile. Puis ce serait notre nuit de noces et l'on s'aimera pour les mille ans à venir. Puis, ce serait notre voyage de noces. Nous visiterions des contrées que nos livres ne nous ont pas encore fait découvrir. Si nous avons le temps, j'aimerais revoir Paris sans les Allemands. Nous rentrerions riches de cent histoires à raconter à nos enfants. Ce serait magnifique.
Les cornes de brume trompettent. La Kabylie est en vue.
Je te dis à demain.
Ma bien chère Zina, accepte mes plus tendres baisers et mon affection la plus sincère.
Adam qui ne pense qu'à toi.

La Méditerranée, le 30 août 1944

46

À la gare d'El Kseur, Omar, le patron du bazar, attend un train pour Bougie. Je vais à lui pour le saluer car il ne m'a pas reconnu.

— Adam Aït Amar, c'est un plaisir que de te revoir en si belle forme.

Il me regarde de pied en cap, touche la qualité de l'étoffe de mon complet veston et il ajoute :

— Tu es mieux habillé que le plus riche de nos colons. Je ne sais pas quelle guerre tu as faite, mais des guerres comme la tienne on en redemande tous les jours par ici.

Puis il énumère les fils d'El Kseur et des villages environnants morts pour la France : dix-sept. Parmi eux, il y a Youssef. J'ai honte mais je soupire de soulagement. Dans mes nuits de solitude, il m'était arrivé de penser que le fils du caïd El Hachemi ait bénéficié de quelque passe-droit pour se soustraire à ses obligations militaires et qu'il se soit payé Zina pour trois fois rien.

En cinq ans, rien n'a changé dans cette ville. Les mêmes roumis jouent aux cartes à la terrasse de La Belle Équipe, 14-18 s'éraille toujours la voix en chantant : « *Colonisé, t'es fait pour en baver...* »

Aux Buveurs de Soleil, le temps s'est arrêté, là aussi. Les mêmes oisifs, allongés sur des nattes de raphia crasseuses, boivent du thé en fumant le narguilé. Devant la gendarmerie, l'adjudant Kléber houspille un gamin en le traitant de sale petit moricaud. Devant la mosquée des juifs, le père de Samuel, la barbe blanchie, est adossé au mur, et il attend… J'hésite à traverser la rue. J'aimerais lui dire tout le bien que je pense de son fils. Et qui sait si, un jour, il ne reviendra pas prendre sa place parmi les siens, mais je n'ai pas le cœur à lui raconter des histoires pour le réconforter.

J'attends l'autocar devant le square Bugeaud, là non plus rien n'a changé. Les jeunes roumis font des ronds de jambes à de jeunes roumias en leur déclamant : « D'amour mourir vos beaux yeux me font… »

Elles rougissent et gloussent comme toujours.

Tahar, le préposé à la voirie, s'arrête devant moi. Lui aussi touche la qualité de l'étoffe de mon complet veston.

— Ben dis donc, tu es beau comme un collabo. Tu devais être un sacré planqué.

Je voudrais lui dire tout mon mépris mais il ne le mérite pas.

L'autocar pour Bousoulem arrive, bondé et poussif, comme d'habitude. On se bouscule pour monter, on se bouscule pour descendre. Ça non plus, ça n'a pas changé. Mon bonheur est à portée de main. L'autocar teufteufe sur les routes pentues, des jeunes femmes travaillent dans les champs. En chacune d'elles, je vois Zina.

Enfin, j'y suis.

La marmaille m'entoure en criant :

— Adam est de retour de la guerre ! Regardez comme il est magnifique ! Nous aussi, on veut faire la guerre pour revenir aussi bien habillés que lui.

Ma maison a souffert, les murs sont fissurés, le jardin est en friche, les belles lettres de La Clef se sont effacées avec les chaleurs et les rincées. Je me fais fort de réenchanter le jardin, de rallumer les lettres de La Clef et de ramener une équipe de maçons pour remettre tout ça à neuf, dès demain. Tante Safia est assise en tailleur, à l'ombre, sous mon vieil olivier. Elle met sa main en visière sur son front pour se protéger du soleil qui l'aveugle. Elle me reconnaît. Elle se dresse, avec peine, sur ses vieilles jambes. Elle se blottit contre moi, passe sa main ridée comme une petite main de singe sur mon visage, elle sanglote et elle dit :

— Je savais que la guerre ne te mangerait pas, mon fils. Je l'ai rêvé chaque nuit.

Elle frotte ses lèvres sèches sur mes joues puis elle aussi touche l'étoffe de mon complet veston.

— Qu'est-ce que c'est que ce tissu ?

— De la flanelle.

Elle trouve que dans ce beau costume, je suis bon à marier. Je n'aime pas sa blague. Je la trouve déplacée. Je lui demande des nouvelles de Zina. Elle me répond :

— Cette guerre, qui est-ce qui l'a gagnée ? Hitler ou la France ? Parce qu'ici on est informés de rien.

Je la connais la vieille toupie, elle se paie ma tête pour me faire languir.

— Zina, Tante Safia. Elle est chez son père, dis-moi ?

Elle baisse les yeux.

— Depuis ton départ, je ne l'ai pas revue. Si tu veux de ses nouvelles, ce n'est pas à moi qu'il faut que tu t'adresses. Va chez le caïd El Hachemi.

Elle ne veut pas m'en dire davantage.

Je dévale les chemins de caillasse menant à la propriété du caïd. Je ne sens plus mes jambes. J'ai une boule dans l'estomac, mon cœur va s'arracher de ma poitrine, j'ai le souffle coupé en me présentant au portail de la propriété du caïd. Un chaouch me demande ce que je veux. Je le repousse. Il siffle deux gardes qui m'interdisent l'entrée. Zina est là-bas, sur le perron de la villa, avec d'autres femmes entourées d'enfants. Je la hèle, je crie son nom, elle ne me voit pas, ne m'entend pas. Un petit garçon m'a remarqué. Il me montre du doigt. Zina se fige, met sa main devant sa bouche, ferme les yeux, elle chancelle. Les autres femmes la soutiennent, regardent dans ma direction, puis la font entrer dans la villa.

Le petit garçon accourt, furieux, et il dit :

— Qu'est-ce que tu veux, étranger ? Pourquoi tu as fait pleurer ma mère ?

Je sors le carnet rouge de ma poche et je le lui donne :

— C'est pour ta maman.

Il feuillette quelques pages et il lit sans jamais buter sur aucun mot :

— « Accepte mes baisers les plus doux et ma plus tendre affection. Adam qui ne pense qu'à toi. »

Il referme le carnet rouge et il dit :

— Moi aussi, je m'appelle Adam. Je suis le fils du caïd El Hachemi. Tu as vu, j'ai quatre ans et je sais déjà lire. C'est ma mère qui m'a appris. Tu la connais ma mère ?

— Je l'ai bien connue, Adam.
— Pourquoi tu pleures ?
Une matrone l'appelle. Il se sauve.
J'essuie mes larmes.
Je ne reviendrai plus jamais dans ce village qui a tué mes rêves de jeunesse.

Ce roman a été achevé à la villa Marguerite Yourcenar Saint-Jans-Cappel.

Dernières parutions

Domaine étranger

Jeffrey Archer
Qui ne tente rien

M. J. Arlidge
Loup y-es-tu ?

Fatima Bhutto
Comme des lions

Jennifer Cody Epstein
Les Lueurs du lendemain

Lesley Kara
Qui le sait ?

Kiese Laymon
Balèze

Gilly Macmillan
La Nanny

Rebecca Makkai
Cent ans de Laurelfield

Aimee Molloy
Bonne nuit mon ange

Alice Nelson
La Consolation des inconnus

Kate Elizabeth Russell
Ma sombre Vanessa

Renia Spiegel
Le Journal de Renia

Rosa Ventrella
La Liberté au pied des oliviers

Joost de Vries
Leurs ailes de géants

Elizabeth Wetmore
Glory

DOMAINE FRANÇAIS

Catherine Bardon
Et la vie reprit son cours

Fabienne Betting
La Théorie des poignées de main

Nicole Giroud
Par la fenêtre

Caroline Laurent
Rivage de la colère

Ivan Nabokov avec Philippe Aronson
La Vie, les gens et autres effet secondaires

Anne de Rochas
La Femme qui reste

Pour en savoir plus sur l'actualité des Escales,
vous pouvez nous suivre sur les réseaux sociaux

Editions Les Escales

@LesEscales

@LesEscales

FSC www.fsc.org MIXTE Papier issu de sources responsables FSC® C003309

L'éditeur de cet ouvrage s'engage dans une démarche de certification FSC® qui contribue à la préservation des forêts pour les générations futures.

Pour en savoir plus :
www.editis.com/engagement-rse/

Achevé d'imprimer par
Normandie Roto Impression s.a.s.
N° d'impression : 2106352

Imprimé en France